U0528504

天喜文化

从声音到文字，分享人类智慧

了不起的语文书

读书与旅行

叶开 主编

天地出版社 TIANDI PRESS

图书在版编目（CIP）数据

了不起的语文书.读书与旅行/叶开主编.—成都：天地出版社，2021.11
ISBN 978-7-5455-6313-9

Ⅰ.①了… Ⅱ.①叶… Ⅲ.①散文集—中国—现代②散文集—中国—当代 Ⅳ.①I11

中国版本图书馆CIP数据核字（2021）第046390号

LIAOBUQI DE YUWENSHU：DUSHU YU LÜXING
了不起的语文书：读书与旅行

出 品 人	陈小雨　杨　政
主　　编	叶　开
责任编辑	王继娟
封面设计	今亮後聲 HOPESOUND 2580590616@qq.com ・小九　张张玉
责任印制	董建臣

出版发行	天地出版社 （成都市槐树街2号　邮政编码：610014） （北京市方庄芳群园3区3号　邮政编码：100078）
网　　址	http://www.tiandiph.com
电子邮箱	tianditg@163.com
经　　销	新华文轩出版传媒股份有限公司

印　　刷	天津融正印刷有限公司
版　　次	2021年11月第1版
印　　次	2022年1月第3次印刷
开　　本	710mm×1000mm　1/16
印　　张	17.75
字　　数	277千字
定　　价	35.80元
书　　号	ISBN 978-7-5455-6313-9

版权所有◆违者必究

咨询电话：（028）87734639（总编室）
购书热线：（010）67693207（营销中心）

如有印装错误，请与本社联系调换

序
拓展我们的见识

《红楼梦》中有名句:"世事洞明皆学问,人情练达即文章。"

这句话把做人跟写文章联系在一起,听起来很有道理,仔细琢磨更有道理。实际上,却没有什么道理。把做人拓展到整个世界,这是传统"做人学"过于发达的弊端。

我极不喜欢这句话,它让我感到毛骨悚然。一个人真要是"世事洞明""人情练达",必定是个大怪物,在阴森的山洞里运筹于千里之外,给死对头做个小人在身上插针。

一个人要如此洞明、如此练达干什么?人生有涯而学无涯,以为"洞明""练达",或许是自我蒙蔽。

妙手写文章、做人要有真性情,生活有趣味,不见得非要多么洞明,多么练达。

大学者胡适之先生在1932年北京大学毕业典礼上做过一个演讲,题目为《天下没有白费的努力》。他勉励毕业生今后继续努力读书,让自己成为一个不堕落的人,"人生的道路上满是陷阱,堕落的方式很多……第一种是容易抛弃学生时代的求知识的欲望。……第二种是容易抛弃学生时代的理想的人生的追求。"

胡适之先生提到一个尖锐的问题:一个人大学毕业离开学校之后,很容易抛弃学生时代的求知识的欲望,容易抛弃学生时代的理想和人生追求。因为大学生活是理想生活,社会生活是现实生活,现实与理想发生矛盾时,人们为了生计通常要抛弃理想。这就是"人情练达"和"世事洞明"的结果。这样,就失去了"求知识的欲望"和抛弃了"学生时代的理想"。这样的人,无论多么"洞明"或"练达",都是写不出文章,写不好文章的。

　　读书、读文章，照着胡适之先生的思考一直探索，会感到这是一个温和、温暖、智慧的人。他做过一个演讲《为什么读书》，说读书是"接受人类的遗产"，读书可以"解决困难"，还有"为要读书而读书"，因为"读书的目的在于读书，要读书越多才可以读书越多"。这是说，读书越多越有见识，越能理解书。读书这个行为的本身就是有意义的。

　　关于读书，我在这里选入了现代与当代很多作家的文章，有长有短，有深有浅，各得其便。简明扼要如胡适之先生的《为什么读书》，许地山先生的《牛津的书虫》，蔡元培先生的《我的读书经验》，深入一点的如夏丏尊先生的《阅读什么和怎样阅读》，再深入一点的如鲁迅先生的《魏晋风度及文章与药及酒之关系》，而最复杂的大概是钱锺书先生的《诗可以怨》，对普通读者有点小考验。但是，如胡适之先生说的，越读书越能读书，读完了会豁然开朗。

　　读书就是读人，读人有时候要从他的作品、别人对他的评价出发。读深入了，可能反而得出了自己的独特看法。叶兆言的《阅读吴宓》就是这样的作品。读书有各种方式，也有各种心得，这方面的文章太多了。写人、写事，各臻其妙。

　　曾读过一篇文章，作者很巧妙地从胡适之先生的相貌写起。现代文化大家中胡适之相貌出众，身材适度，温文儒雅，气质上佳。他中国文化有根基，又曾在美国康奈尔大学、哥伦比亚大学留学，受到西方文化深刻影响，真正中西兼通、博古通今。胡适之先生写文章观点鲜明、平白如话。乍一眼看不出有多少才华，更没有什么好词好句，但越读越有启发。胡适之先生参与推动了两千年来中华文化之大变局，厥功甚伟。他当过北大校长，做过驻美大使，人生经历不可谓不丰，著作不可谓不厚。一直到老去，都是一个脾气温和、宽宏大度的人，一个性格单纯的人。他个性独立，思考深邃，绝不媚俗，一点都不"洞明"世事。他与蒋介石合影，竟悠闲地跷着脚，倒是蒋介石双手贴膝略显拘谨。胡适之先生心肠好，热心助人；胡适之先生还爱才、仁爱、宽容。

20世纪五六十年代，胡适之先生得知学生辈罗尔纲等人违背良心对他大加批判时，并不生气，反而很同情这些留在大陆的学生们。他对旁人说，他们批判我也是没有办法的。当年罗尔纲初入门，确实是很有才华的年轻人，但是思想浮夸，爱追逐时髦，用阶级斗争理论写文章和研究太平天国，胡适之先生就批评他说，做学问"不要赶时髦"。鲁迅先生逝世后，许广平在出版鲁迅全集遇到困难时，曾向胡适之先生求助，胡适之先生立即给予切实的帮助。他对历史学家顾颉刚极为赏识，在一次演讲时曾作为例子大加褒扬，认为顾颉刚认真、深入，是历史大家之才。做了这么多事情，帮助过、栽培过很多人，不仅没得到好处，反而遭到反噬。胡适之先生可谓一点都不"练达"。胡适之先生就是这么一个不"洞明"不"练达"的"真人"：真实、真诚、真挚、真心、真意。读他的文章，你看不到飞扬的文采，但语言朴实、真心实意，像冬天抱着一个热水袋，让你感到安宁。顺着他文章的思路深入思考，找他谈到过的作品来读，你或许就能体会到他的阅读广泛、思考博大、人格独立之魅力。

与胡适之先生在各方面都可以对照的，是中国现代文学奠基者之一的鲁迅先生。

鲁迅先生和胡适之先生是两类人，不仅文学态度不同，性格不同，政见不同，连文学趣味也不同。

鲁迅先生的写作风格与胡适之先生也完全不同。

鲁迅先生的文学才能高于胡适之先生。在现代白话文小说史上，鲁迅先生是开山鼻祖，且一开始就达到了极高水平，同辈中无人能及。鲁迅先生的散文，构思独特、词语精妙、文风犀利，有极大感染力。他的杂文、小品文，将讽刺、揶揄、挖苦、幽默熔冶一炉，有独特风格，如小李飞刀般精准。

一个时代同时出现胡适之先生与鲁迅先生，是这个时代活力和宽容的独特体现。

徐志摩算是胡适之一派的。他们一起成立了"新月派"，努力推动新诗创作。然而，"新月派"中最有贡献、最有实绩、最有名的却是徐志摩和林徽因，而不是胡适之先生。胡适之先生虽然是文学行动家、学问家、教育家，但文学创作上天赋不够，比不上鲁迅先生，也比不上徐志摩和林徽因。徐志摩和林徽因在散文、诗歌创作上，都达到了同时代的最高水平。徐志摩的散文，文如其人：文风飘逸，想象瑰丽，不拘俗套，熔铸中西，有独特魅力。林徽因回忆说，徐志摩在诗歌上固然是天才，但要恰当地理解和评价他，可能要到孙辈以后。徐志摩的温和、宽厚、包容，是那个时代知识分子中难得的品质。他的热情与浪漫，也是那个时代独特的存在。

因缘际会，中西交融，清末民初成为世界现代史上仅有的文化大交融、大反思的时代。那时的知识分子，在国家衰败、外敌侵侮、文化沦落之际，不仅要努力学习西方的先进文明，还要极力保存本民族的文化菁华。胡适之等人试图激发一个中国式的文艺复兴，以能推陈出新、凤凰涅槃，让中国文化能够在短时间内浴火重生。黄遵宪、梁启超等人曾在不同时间搭乘远洋轮船到欧洲，他们撰写的游记极大影响了后来的知识青年。顺着他们的行迹，徐志摩、朱自清、王统照、巴金、钱锺书等人通过海路和陆路，纷纷前往欧洲，他们的写作，留下了一条文化丝绸之路的记录。

中国和欧洲的海上航线，是从上海、香港出发，经新加坡、马六甲海峡到斯里兰卡，横渡印度洋到达东非海岸，入亚丁湾溯红海北上，过苏伊士运河入地中海，然后到达地中海沿岸的意大利、法国、西班牙等国，再向西出直布罗陀海峡，经英吉利海峡，可到英国、荷兰、丹麦、德国、瑞典等国。

自从俄国在1916年修通西伯利亚大铁路后，从远东到欧洲有了一条陆地大动脉。徐志摩先生最早尝鲜，搭乘这趟国际列车经苏俄去欧洲，路上所见俄国革命之后的景象给了他极大的震撼，沿途俄国平民脸上的表情触动了他，为此他写了一篇散文《西伯利亚》，体现了一名大诗人的深刻洞察力。朱自清先生于20世纪30年代初去英国访学，与去法国留学的李健吾等人从北平出发经哈尔滨，入苏联境内搭乘火车，横穿广袤的西伯利亚到达莫斯科，从莫斯科换车途经波兰华沙、德国柏林直达法国巴黎。李健吾留在巴黎学习法国文学，朱自清继续渡海前往伦敦。

这些海路和陆路的经典旅行路线，在喷气式飞机普及的时代，人们已经很陌生了。

现在搭乘喷气式飞机前往欧洲，只需十个小时左右。而过去，前辈们搭乘海轮，经白银时代的黄金航路，前后需耗时一个半月左右。

梁启超1918年前往欧洲旅行，途中撰写了自己的第一部白话散文集《欧游心影录》。其中写到，一路上轮船停靠时他们就上岸游览，轮船航行期间则写作、学外语。他们在新加坡停靠，在马六甲上岸，从南洋一路演讲过去，提出华人也应该思考自治、独立的观点之后，同行的政治学家张君劢还写了一篇文章《论中华民族南洋建国问题》。受他们的感召，20世纪二三十年代不少有志青年纷纷下南洋，帮助南洋诸岛的殖民地独立。

而当时火车旅行，从北京到巴黎，为时两星期左右。这些海上旅行和火车旅行的经历，诞生了一大批杰出的游记作品。徐志摩先生的游记名作《印度洋上的秋思》，因被选入语文教材而广为人知。钱锺书先生的长篇小说名作《围城》，更是写到这条黄金航道的隐秘情感和魅力。

现代科学技术上的突飞猛进，让空间尺度变成了时间尺度。我们不再说中国到欧洲有一万多公里，我们只说需十个小时左右。如天文学家谈到行星系与行星系之间的距离时，不用多少公里，而是用多少光年。

速度的变化也影响了文学的表达。现在人们写游记，很少有人描述搭乘交通工具时发生的趣闻。一上飞机就忙着吃喝、瞌睡或听音乐、看影片，一天之内可以到达地球上的几乎所有角落。世界已经没有了期待，丧失了神秘性。旅行者也没有了沉思默想的时间。而沉思默想的过程，才是文学灵感乍现的主要通道。

现代文学大家们的努力，使得我们能在他们筚路蓝缕的基础上，继续向内向外、向前向后思考和定位中国与外国的关系，以及中国文化与西方文化的关系。阅读他们的作品，不能仅限于读游记、抒情文章，更要读他们写的与历史、社会、思想、文化相关的作品，这样才能以更丰富的视野，来学习、感受他们独特的思考、独立的人格和独异的文风。

编写这本《了不起的语文书：读书与旅行》的过程，是一场阅读的盛宴。

我一直在享受着阅读，快乐地工作着。为了更适合中小学生的阅读习惯，我继续以分类模式，择选优秀作品，并加以详细分析导读。不同年龄段的读者，可以按照自己的兴趣翻开即读，不管读到哪篇，都是珠玉在目。

2015 年 4 月 26 日初稿

2020 年 5 月 26 日修订

2020 年 10 月 19 日第三次修改

2020 年 12 月 26 日第四次修改

目录

第一编
读书之美

为什么读书
胡适 006

读书的方法
梁启超 014

阅读什么和怎样阅读
夏丏尊 020

我的读书经验
蔡元培 035

牛津的书虫
许地山 039

烧书记
郑振铎 044

魏晋风度及文章与药及酒之关系
——九月间在广州夏期学术演讲会讲
鲁迅 052

第二编
挚爱阅读

诗可以怨
钱锺书 077

阅读吴宓
叶兆言 091

高　潮
余华 110

诗是空气　诗是呼吸
潘向黎 128

第三编 人在旅途

南洋所感
梁启超 143

西伯利亚
徐志摩 151

雁荡山的秋月
郁达夫 158

重庆行记
朱自清 168

南行杂记
叶紫 178

小小的旅途
胡也频 187

第四编 域外风景

在一个边境的站上
——西班牙旅行记之三
戴望舒 203

伦敦初旅
梁启超 211

我所知道的康桥
徐志摩 230

柏　林
朱自清 241

马六甲游记
郁达夫 249

荷兰鸿爪
王统照 257

后记　眺望时光的流逝 272

第一编

读书之美

读书是一件多么美好的事情，阅读确实能改变我们的人生——这些都是我们常常听到的话。说可以这么说，给自己找一个静下心来读书的理由却不容易。我们面临的新世界太热闹，跟前辈相比，现在我们能买到的书更多，拥有的阅读时间却更少。

大家都在感慨：时间去哪儿了？

这个问题不难解答，时间消失在我们的匆忙中。同样，我们的人生也消耗在匆忙中。

也许我们是不必这么匆忙的，但世界上诱惑太多，难以抵挡。大多数人缺乏超拔的理想，即便有点朦胧的理想，又不愿为实现理想而付出努力。人的一生，就这么匆匆忙忙地过去了。

有人会问，读书有什么好处？

英国随笔鼻祖、哲学家弗朗西斯·培根在《论读书》中说："读书补天然之不足，经验又补读书之不足，盖天生才干犹如自然花草，读书然后知如何修剪移接。"（《培根随笔》，王佐良译）

1932年，大学者林语堂先生在演讲《论读书》时说："……读书，所以开茅塞，除鄙见，得新知，增学问，广识见，养性灵。人之初生，都是好学好问，及其长成，受种种的俗见俗闻所蔽，毛孔骨节，如有一层包膜，失了聪明，逐渐顽腐。读书便是将此层蔽塞聪明的包膜剥下。能将此层剥下，才是读书人。"

"得新知，增学问，广见识，养性灵"、剥下"蔽塞聪明的包膜"，这些都是读书在人生中发生的实际功用，也可以说是大好处。

大学者胡适之先生在1932年北京大学毕业典礼上做过一个演讲，题目为《天下没有白费的努力》。他勉励毕业生今后继续努力读书，让自己成为一个不堕落的人，"人生的道路上满是陷阱，堕落的方式很多……第一种是容易抛弃学生时代的求知识的欲望。……第二种是容易抛弃学生时代的理想的人生的追求。"

恐怕世上大多数人，都是以胡适之先生批评的"堕落的方式"在前进——"抛弃求知识的欲望"，"抛弃人生的追求"，学生时代的欲望和追求都不见踪影了。

中小学学生可能会说，那是胡适之先生勉励大学毕业生的，我们时间还长。实际上，时间对每一个人都是公平的，你的时间不会比别人多一分一秒，但如果你争取时间来阅读，你的人生就会比别人丰富许多。时间长度是相对的，丰富的人生和广泛的阅读，会让人生显得非常漫长，也更有意义。说得动听一点，阅读，让我们的人生走在不同的道路上。

2015年3月17日，哈佛大学校长福斯特女士在清华大学做了一个题为《大学与气候变化带来的挑战》的演讲，说要改变世界，就要做到"不同凡想（think different）"，通过相互合作与深入研究，共同努力，让世界变得更好。改变世界不是容易的目标，让世界变得更好是每个人面临的巨大挑战。要达到"不同凡想"的境界，就要好好读书，如林语堂先生说的"破俗见陋习，复人之灵性"。

如果我们关心读书的事情，就会发现，除了专业读书人，社会上各行业的领袖也都喜欢阅读，而且阅读的范围很广，从文学、哲学、历史学到社会学，无所不读。这样的阅读，会大大开阔他们的眼界，对他们的思想有深刻的影响。广泛阅读让我们从几千年人类文明中获得知识，萃取浓缩的智慧菁华，拓展我们的生命经验。我们都知道，即使是在交通如此便利、发达的当代，世界上仍然有绝大部分人无法到达南极，而登上月球更是遥不可及的梦想。但我们可以通过阅读，来分享那些亲历者的感受与智慧。

人的生命，在阅读中会逐渐积累，然后突然盛开能量之花。但阅读不是死记硬背，也不是盲目崇拜，更不是为了应付考试。

我们的人生总是有多种可能，而良好的阅读，为这些可能性的诞生做好准备。就其简单的精神回报来说，阅读一部好作品，能让我们精神愉悦，这可能是其他事情无法带来的回报。就其长远的益处来说，丰富的阅读，不仅可以拓宽我们的视野，开阔我们的心胸，优化我们的谈吐，也会改变我们的个人气质。这种阅读中涵养的气质，与从其他方式中得到的不同。

阅读也给我们的人生提供了各种可能。

我们从小就听过这样一句话：行万里路，读万卷书。这句话听着有道理，但更多是误导。如果没有阅读的积累和知识的发挥，就算走了百万里路，也是呆头呆脑的。虽然各行都有状元，但那状元不是低头走路，两眼迷惘，而是通过观察、阅读、思考，通过学习而修炼成的。我们固然尊重在路上不懈行走的路人，但如果不带着问题，不思考问题，不对人生有理想，不对未来有憧憬，路人，终究只是路人甲、路人乙而已。

也有人反对读书，并形成社会运动和思潮，对文化继承产生巨大破坏作用。但当混乱社会稳定下来后，读书热潮又急速升起。

人类文明是通过书本传递的，书写和印刷成为人类文明飞跃的一个重要标志。即使到了互联网时代，我们仍然在书写，只是书写的方式不同而已——我们通过新的书写方式，传递有价值的思想和信息。

在这里，我们谈论的主要是读纸质书，但不排斥电子书。我们谈论的是阅读经典名著，但也不妨看看流行的文学作品。然而，有效的知识、丰富的思想，以及对人生的真正启迪，更多的是通过阅读经典名著得来的。

在哈佛大学公开课《公平与正义》里，桑德尔教授曾对经典与流行做过一个令人印象深刻的探讨。他让学生们选择：如果你要在一个小岛孤独地待上一辈子，是带上《莎士比亚文集》呢，还是带上《辛普森的一家》动画片？学生们在充分探讨后，多数人选择带《莎士比亚文集》。这个探讨揭示了这样一个认识：虽然流行作品能带来短暂的快乐，甚至极其刺激的高峰体验，但经典作品能让我们获得长期的、更有价值的愉悦感受。桑德尔教授和他的学生们也得出了另一个结论：要想真正有效地阅读经典作品，人们需要得到教育和培育。有些问题不是一望而知的，而是需要思考才能得到解答。这个思考和解答的过程，就是思维乐趣形成的过程。而阅读有价值的、经典的作品，更能让人享受思维的乐趣。

读书并没有什么独门秘籍。一个热爱阅读的人，总会找到适合自己的办法；一个讨厌读书的人，就是坐在书山上，脑子里也只想着炸猪排。

本书第一编选一组文章谈读书，算是编写者的一个小小用心——想请读者看看民国时期那些大师们是怎么看待读书的；同时，我们还可以看到他们是怎样读书的。

民国期间大师辈出，他们为中国文化的更新和复兴，做出了卓越的贡献。这其中，好读书，善读书，乐读书，活读书，是必由的途径。

2020 年 5 月 26 日修订于多伦多

为什么读书①

胡适

作者简介

胡适（1891—1962），曾用名嗣穈，后改名适，字适之，安徽绩溪人。曾任北京大学校长、驻美大使等职。胡适因提倡文学改良而成为新文化运动的领袖之一，是第一位提倡白话文、新诗的学者。胡适与陈独秀虽然政见不合，但同为五四运动的核心人物，对中国近代史产生了深远的影响。胡适阅读丰富，兴趣广泛，著作等身，在文学、哲学、史学、考据学、教育学、伦理学、红学等诸多领域都有深入的研究。著有《白话文学史》（上卷）、《胡适文存》《尝试集》《中国哲学史大纲》（上卷）、《中国章回小说考证》等作品。

青年会叫我在未离南方赴北方之前在这里谈谈，我很高兴，题目是《为什么读书》。现在读书运动大会开始，青年会拣定了三个演讲题目。我看第二题目《怎样读书》很有兴味，第三题目《读什么书》更有兴味，第一题目无法讲，为什么读书，连小孩子都知道，讲起来很难为情，而且也讲不好。所以我今天讲这个题目，不免要侵犯其余两个题目的范围，不过我仍旧要为其余两位演讲的人留一些余地。现在我就把这个题目来试一下看。我从前也有过一次关于读书的演讲，后来我把那篇演讲录略事修改，编入三集文存里面，那篇文章题目叫作《读书》，其内容性质较近于第二题目，诸位可

---

① 本文为 1930 年 11 月下旬胡适在上海青年会的演讲，文稿经胡适校正，原载 1930 年 12 月、1931 年 2 月《现代学生》第 1 卷第 3、5 期。

以拿来参考。今天我就来试试《为什么读书》这个题目。

从前有一位大哲学家①做了一篇《读书乐》，说到读书的好处，他说："书中自有千钟粟，书中自有黄金屋，书中自有颜如玉。"这意思就是说，读了书可以做大官，获厚禄，可以不至于住茅草房子，可以娶得年轻的漂亮太太（台下哄笑）。诸位听了笑起来，足见诸位对于这位哲学家所说的话不十分满意。现在我就讲所以要读书的别的原因。

为什么要读书？有三点可以讲：第一，因为书是过去已经知道的知识学问和经验的一种记录，我们读书便是要接受这人类的遗产；第二，为要读书而读书，读了书便可以多读书；第三，读书可以帮助我们解决困难，应付环境，并可获得思想材料的来源。我一踏进青年会的大门，就看见许多关于读书的标语。为什么读书？大概诸位看了这些标语就都已知道了，现在我就把以上三点更详细的说一说。

第一，因为书是代表人类老祖宗传给我们的知识的遗产，我们接受了这遗产，以此为基础，可以继续发扬光大，更在这基础之上，建立更高深更伟大的知识。人类之所以与别的动物不同，就是因为人有语言文字，可以把知识传给别人，又传至后人，再加以印刷术的发明，许多书报便印了出来。人的脑很大，与猴不同，人能造出语言，后来更进一步而有文字，又能刻木刻字，所以人最大的贡献就是过去的知识和经验，使后人可以节省许多脑力。非洲野蛮人在山野中遇见鹿，他们就画了一个人和一只鹿以代信，给后面的人叫他们勿追。但是把知识和经验遗给儿孙有什么用处呢？这是有用处的，因为这是前人很好的教训。现在学校里各种教科，如物理，化学，历史，等等，都是根据几千年来进步的知识编纂成书的，一年，两年，或者三年，教完一科。自小学，中学，而至大学毕业，这十六年中所受的教育，都是代表我们老祖宗几千年来得来的知识学问和经验。所谓进化，就是叫人节省劳力，蜜蜂虽能筑巢，能发明，但传下来就只有这一点知识，没有继续去改革改良，以应付环境，没有做格外进一步的工作。人呢，达不到目的，就再去求进步，而以前人的知识学问和经验作参考。如果每

---

① 指宋真宗。

样东西，要个个人从头学起，而不去利用过去的知识，那不是太麻烦了吗？所以人有了这知识的遗产，就可以自己去成家立业，就可以缩短工作，使有余力做别的事。

第二点稍复杂，就是为读书而读书。读书不是那么容易的一件事情，不读书不能读书，要能读书才能多读书。好比戴了眼镜，小的可以放大，糊涂的可以看得清楚，远的可以变为近。读书也要戴眼镜。眼镜越好，读书的了解力也越大。王安石对曾子固说："读经而已，则不足以知经。"所以他对于本草，内经，小说，无所不读，这样对于经才可以明白一些。王安石说："致其知而后读。"

请你们注意，他不说读书以致知，却说，先致知而后读书。读书固然可以扩充知识；但知识越扩充了，读书的能力也越大，这便是"为读书而读书"的意义。

试举《诗经》作一个例子。从前的学者把《诗经》看作"美""刺"的圣书，越讲越不通。现在的人应该多预备几副好眼镜——民俗学的眼镜，社会学的眼镜，人类学的眼镜，考古学的眼镜，文法学的眼镜，文学的眼镜。眼镜越多越好，越精越好。例如"野有死麕，白茅包之。有女怀春，吉士诱之"；我们若知道比较民俗学，便可以知道打了野兽送到女子家去求婚，是平常的事。又如"钟鼓乐之，琴瑟友之"，也不必说什么文王太姒，只可看作少年男子在女子的门口或窗下奏乐唱和，这也是很平常的事。再从文法方面来观察，像《诗经》里"之子于归""黄鸟于飞""凤凰于飞"的"于"字，此外，《诗经》里又有几百个的"维"字，还有许多"助词""语词"，这些都是有作用而无意义的虚字，但以前的人却从未注意及此。这些字若不明白，《诗经》便不能懂。再说在《墨子》一书里，有点光学，力学；又有点逻辑，算学，几何学；又有点经济学。但你要懂得光学，才能懂得墨子所说的光；你要懂得各种知识，才能懂得《墨子》里一些最难懂的文句。总之，读书是为了要读书，多读书更可以读书。最大的毛病就在怕读书，怕读难书。越难读的书我们越要征服它们，把它们作为我们的奴隶或向导，我们才能够打倒难书，这才是我们的"读书乐"。若是我们有了某本的科学知识，那末，我们在读书时便能左右逢源。我再说一遍，读书的目的在于读书，要读书越多才可以读书越多。

第三点，读书可以帮助解决困难，应付环境，供给思想材料。知识是思想材料的来源。思想可分作五步。思想的起源是大的疑问。吃饭拉屎不用想，但逢着三叉路口，十字街头那样的环境，就发生困难了。走东或走西，这样做或是那样做，有了困难，才有思想。第二步要把问题弄清，究竟困难在哪一点上。第三步才想到如何解决，这一步，俗话叫作出主意。但主意太多，都采用也不行，必须要挑选。但主意太少，或者竟全无主意，那就更没有办法了。第四步就是要选择一个假定的解决方法。要想到这一个方法能不能解决。若不能，那末，就换一个；若能，就行了。这好比开锁，这一个钥匙开不开，就换一个；假定是可以开的，那末，问题就解决了。第五步就是证实。凡是有条理的思想都要经过这五步，或是逃不了这五个阶段。科学家要解决问题，侦探要侦探案件，多经过这五步。

这五步之中，第三步是最重要的关键。问题当前，全靠有主意（Ideas）。主意从哪儿来呢？从学问经验中来。没有知识的人，见了问题，两眼白瞪瞪，抓耳挠腮，一个主意都不来。学问丰富的人，见着困难问题，东一个主意，西一个主意，挤上来，涌上来，请求你录用。读书是过去知识学问经验的记录，而知识学问经验就是要用在这时候，所谓养军千日，用在一朝。否则，学问一些都没有，遇到困难就要糊涂起来。例如达尔文把生物变迁现象研究了几十年，却想不出一个原则去整统他的材料。后来无意中看到马尔萨斯的《人口论》，说人口是按照几何学级数一倍一倍地增加，粮食是按照数学级数增加，达尔文研究了这原则，忽然触机，就把这原则应用到生物学上去，创了物竞天择的学说。读了经济学的书，可以得着一个解决生物学上的困难问题，这便是读书的功用。古人说："开卷有益"，正是此意。读书不是单为文凭功名，只因为书中可以供给学问知识，可以帮助我们解决困难，可以帮助我们思想。又譬如从前的人以为地球是世界的中心，后来天文学家科白尼却主张太阳是世界的中心，地球绕着而行。据罗素说，科白尼所以这样地解说，是因为希腊人已经讲过这句话；假使希腊没有这句话，恐怕更不容易有人敢说这句话吧。这也是读书的好处。有一家书店印了一部旧小说叫作《醒世姻缘》，要我作序。这部书是西周生所著的，印好在我家藏了六年，我还不曾考出西周生是谁，这部小说讲到婚姻问题，其内容是这样：有个好老婆，不知何故，后来忽然变坏，作者没有提及解决方法，也没有想到可以离婚，只说是前世作孽，因为在前世男虐待女，女就投生换样子，压迫者变为被压迫者。这种前世作孽，起先相爱，后来忽变的故事，我仿佛什么地方看见过。后来忽然想起《聊斋》一书中有一篇和这相类似的笔记，也是说到一个女子，起先怎样爱着她的丈夫，后来怎样变为凶太太，便想到这部小说大约是蒲留仙或是蒲留仙的朋友做的。去年我看到一本杂记，也说是蒲留仙做的，不过没有多大证据。今年我在北京，才找到了证据。这一件事可以解释刚才我所说的第二点，就是读书可以帮助读书，同时也可以解释第三点，就是读书可以供给出主意的来源。当初若是没有主意，到了逢着困难时便要手足无措，所以读书可以解决问题，就是军事，政治，财政，思想等问题，也都可以解决，这就是读书的用处。

我有一位朋友，有一次傍着灯看小说，洋灯装有油，但是不亮，因为灯芯短了。于是他想到《伊索寓言》里有一篇故事，说是一只老鸦要喝瓶中的水，因为瓶太小，得不到水，它就衔石投瓶中，水乃上来，这位朋友是懂得化学的，于是加水于灯中，油乃碰到灯芯。这是看《伊索寓言》给他看小说的帮助。读书好像用兵，养兵求其能用，否则即使坐拥十万二十万的大兵也没有用处，难道只好等他们"兵变"吗？

至于"读什么书"，下次陈钟凡先生要讲演，今天我也附带的讲一讲。我从五岁起到了四十岁，读了三十五年的书。我可以很诚恳的说，中国旧籍是经不起读的。中国有五千年文化，四部的书已是汗牛充栋。究竟有几部书应该读，我也曾经想过。其中有条理有系统的精心结构之作，二千五百年以来恐怕只有半打。"集"是杂货店，"史"和"子"还是杂货店。至于"经"，也只是杂货店，讲到内容，可以说没有一些东西可以给我们改进道德增进知识的帮助的。中国书不够读，我们要另开生路，辟殖民地，这条生路，就是每一个少年人必须至少要精通一种外国文字。读外国语要读到有乐而无苦，能做到这地步，书中便有无穷乐趣。希望大家不要怕读书，起初的确要查阅字典，但假使能下一年苦功，继续不断做去，那末，在一二年中定可开辟一个乐园，还只怕求知的欲望太大，来不及读呢。我总算是老大哥，今天我就根据我过去三十五年读书的经验，给你们这一个临别的忠告。

导读
要读书越多才可以读书越多

　　胡适之先生是一百多年前新文化运动时期的领袖、大学者，也是20世纪有世界性影响的中国人之一。他在推进对传统文化的反思，整理传统文化作品等方面，都作出过奠基性的贡献。胡适之先生在《新青年》杂志发表的《文学改良刍议》，是最具体、最有针对性地提出新文学样式的文章，至今读来都觉得极有学习价值。胡适之先生的《中国章回小说考证》对《三国演义》《水浒传》《西游记》和《红楼梦》等传统名著，做了非常重要的作者考订和判断，也影响了其后的几代学者。他的《白话文学史》从先秦写到唐代，对中国传统文学做了极其独特的读解。胡适之先生提倡有生命的文学，反对假道学伪道德的文学。他推崇民间文学的活力生态，开创了传统文学研究的新天地，对其后的文学观念产生了巨大的影响。

　　胡适之先生读了那么多的书，写了那么多的书，都是他在极度忙碌中做出来的。抗日战争后期，胡适之先生一度担任了驻美大使，为争取美国政府和民众对中国的支持，他辛劳奔走，做了几百场英文演讲，在美国传播中国声音。抗日战争最艰难的时刻，胡适之先生就已在美国不断奔走，努力争取美国的支持。直到日本偷袭珍珠港，美国正式对日宣战，中国的抗战才摆脱艰苦卓绝的孤独处境，融入了世界反法西斯斗争的阵营中。

　　胡适之先生不仅是大学问家，也是大演说家。他在美国康奈尔大学就读时，就显示出了演讲才华，转学到哥伦比亚大学之后，更是认真锻炼自己的演讲才能。回国之后，作为新文化运动的倡议者，胡适先生青年成名，全国各地都邀请他去做演讲。

　　胡适先生所做的演讲，涉及"读书"内容的我读了好几篇，有似这篇鼓励人们读书的，有下面附录介绍"读书的方法"的，还有谈自己找书心得的，各种都有。他的演讲，深入浅出，生动活泼，举例子恰到好处，显示出了良好的场控能力。

　　很多选本都把胡适先生演讲的第一段有关"青年会"的开场白删掉了，只保留胡适先生演讲中的"干货"，直接从"从前有一位大哲学家"这段开始。在操刀删除第一段的编辑们眼中，第一段的开场白似乎是没有价值的。但是，我们如果做过演讲就会知道，任何演讲都不会直接就"从前有一位大哲学家"这么讲的，这太突兀了，甚至还有些无礼。任何演讲家都会做一个开场白，感谢邀请者，谈自己要讲的题目和内容，并限定自己演讲的范围，这样方便听讲者的记忆和理解。

　　演讲里提到的"曾子固"是宋代散文家曾巩，跟王安石齐名。而蒲留仙就是《聊斋志异》的作者蒲松龄。民国之前，读书人都有"名"有"字"。曾巩是名，父母起的，一般人不会用这个名来称呼他；子固是字，自己取的，朋友们都用字来称呼他。如王安石，字介甫，又多雅称为王荆公；胡适，字适之。记得胡适先生与历史学家唐德刚教授做对谈时，专门强调说，正式地讲，人们应该称他为"胡适之先生"。但现在我们都习惯了写胡适先生，叫胡适之先生反而觉得别扭。这就是习惯成自然，将错就错了。

　　演讲有一个重要的技巧，以身示例，将心比心。你讲别人的事情，总有些隔膜，讲自己经历的事情、自己朋友经历的事情，会让听众不由自主地产生可信感，觉得这件事情靠谱。因此，胡适先生不仅用自己做例子谈怎样读书，还举朋友看书点油灯的例子。这些身边的例子，既手到拈来，又生动贴切。我们自己如果有机会在众人面前演讲，好好读一读胡适先生的这篇演讲稿，会很有帮助。

　　胡适先生提到读书的三点好处，归纳起来：一、可以继承前人智慧；二、读书而更能读书；三、可以解决实际问题。

　　这里可以补充一点：读到好书会感受到纯粹的乐趣。读书没有乐趣，真不如不读书。大学者林语堂先生在演讲《论读书》里，也谈到了读书的乐趣，大家不妨找来看。

思考

在互联网时代、电子阅读时代，我们还有必要读胡适之先生说的那些纸质书吗？我曾写文章说，中小学学生要养成阅读有难度的长文的习惯，不能停留在读小文、短文、趣文上，家长们和老师们更要认清这一点，不能迷信碎片化阅读，不要过分沉迷打卡式阅读。这些非系统的碎片化阅读所获得的是"信息"，而阅读有难度的长文才是摄取"系统知识"。阅读有难度的长文，不仅有助于培养阅读耐心，也有助于养成逻辑思考的习惯。

在胡适之先生那个时代，没有电子书，他不会想到我们遇到的问题。现在的电子阅读器不仅阅读效果非常好，而且携带也方便，容量大，有其独有的便利之处。我们应如何调和电子阅读器和纸质书之间的矛盾呢？

延伸阅读

胡适《四十自述》《白话文学史》《中国章回小说考证》。

读书的方法

梁启超

作者简介

梁启超（1873—1929），字卓如，一字任甫，号任公，又号饮冰室主人等，清朝光绪年间举人。中国近代思想家、政治家、教育家、史学家、文学家。戊戌变法（百日维新）领袖之一、中国近代维新派代表人物，被称为两千年来最具百科全书式学问的大师。梁启超先生青年时期和康有为一起倡导变法维新，变法失败后出走日本，在海外推动"君主立宪"。"辛亥革命"后一度加入袁世凯政府，担任司法总长；之后对袁世凯称帝、张勋复辟严词抨击，并加入段祺瑞政府。他倡导新文化运动，支持五四运动。曾倡导文体改良的"诗界革命"和"小说界革命"，其著作合编为《饮冰室合集》，其学术专著《清代学术概论》《墨子学案》《中国近三百年学术史》《先秦政治思想史》等，都有奠基性意义。梁启超先生的文章《少年中国说》选入中学语文课本，广有影响。他的《论小说与群治之关系》是文学政治学名作，对小说这一门类作出了独特的评价，让"不入流"的小说，登入了大雅之堂，影响深远。梁启超民国时为清华大学国学院四大导师之一，另三位为王国维、陈寅恪、赵元任。其卓越的学术成就，使清华大学国学院声名远扬。

若问读书方法，我想向诸君上一个条陈。这方法是极陈旧的，极笨极麻烦的，然而实在是极必要的。什么方法呢？是钞[①]录或笔记。

[①] 今作"抄"。

我们读一部名著，看见他征引那么繁博，分析那么细密，动辄伸着舌头说道：这个人不知有多大记忆力，记得许多东西。这是他的特别天才，我们不能学步了。其实那里有这回事。好记性的人不见得便有智慧。有智慧的人，比较的倒是记性不甚好。你所看见者是他发表出来的成果，不知他这成果，原是从铢积寸累困知勉行得来。大抵凡一个大学者平日用功，总是有无数小册子或单纸片。读书看见一段资料，觉其有用者，即刻钞下。（短的钞全文，长的摘要，记书名卷数叶数。）资料渐渐积得丰富，再用眼光来整理分析他，便成一篇名著。想看这种痕迹，读赵瓯北的《二十二史劄记》、陈兰甫的《东塾读书记》，最容易看出来。

这种工作，笨是笨极了，苦是苦极了，但真正做学问的人，总离不了这条路。做动植物的人，懒得采集标本，说他会有新发明，天下怕没有这种便宜事。

发明的最初动机在注意，钞书便是促醒注意及继续保存注意的最好方法。当读一书时，忽然感觉这一段资料可注意，把他钞下，这件资料自然有一微微的印象印入脑中，和滑眼看过不同。经过这一番后，过些时碰着第二个资料和这个有关系的，又把他钞下，那注意便加浓一度。经过几次之后，每翻一书，遇有这项资料，便活跳在纸上，不必劳神费力去找了。这是我多年经验得来的实况，诸君试拿一年工夫去试试，当知我不说谎。

先辈每教人不可轻言著述，因为未成熟的见解公布出来，会自误误人。这原是不错的，但青年学生"斐然当述作之誉"，也是实际上鞭策学问的一种妙用。譬如同是读《文献通考》的《钱币考》、各史《食货志》中钱币项下各文，泛泛读去，没有什么所得；倘若你一面读一面便打主意做一篇《中国货币沿革考》，这篇考做的好不好，另一问题，你所读的自然加几倍受用。

譬如同读一部《荀子》，某甲泛泛读去，某乙一面读，一面打主意做部《荀子学案》，读过之后，两个人的印象深浅，自然不同，所以我很奖劝青年好著书的习惯。至于所著的书，拿不拿给人看，什么时候才认成功，这还不是你的自由吗？

每日所读之书，最好分两类：一类是精熟的，一类是浏览的；因为我们一面要养成读书心细的习惯，一面要养成读书眼快的习惯。心不细则毫无所得，等于白读；眼不快则时候不够用，不能博搜资料。诸经、诸子、四史、《通鉴》等书，宜入精读之部，每日指定某时刻读他，读时一字不放过，读完一部才读别部，想钞录的随读随钞。另外指出一时刻，随意涉览：觉得有趣，注意细看；觉得无趣，便翻次叶；遇有想钞录的，也俟读完再钞，当时勿窒其机。

诸君勿因初读中国书，勤劳大而结果少，便生退悔，因为我们读书，并不是想专向现时所读这一本书里讨现钱现货的得多少报酬，最要紧的是涵养成好读书的习惯，和磨炼出善读书的脑力。青年期所读各书，不外借来做达这两个目的的梯子。我所说的前提倘若不错，则读外国书和读中国书当然都各有益处。外国名著，组织得好，易引起趣味；他的研究方法，整整齐齐摆出来，可以做我们模范。这是好处。我们滑眼读去，容易变成享现成福的少爷们，不知甘苦来历。这是坏处。中国书未经整理，一读便是一个闷头棍，每每打断趣味。这是坏处。逼着你披荆斩棘，寻路来走，或者走许多冤枉路。（只要走路，断无冤枉。走错了回头，便是绝好教训。）从甘苦阅历中磨炼出智慧，得苦尽甘来的趣味，那智慧和趣味却最真切。这是好处。

还有一件，我在前项书目表中有好几处写"希望熟读成诵"字样。我想诸君或者以为甚难，也许反对说我顽旧，但我有我的意思。我并不是奖励人勉强记忆，我所希望熟读成诵的有两种类：一种类是最有价值的文学作品，一种类是有益身心的格言。好文学是涵养情趣的工具，做一个民族的分子，总须对于本民族的好文学十分领略。能熟读成诵，才在我们的"下意识"里头，得着根柢。不知不觉会"发酵"有益身心的圣哲格言，一部分久已在我们全社会上形成共同意识，我既做这社会的分子，总要澈①底了解他，才不至和共同意识生隔阂；一方面我们应事接物时候，常常仗他给我们的光明。要平日摩得熟，临时才得着用。我所以有些书希望熟读成诵者在此，但亦不过一种格外希望而已，并不谓非如此不可。

---

① 同"彻"。

导读
所以我很奖劝青年好著书的习惯

梁启超先生生长在清末民初，当着国家衰退、混乱，艰难时世，他心怀救国之大志，不仅从事政治活动，而且研究创作一刻不停。在那个用毛笔手写的时代，他的著作竟达千万字之巨，而且很多部专著都是开创一番新天地的名著。他的阅读态度和写作方式，自然值得我们好好学习、研究。

一个人要打好学问基础，总是离不开阅读和写作这两项。而阅读又各有妙招，正确地下功夫是很重要的。

梁启超先生首先提倡"抄书"，我们今天可以说是做笔记。每次读书，看到有趣的地方，有心得的好词句，就把它抄下来。短的文章全文抄录，长文则摘其重要信息。这样长年累月地积累，忽然某一天就会发现自己的阅读已经有一定的积累和规模了。所以我提倡中小学学生备一个漂亮的笔记本，读完一本书，记录一下。

最简单的记录：只记书名、作者、出版社、出版日期。如果是外版书，要注明译者。

稍复杂的记录：抄录若干自己喜欢的段落，有意思的句子。

更好是归纳：简要归纳这本书的内容。

最佳的做法：写下自己的心得和评价。

梁启超先生是大天才、大学问家，他竟然说：记忆力好的人，"不见得便有智慧"，而有智慧者"比较的倒是记性不甚好"。这真是为我这样的人做了很大的解脱，我总觉得自己记忆力不好，而且为此感到惭愧，没想到这倒不是一个人不可挽救的缺点，而只是一种特点。我们完全可以下功夫——抄录，理解，记忆，来积累知识，提升智慧。而且，反复有得，反复启发，也是抄录可能带来的好处。

梁启超先生另外提倡多写作，带着写作的目的去阅读，会印象更深，阅读更有效率。写作是最好的表达训练，不管你最终写成什么样，在写作的过程中会形成对文字的感受，逻辑思维也会在写作中逐渐形成。不写作的人，读一本好书后，聊起天来可能也有不错的观点，也能发表有意思的妙论，但如果你想对这本好书有更为深入的理解，从中得到大启发，那么为这本书写一篇读后感、评论文章，是很有效的办法。写作过程中会不断出现新问题，然后返回去翻查书本，重新思考，解决不断出现的新问题。这时，你对这本书的阅读就是真正的精读了。这不是泛泛浏览、浮光掠影之辈能媲美的。

阅读与写作，相互促进。光阅读，不写作，终是隔了一层，容易眼高手低。

孙婧妍是2013年北京语文高考状元，她也悟到了阅读和写作的紧密关系。她说：有效的阅读和写作训练，可以积累丰富的语文知识；写作训练，可以提高表达能力；然后只要稍微注意一下考试答题技巧，就会考出高分。这么说虽然是功利的，但也道出了高效率学习语文的方法。语文成绩优秀的学生，很少是靠着呆头呆脑死记硬背炼成的，都需要长年累月的阅读积累和写作训练。

但也不是阅读什么书都需要抄，梁启超先生说："每日所读之书，最好分两类：一类是精读的，一类是浏览的。"这就是做分类。经典的名著，需要熟读，需要抄写；而流行作品，只为娱乐的，可以一目十行，看过了，找些乐趣即可，不必花力气、时间过分钻研——专门研究流行文化的学者除外。

梁启超先生说："我们一面要养成读书心细的习惯，一面要养成读书眼快的习惯。心不细则毫无所得，等于白读；眼不快则时候不够用，不能博搜资料。"这也是一种很重要的阅读能力。

我从小在乡村小学、乡村中学读书，缺乏名师引导，没有养成读书时做笔记的习惯。到现在也做得不好，所以自己想了一个办法，凡读到值得分享的好书，我都尽量写一篇书评文章，或读后感，这就算是逼自己"做笔记"了。写读后感会生出很多新问题，因此需要反复阅读，从而加深印象，也加深了理解。虽然不是很严谨的做法，但也算是一种自我补充。因此，至今我读了很多书，也写了很多文章。

思考

读完这篇文章，你会立即去找一个本子，从这本书开始做抄录吗？

胡适之和梁启超先生都强调写作的重要性。胡适之先生说："发表是吸收知识和思想的绝妙方法。"梁启超先生认为——青年学生"斐然当述作之誉"，是鞭策做学问的一种妙用。

你做好准备动手写一篇文章了吗？

延伸阅读：

梁启超《欧游心影录》《论小说与群治之关系》。

阅读什么和怎样阅读

夏丏尊

作者简介

夏丏尊（1886—1946），原名铸，字勉旃，号闷庵，别号丏尊，浙江上虞人。文学家、教育家、翻译家、出版家。早年曾入上海中西书院、绍兴府学堂（今绍兴一中）修业，1905年赴日本留学，1907年辍学回国，开始教书和编辑生涯。先后执教于浙江两级师范学堂、湖南第一师范、上虞春晖中学、上海江湾立达学园、暨南大学、上海南屏女中等校，前后共二十余年。1926年起一边教书，一边从事出版事业，任上海开明书店编辑所长十余年，并编辑发行《中学生》《新少年》《新女性》《一般》《救亡报》等报刊。夏丏尊先生最早从日文转译意大利亚米契斯的名作《爱的教育》，出版散文集《平屋杂文》等，并有《夏丏尊文集》行世。

中学生诸君：我在这回播音所担任的是中学国语科的节目。国语科有好几个方面，我想对诸君讲的是些关于阅读方面的话。预备分两次讲，一次讲"阅读什么"，一次讲"怎样阅读"。今天先讲"阅读什么"。

让我在未讲到正文以前，先发一句荒唐的议论。我以为书这东西是有消灭的一天的。书只是供给知识的一种工具，供给知识其实并不一定要靠书。试想，人类的历史不知已有多少年，书的历史比较起来是很短很短的。太古的时代并没有书，可是人类也竟能生活下来，他们的知识原不及近代人，却也不能说全没有知识。足见书不是知识的唯一的来源，要得知识并不一定要靠书的了。古代的事，我们只好凭想象来说，或者有些不可靠，再看现在的情形吧。今天的讲演是用无线电播送给诸君听的，假定听的有一万个人，如果我讲得好，有益于诸君，那效力就等于一万个人各读了一册"读书法"或"读书指导"之类的书了。我们现在除了无线电话以外还有电影可以利用，历史上的事件，科学上的制造，如果用电影来演出，功效等于读历史书和科学书。假定有这么一天，无线电话和电影发达得很进步普遍，放送的材料有人好好编制，适于各种人的需要，那么书的用处会逐渐消灭，因为这些利器已可代替书了。我们因了想象知道太古时代没有书，将来也可不必有书，书的需要可以说是一种过渡时代的现象。

今天所讲的题目是《阅读什么》，方才这番议论好像有些荒唐，文不对题。其实我的意思只是想借引破除许多读书的错误观念。我也承认书本在今日还是有用的，我们生存在今日，要求知识，最普通、最经济的方法还是读书。可是一向传下来的读书观念，很有许多是错误的。有些人把读书认为高尚的风雅事情，把书本当作玩好品古董品，好像书这东西是与实际生活无关，读书是实际生活以外的消遣工作。有些人把书认为唯一的求学的工具，以为所谓求知识就是读书的别名，书本以外没有知识的来路。这两种观念都是错误的，犯前一种错误的以一般人为多，犯后一种错误的大概是青年人，尤其是日日手捏书本的中学生诸君。

我以为书只是求知识的工具之一，我们为了要生活，要使生活的技能充实，就得求知识。所谓知识，绝不是什么装饰品，只是用来应付生活，改进生活的技能。譬如说，我们因为要在自然界中生存，要知道利用自然界理解自然界的情形，才去学习物理、化学和算学等科目；我们因为要在这世界上做人，才去学习世界情形，修习世界史和世界地理等科目；我们因为要做现在的中国人民，才去学习本国历史、地理、公民等科目。学习的方法可有各式各样，有时需用实验的方法，有时需用观察的方法，有时需用演习的方法，并不一定都依靠书。只因为书是文字写成的，文字是最便利的东西，可把世间一切的事情，一切的道理都记载出来，印成了书，随时随地可以翻看，所以书就成了求知识的重要的工具，值得大众来阅读了。

一

以上是我对于书的估价，下面就要讲到今天的题目《阅读什么》了。

青年人应该读些什么书？这是一个从古以来的大问题，对于这问题从古就有许多人发表过许多议论，近十年来这问题也着实热闹，有好几位先生替青年开过书目单，其中比较有名的是梁启超先生和胡适之先生所开的单子。诸君之中想必有许多人见过这些单子的。我今天不想再替诸君另开单子，只想大略地告诉诸君几个着手的方向。

我想把读书和生活两件事连成一气、打成一片来说，在我的见解，读书并不是风雅的勾当，是改进生活、丰富生活的手段，书籍并不是茶余酒后的消遣品，乃是培养生活上知识技能的工具。一个人该读些什么书，看些什么书，要依了他自己的生活来决定、来选择。我主张把阅读的范围，分成三个，一是关于自己的职务的，二是参考用的，三是关于趣味或修养的。举例子来说，做内科医生的，第一应该阅读的是关于内科的书籍杂志，这是关于自己职务的阅读，属于第一类。次之是和自己的职务无直接关系，可以做研究上的参考，使自己的专门知识更丰富确切的书，如因疟疾的研究，而注意到蚊子的种类，便去翻某种生物学书；因了疟蚊的分布，便去翻阅某种地理书；因了某种药物的性质，便去查检某种的植物书、矿物书；因了某一词的怀疑，便去翻查某种辞典。这是参考的阅读，属于第二类。再次之这位医生除了医生的职务，当然还有趣味或修养的生活。在趣味方面，他如果是喜欢下围棋的，不妨看看关于围棋的书，如果是喜欢摄影的，不妨看看关于摄影的书，如果是喜欢文艺的，不妨看看诗歌、小说一类的书。在修养方面，他如果是有志于品性的修炼的，自然会去看名人传记或经典格言等类的书，如果是觉得自己身体非锻炼不可的，自然会去看游泳、运动等类的书。这是趣味或修养方面的阅读，属于第三类。第一类关于职务的书是各人不相同的，银行家所该阅读的书和工程师不同，农业家所该阅读的书和音乐家不同。第二类的参考书，是因了专门业务的研究随时连类牵涉到的，也不能划出一定的种数。至于第三类的关于趣味或修养的书，更该让各个人自由分别选定。总而言之，读书和生活应该有密切的关联。

上面我把阅读的范围分为三个，一是关于职务的，二是参考的，三是关于趣味或修养的。下面我将根据这几个原则对中学生诸君讲"阅读什么"的问题。

先讲关于职务的阅读。诸君的职务是什么呢？诸君是中学生，职务就在学习中学校的各种功课。诸君将来也许会做官吏、做律师、开商店、做教师，各有各的职务吧，现在却都在中学校受着中等教育，把中学校所规定的各种功课，好好学习，就是诸君的职务了。诸君在职务上该阅读的书不是别的，就是学校规定的各种教科书。诸君对于我这番话也许会认为无聊吧，也许有人说，我们每日捧了教科书上课堂、下课堂，本来天天在和教科书做伴侣，何必再要你来嘈杂呢？可是，我说这番话，自信态度是诚恳的。不瞒诸君说，我也曾当过许多年的中学教师，据我所晓得的情形，中学生里面能够好好地阅读教科书的人并不十分多。有些中学生喜欢读小说，随便看杂志，把教科书丢在一边，有些中学生爱读英文或国文，看到理化算学的书就头痛。这显然是一种偏向的坏现象。一般的中学生虽没有这种偏向的情形，也似乎未能充分地利用教科书。教科书专为学习而编，所记载的只是各种学科的大纲，原并不是什么了不得的著作，但对于学习还是有价值的工具。学习一种功课，应该以教科书为基础，再从各方面加以扩充，加以比较、观察、实验、证明等种种切实的工夫，并非胡乱阅读几遍就可了事。举例来说，国语科的读书，通常是用几篇选文编成的，假定一册国文读本共有三十篇文章，你光是把这三十篇文章读过几遍，还是不够，你应该依据了这些文章做种种进一步的学习，如文法上的习惯啊、修辞上的方式啊、断句和分段的式样啊，诸如此类的事项，你都须依据了这些文章来学习，收得扼要的知识才行。仅仅记牢了文章中所记的几个故事或几种议论，不能算学过国语一科的。再举一个例来说，算学教科书里有许多习题，你得一个一个地演习，这些习题，一方面是定理或原则的实际上的应用，一方面是使你对于已经学过的定理或原则更加明了的。例如四则问题有种种花样，龟鹤算啊、时计算啊、父子年岁算啊，你如果只演习了一个个的习题，而不能发现这些习题中的共通的关系或法则,也不好称为已学会了四则。依照这条件来说,阅读教科书并非简单的工作了。中学科目有十几门,每门的教科书先该平均地好好阅读,因为学习这些科目是诸君现在的职务。

次之讲到参考书。如果诸君之中有人问我,关于某一科应看些什么参考书?我总是无法回答。我以为参考书的需要因特种的题目而发生,是临时的,不能预先决定。干脆地说,对于第一种职务的书籍阅读得马马虎虎的人,根本没有阅读参考书的必要。要参考,先得有题目,如果心里并无想查究的题目,随便拿一本书来东翻西翻,是毫无意味的傻事,等于在不想查生字的时候去胡乱翻字典。就国语科举例来说,诸君在国语教科书里读到一篇陶潜的《桃花源记》,如果有不曾明白的词儿,得翻辞典,这时辞典(假定是《辞源》)就成了参考书。这篇文章是晋朝人做的,如果诸君觉得和别时代人所写的情味有些两样,要想知道晋代文的情形,就会去翻中国文学史(假定是谢无量编的《中国文学史》),这时文学史就成了诸君的参考书。这篇文章里所写的是一种乌托邦思想,诸君平日因了师友的指教,知道英国有一位名叫马列斯[①]的社会思想家写过一本《理想乡消息》[②]和陶潜所写的性质相近,拿来比较,这时,《理想乡消息》就成了诸君的参考书。这篇文章是属于记叙一类的,诸君如果想明白记叙文的格式,去翻看《记叙文作法》(假定是孙俍工编的),这时《记叙文作法》就成了诸君的参考书。还有,这篇文章的作者叫陶潜,诸君如果想知道他的为人,去翻《晋书·陶潜传》或《陶集》,这时《晋书》或《陶集》就成了诸君的参考书。这许多参考书是因为有了题目才发生的,没有题目,参考无从做起,学校图书室虽藏着许多的书,诸君自己虽买有许多的书,也毫无用处。国语科如此,别的科目也一样。诸君上历史课听教师讲英国的工业革命一课,如果对于这件历史上的事迹发生了兴趣或问题,就自然会请问教师得到许多的参考书,图书馆里藏着的《英国史》,各种经济书类,以及近来杂志上

---

① 今译"莫里斯"。
② 今译"乌有乡消息"。

所发表过的和这事有关系的单篇文字，都成了诸君的参考书了。所以，我以为参考书不能预先开单子，只能照了所想参考的题目临时来决定。在到图书馆去寻参考书以前，我们应该先问自己，我所想参考的题目是什么？有了题目，不知道找什么书好，这是可以问教师、问朋友、查书目的，最怕的是连题目都没有。

上面所讲的是关于参考书的话。再其次要讲第三种关于趣味修养的书了。这类的书可以说是和学校功课无关的，不妨全然照了自己的嗜好和需要来选择。一个人的趣味是会变更的，一时喜欢绘画的人，也许不久会喜欢音乐，喜欢文学的人，也许后来会喜欢宗教。至于修养，方面更广，变动的情形更多。在某时候觉得自己身心上的缺点在甲方面，该补充矫正。过了些时，也许会觉得自己身心上的缺点在乙方面，该补充矫正了。这种自然的变更，原不该勉强拘束，最好在某一时期，勿把目标更动。这一星期读陶诗，下一星期读西洋绘画史，趣味就无法涵养了。这一星期读曾国藩家书，下一星期读程、朱语录，修养就难得效果了。所以，我以为这类的书，在同一时期中，种数不必多，选择却要精。选定一二种，须定了时期来好好地读。假定这学期定好了某一种趣味上的书，某一种修养上的书，不妨只管读去，正课以外，有闲暇就读，星期日读，每日功课完毕后读，旅行的时候在车上船上读，逛公园的时候坐在草地上读。如果读到学期完了，还不厌倦，下学期依旧再读，读到厌倦了为止。诸君听了我这番话，也许会骇异吧。我自问不敢欺骗诸君，诸君读这类书，目的不在会考通过，也不在毕业迟早，完全为了自己受用，一种书读一年，读半年，全是诸位的自由，但求有益于自己就是，用不着计较时间的长短。把自己欢喜读的书永久地读，是有意义的。赵普读《论语》，是有名的历史故事，日本有一位文学家名叫坪内逍遥，新近才死，他活了近八十岁，却读了五十多年的莎士比亚剧本。

我的话已完了。现在来一个结束。我以为：书是供给知识的一种工具，读书是改进生活、丰富生活的手段，该读些什么书要依了生活来决定选择。首先该阅读的是关于职务的书，第二是参考书，第三是关于趣味或修养的书。中学生先该把教科书好好地阅读，因为中学生的职务就在学习中学校课程。参考书可因了所要参考的题目去决定，最要紧的是发现题目。至于趣味修养的书可自由选择，种数不必多，选择要精，读到厌倦了才更换。

▲ 分析

夏丏尊先生这个电台演讲是专门面对中学生的，所以他讲得很有针对性，条理也清晰。虽然那个时候没有电脑、网络，但夏丏尊先生开头对纸质书的预测，竟然显示出了极大的前瞻性。他是依据有书之前人们也有知识，也能生存预测的。在这篇演讲里，夏丏尊先生把读书和生活结合起来，并不主张割裂，这点需要我们注意。另外，夏丏尊先生讲到读书的三种情形，分类也很清楚：一类职务书，二类参考书，三类兴趣书。三者各有读法，值得参考。夏丏尊先生认为，中学生的职务书就是他们所用的教科书，这个观点很有趣。

二

前天我曾对中学生诸君讲过一次话，题目是《阅读什么》。今天所讲的，可以说是前回的连续题目，是《怎样阅读》。前回讲"阅读什么"，是阅读的种类，今天讲"怎样阅读"，是阅读的方法。

"怎样阅读"和"阅读什么"一样，也是一个老问题，从来已有许多人对于这问题说过种种的话。我今天所讲的也并无前人所没有发表过的新意见、新方法，今天的话是对中学生诸君讲的，我只希望我的话能适合于中学生诸君就是了。

我在前回讲"阅读什么"的时候，曾经把阅读的范围划成三个方面：第一是关于职务的书，第二是参考的书，第三是趣味或修养的书。中学生的职务在学习，中学校的课程，中学校的各科教科书属于第一类；学习功课的时候须有别的书籍做参考，这些参考书属于第二类；在课外选择些合乎自己个人趣味或有关修养的书来阅读，这是第三类。今天讲"怎样阅读"，也仍想依据这三个方面来说。

先讲第一类关于诸君职务的书，就是教科书。摆在诸君案头的教科书有两种性质可分，一种是有严密的系统的，一种是没有严密的系统的。如算学、理化、地理、历史、植物、动物等科的书，都有一定的章节，一定的前后次序，这是有系统的。如国文读本，英文读本，就定不出严密的系统，一篇韩愈的《原道》可以收在初中国文第一册，也可以收在高中国文第二册；一篇富兰克林的传记，可以摆在初中英文第三册，也可以摆在高中英文第二册。诸君如果是对于自己所用着的教科书留心的，想来早已知道这情形。这情形并不是偶然的，可以说和学科的性质有关。有严密的系统的是属于一般的所谓科学，像国文、英文之类是专以语言文字为对象的，除文法、修辞教科书外，一般所谓读本、教本，都是用来做模范做练习的工具的东西，所以本身就没有严密的系统了。教科书既然有这两种分别，阅读的方法就也应该有不同的地方。

如果把阅读分开来说，一般科学的教科书应该偏重于阅，语言文字的教科书应该偏重在读。一般科学的教科书虽也用了文字写着，但我们学习的目标并不在文字上，譬如说，我们学地理、学化学，所当注意的是地理、化学书上所记着的事项本身，这些事项除图表外还用文字记着，但我们不必专从文字上记忆揣摩，只要从文字去求得内容就够了。至于语言文字的学科就不同，我们在国文教科书里读到一篇文章——假定是韩愈的《画记》，这时我们不但该知道韩愈这个人，理解这篇《画记》的内容，还该有别的目标，如文章的结构、词句的式样、描写表现的方法，等等，都得加以研究。如果读韩愈的《画记》，只知道当时曾有过这样的画，韩愈曾写过这样的一篇文章，那就等于不曾把这篇文章当作国文功课学习过。我们又在英文教科书里读华盛顿砍樱桃树的故事，目的并不在想知道华盛顿为什么砍樱桃树，砍了樱桃树后来怎样，乃是要把这故事当作学习英文的材料，收得英文上种种的法则。所以阅读两个字不妨分开来用，一般科学的教科书应懂它的内容，不必从文字上去瞎费力，只要好好地阅就行，像国文、英文两门是语言文字的功课，应在形式上多用力，只阅不够，该好好地读。

不论是阅还是读，对于教科书该毫不放松，因为这是正式功课，是诸君职务上的工作。有疑难，得去翻字典；有问题，得去查书。这就是所谓参考了。参考书是为用功的人预备的，因为要参考先得有参考的项目或问题，这些项目或问题，要阅读认真的人才会从各方面发生。这理由我在前回已经讲过，诸君听过的想尚还能记忆，不多说了。现在让我来说些阅读参考书的时候该注意的事情。

第一，我劝诸君暂时认定参考的范围，不要把自己所要参考的项目或问题抛荒。我们查字典，大概把所要查的字或典故查出了就满足，不会再分心在字典上的。可是如果是字典以外的参考书，一不小心，往往有辗转跑远的事情。举例来说，你读《桃花源记》，为了"乌托邦思想"的一个项目，去把马列斯的《理想乡消息》来做参考书读，是对的，但你得暂时记住，你所要参考的是"乌托邦思想"，不是别的项目。你不要因读了马列斯的这部《理想乡消息》就把心分到很远的地方去。马列斯是主张美术的，是社会思想家，你如果不留意，也许会把所读的《桃花源记》忘掉，在社会思想咧、美术咧等的念头上打圈子，从甲方面转到乙方面，再从乙方面转到丙方面，结果会弄得头脑杂乱无章。我们和朋友谈话的时候，常有把话头远远地扯开去，忘记方才所谈的是什么的。这和因为看参考书把本来的题目抛荒，情形很相像。懂得谈话方法的人，碰到这种情形常会提醒对方把话说回来，回到所要谈的事情上去。看参考书的时候，也该有同样的主意，和自己所想参考的题目无直接关系的方面，不该去多分心。

第二，是劝诸君乘参考之便，留意一般书籍的性质和内容大略。除了查检字典和翻阅杂志上的单篇文字，所谓参考书者，普通都是一部一部的独立的书籍。一部书有一部书的性质、内容和组织式样，你为了参考，既有机会去见到某一部书，乘便把这一部书的情形知道一些，是并不费事的。诸君在中学里有种种规定要做的工作，课外读书的时间很少，有些书在常识上、将来应用上却非知道不可，例如，我们在中学校里不读《二十五史》《十三经》，但《二十五史》《十三经》是怎样的东西，却是该知道的常识。我们不做基督教徒，不必读圣书，但《新约》和《旧约》的大略内容，却是该知道的常识。如果你读历史课，对于"汉武帝扩展疆土"的题目，想知道得详细一点，去翻《史记》或是《汉书》，这时候你大概会先翻目录吧；你翻目录，一定会见到"本纪""列传""表""志"或"书"等的名目，这就是《史记》或《汉书》的组织构造。你读了里面的《汉武帝本纪》一篇，或全篇里的几段，再把这些目录看过，你就算是对于《史记》或《汉书》发生过关系，《史记》《汉书》是怎样的书，你可懂得大概了。再举一个例来说，你从植物学或动物学教师口头听到"进化论"的话，你如果想对这题目多知道些详细情形，你可到图书馆去找书来看。假定你找到了一本陈兼善著的《进化论纲要》，你可先阅序文，看这部书是讲什么方面的，再查目录，看里面有些什么项目。你目前所参考的也许只是其中一节或一章，但这全书的概括知识，于你是很有用处的。你能随时留心，一年之中，可以收得许多书籍的概括的大略知识，久而久之，你就知道哪些书里有些什么东西，要查哪些事项，该去找什么书，翻检起来，非常便利。

以上所说的是关于参考书的话。参考书因参考的题目随时决定，阅读参考书的时候，要顾到自己所参考的题目，勿使题目抛荒，还要把那部书的序文、目录留心一下，记个大略情形，预备将来的翻检便利。

以下应该讲的是趣味修养的书，这类的书，我在上回曾经讲过，种数不必多，选择要精。一种书可以只管读，读到厌倦才止。这类的书，也该尽量地利用参考书。例如：你现在正读着杜甫的诗集，那么有时候你得翻翻杜甫的传记、年谱以及别人诗话中对于杜诗的评语等的书。你如果正读着王阳明的《传习录》，你得翻翻王阳明的集子、他的传记以及后人关于程、朱、陆、王的论争的著作。把自己正在读着的书做中心，再用别的书来做帮助，这样，才能使你读着的书更明白，更切实有味，不至于犯浅陋的毛病。

上面所讲的是三种书的阅读方法。关于阅读两个字的本身，尚有几点想说说。我方才曾把教科书分为两种性质，一种是属于一般的科学的，有严密的系统，一种是属于语言文字的，没有严密的系统。我又曾说过，属于一般科学的该偏重在阅，属于语言文字的，只阅不够，该偏重在读。现在让我再进一步来说，凡是书都是用语言文字写成的，照普通的情形看来，一部书可以含有两种性质：书本身有着内容，内容上自有系统可寻，性质属于一般科学；书是用语言文字写着的，从形式上去推究，就属于语言文字了。一部《史记》，从其内容说是历史，但是也可以选出一篇来当作国文科教材。诸君所用的算学教科书，当然是属于科学一类的，但就语言文字看，也未始不可为写作上的参考模范。算学书里的文章，朴实正确，秩序非常完整，实是学术文的好模样。这样看来，任何书籍都可有两种说法，如果就内容说，只阅可以了，如果当作语言文字来看，那么非读不可。

这次播音，教育部托我担任的是中学国语科的讲话，我把我的讲话限在阅读方面。我所讲的只是一般的阅读情形，并未曾专就国语一科讲话。诸君听了也许会说我的讲话不合教育部所定的范围条件吧。我得声明，我不承认有许多独立存在的所谓国语科的书籍，书籍之中除了极少数的文法、修辞等类，都可以是不属于国语科的。我们能说《论语》《孟子》《庄子》《左传》是国语吗？能说《红楼梦》《水浒传》《三国演义》是国语吗？可是如果从形式上着眼，当作语言文字来研究，那就没有一种不是国语科的材料，不但《论语》《孟子》《庄子》《左传》是国语，《红楼梦》《水浒传》《三国演义》也是国语，诸君的物理教科书、植物教科书也是国语，甚至于张三的卖田契、李四的家信也是国语了。我以为所谓国语科，就是学习语言文字的一种功课；把本来用语言文字写着的东西，当作语言文字来研究，来学习，就是国语科的任务。所以我只讲一般的阅读，不把国语科特别提出。这层要请诸位注意。

把任何的书，从语言文字上着眼去学习研究，这种阅读，可以说是属于国语科的工作。阅读通常可分为两种，一是略读，一是精读。略读的目的在理解，在收得内容；精读的目的在揣摩，在鉴赏。我以为要研究语言文字的法则，该注重于精读。分量不必多，要精细地读，好比临帖，我们临某种帖，目的在笔意相合，写字得它的神气，并不在乎抄录它的文字。假定这部帖里共有一千个字，我们与其每日瞎抄一遍，全体写一千个字，倒不如拣选十个或二十个有变化的有趣味的字，每字好好地临几遍，来得有效。诸君读小说，假定是茅盾的《子夜》，如果当作语言文字的学习的话，所当注意的不该单是书里的故事，对于书里面的人物描写、叙事的方法、结构照应以及用辞、造句等该大加注意。诸君读诗歌，假定是徐志摩的诗集，如果当语言文字学习的话，不但该注意诗里的大意，还该留心它的造句、用韵、音节以及表现、着想、对仗、风格等的方面。语言文字上的变化技巧，其实并不十分多的，只要能留心，在小部分里也大概可以看得出来。假定一部书有五百页，每一页有一千个字，如果第一页你能看得懂，那么我敢保证，你是能把全书看懂的。因为全书所有的语言文字上的法则在第一页一千字里面大概都已出现。举例来说，文法上的法则，像动词的用法、接续词①的用法、形容词的用法、助词的用法以及几种句子的结合法，都已出现在第一页了。我劝诸君能在精读上多用力。

　　为了时间关系，我的话就将结束。我所讲的话，乱杂疏漏的地方自己觉得很多，请诸君带去求教师替我修正。关于中学国语科的阅读，我几年前曾发表过好些意见，所说的话和这回大有些不同。记得有两篇文章，一篇叫作《关于国文的学习》，载在《中学各科学习法》（《开明青年丛书》之一）里，还有一篇叫《国文科课外应读些什么》，载在《读书的艺术》（《中学生杂志丛刊》之一）里，诸君如未曾看到过的，请自己去看看，或者对于我这回的讲话，可以得到一些补充。我这无聊的讲话，费了诸君许多课外的时间，对不起得很。

导读

阅读通常可分为两种，一是略读，一是精读

　　夏丏尊先生这篇读书演讲，听众范围很明确，所以很有针对性。
　　我们写文章，做演讲，都会围绕着一个核心内容，有针对性地组织内容，分层次

---

① 今作"连词"。

表达。

　　夏丏尊先生这篇演讲，除了开场白交代来龙去脉，正文是两个部分：一是读什么，二是怎么读。再细化分别去讲，把读什么分成三种类型：职业书、参考书、兴趣书。这样就非常有条理，从广播中听讲的听众也更容易记住。

　　夏丏尊先生演讲的时代，无线电还是一个时髦的事物。科学技术发展速度，在第二次世界大战之后，有了几何级的变化，新发明、新创造层出不穷，大大地突破了我们之前的认识局限。爱因斯坦那极其艰深的《相对论》，刚发表时据说只有几个人能真正读懂，但几十年之后，"相对论"成了流行词。

　　未来学家认为，科学知识的发展是加速的，我们在20世纪所得的知识积累，超过了此前的两千年。而在19世纪获得的知识，超过了此前的五百年。可以作为对比的是，15世纪之前，科学发展、社会发展，变化是不大的，印刷术的发明，改变了知识传播手段，让知识从精英控制下解放出来，普及到普通民众之中。20世纪80年代至今，因为计算机技术和网络技术的发明和推广普及，人类仅用三十五年左右的时间，就让世界进入一个前所未有的智能化时代。这个时代正在加速成形中，很难准确预测再过三十五年世界会变成什么样子。美国著名的发明家、未来学家雷·库兹韦尔在他的名作《奇点临近》中说，人工智能可能最早在2045年，最晚在2065获得人格，进化为超级人工智能，具有独立意识，脱离人的控制，成为新信息生命体。这种超级人工智能以几何级的速度发展，发展到我们无法想象的高智能境界中，成为人类自己创造的上帝，令人瞠目结舌。

　　第一次工业革命使能源上运用了煤炭，交通上出现了蒸汽机车和轮船，能源与交通工具这两样革命，第一次在地理样貌上改变地球。各大洲出现的铁路线，是此前未有的景观。伴随着白色的蒸汽、巨大的汽笛声，火车从天尽头奔驰而过的场面，成为震撼了一个世纪的画面。

　　第二次工业革命的成果，无线电、电话的发明提供了最快速的信息交换，汽车、飞机的发明与石油能源的使用，则改变了时空法则——今天人们可以在一天之内飞到地球的每一个角落。而在夏丏尊先生那个年代，从上海乘轮船去欧洲，要经过中国台湾海峡、中国香港、新加坡、斯里兰卡，横渡印度洋之后到东非，然后沿着红海北上，穿过苏伊士运河，再横穿地中海，在大洋上要漂泊一个半月左右时间。现在搭乘喷气式飞机旅行仅需十个小时左右，其中的差距完全不可想象。

第三次科技革命开始了信息革命时代，网络已经取代了电报与电话，新能源和新生产模式已经初具雏形，只有交通工具尚未出现巅峰性的发明。如果胶囊列车、空天飞机这样的概念能够实现，并安全运营，或许又是一项交通大发明。说了这么多，都不是我的专业领域，而是我以强烈的兴趣读来的。虽然庞杂，但是很有兴趣。哈哈，大家有没有注意到，我在这里很外行地卖弄的，正是从夏丏尊先生八十多年前演讲时提到的阅读的第三种类型——兴趣书中获取的。

阅读中，"精读"和"略读"分类的概念，胡适、梁启超、夏丏尊三位先生都提到过，分类阅读是基本的阅读技巧。我们需要认真地深入下去研究的书须精读，而以获取信息为主的书可迅速翻阅。夏丏尊先生特别强调，即便作为兴趣阅读，也不可晨秦暮楚，最好确立一个核心兴趣点。如我们要研究科幻小说，那就把阿西莫夫、克拉克、赫伯特、西蒙斯等一流科幻作家的作品尽量收集来阅读，做一个知识面上的大拓展。有一位初中女生超级迷恋《变形金刚》，不仅看了所有电影，之前的动漫连续剧、原有的漫画书全部看过，还上网去国外社区讨论，热心地把有趣的英文文章翻译给志趣相投的人看。在《变形金刚》这个领域，她就成了一个专家，基本上无所不通，顺便也把英文学得更好了——这也可以说是兴趣书扩展，反过来促进专业书学习的一种方式。

专家都是善于阅读的读者，各行业的杰出人士，也都是阅读达人。阅读了夏丏尊先生这篇妙文之后，如果学会了有目标地进行分类阅读，那么每一个人都有机会成为专家——回忆一下前面一篇胡适先生的演讲，达尔文的《物种的起源》这部巨作的出现，是在他有了几十年的阅读研究积累之后，无意中读到人口学家马尔萨斯的《人口论》，得到激发，触类旁通，创了物竞天择的学说。

> **思考**
>
> 你有没有认真想过,你的专业书、参考书、兴趣书都是哪些?你有没有经常使用字典、词典、百科全书来查阅和求解?除了专业书,你有没有找到自己的兴趣书?

> **延伸阅读**
>
> 夏丏尊《平屋杂文》。

我的读书经验

蔡元培

作者简介

蔡元培（1868—1940），近代民主革命家、教育家、政治家。字鹤卿，号孑民。生于浙江绍兴府山阴县，1884年考取秀才，1885年设馆教书。青年时期，连续中举人、取进士、点翰林、授编修。1898年，弃官从教，任绍兴中西学堂监督、嵊县剡山书院院长、南洋公学特班总教习；1902年，组织中国教育会并任会长，1904年组织光复会，1905年参加同盟会，1907年赴德国莱比锡大学研读哲学、心理学、美术史等。1911年武昌起义后回国，1912年1月就任南京临时政府教育总长，后因不满袁世凯的专制而辞职，再赴德、法等国学习和考察。1917年任北京大学校长，并确立了"思想自由，兼容并包"的办学思想，广纳人才，聘请陈独秀、胡适之等人为北大教授，一时人才荟萃，使北大成为新文化运动的摇篮。蔡元培先生曾任国民政府常务委员，检察院院长，代理司法部长等职，1928年辞去各行政职务，专任中央研究院院长。蔡元培先生不仅是一名杰出的教育家，还是一名有成就的学者，《中国伦理学史》是他的主要代表作，另有《孑民自述》《石头记索隐》《蔡元培文集》出版。

我自十余岁起，就开始读书，读到现在，将满六十年了，中间除大病或其他特别原因外，几乎没有一日不读点书的，然而我也没有什么成就，这是读书不得法的缘故。我把不得法的概略写出来，可以为前车之鉴。

我的不得法，第一是不能专心。我初读书的时候，读的都是旧书，不外乎考据、词章两类。我的嗜好，在考据方面，是偏于诂训及哲理的，对于典章名物，是不大耐烦的；在词章上，是偏于散文的，对于骈文及诗词，是不大热心的。然而以一物不知为耻，种种都读，并且算学书也读，医学书也读，都没有读通。所以我曾经想编一部说文声系义证，又想编一本公羊春秋大义，都没有成书。所为文辞，不但骈文诗词，没有一首可存的，就是散文也太平凡了。到了四十岁以后我始学德文，后来又学法文，我都没有好好儿做那记生字、练文法的苦工，而就是生吞活剥的看书，所以至今不能写一篇合格的文章，做一回短期的演说。在德国进大学听讲以后，哲学史、文学史、文明史、心理学、美学、美术史、民族学，统统去听，那时候，这几类的参考书，也就乱读起来了。后来虽勉自收缩，以美学与美术史为主，辅以民族学；然而这类的书终不能割爱，所以想译一本美学，想编一部比较的民族学，也都没有成书。

我的不得法，第二是不能勤笔。我的读书，本来抱一种利己主义，就是书里面的短处，我不大去搜寻它，我只注意于我所认为有用的或可爱的材料。这本来不算坏。但是我的坏处，就是我虽读的时候注意于这几点，但往往为速读起见，无暇把这几点摘抄出来，或在书上做一点特别的记号。若是有时候想起来，除了德文书检目特详，尚易检寻外，其他的书，几乎不容易寻到了。我国现在有人编"索引""引得"等，又专门的辞典，也逐渐增加，寻检较易。但各人有各自的注意点，普通的检目，断不能如自己记的方便。我尝见胡适之先生有一个时期，出门常常携一两本线装书，在舟车上，或其他忙里偷闲时翻阅，见到有用的材料，就折角或以铅笔作记号。我想他回家后或者尚有摘抄的手续。我记得有一部笔记，说王渔洋读书时，遇到新隽的典故或词句，就用纸条抄出，贴在书斋壁上，时时览读，熟了就揭去，换上新得的。所以他记得很多。这虽是文学上的把戏，但科学上何尝不可以仿作呢？我因为从来懒得动笔，所以没有成就。

我的读书的短处，我已经经验了许多的不方便，特地写出来，望读者鉴于我的短处，第一能专心，第二能勤笔，这一定有许多成效。

> 导读

不能专心、不能勤笔为读书之短处

我们之前读了胡适、梁启超、夏丏尊三位先生关于读书的演讲，知道了这些前辈大师们各有不同的读书方法，但核心大多是相同的。而且，这些有效的方法都是他们从自己的阅读和写作经验中总结出来的。

蔡元培先生在这里却出了奇招，说自己读书将满六十年，确实读了很多书，然而不是一个好读书人。这个说法，我们一眼看见，会有些怪怪的感觉，蔡元培是中国近代史上的大教育家、政治家、革命家，他都说自己不怎么会读书，那我们呢？我们怎么办？

所以，这个讲话方式，可以说是很特别的。

虽然蔡元培先生是著名的教育家、政治家、革命家，但本质上还是一个读书人。就读书这个问题，他总结说，自己之所以"没有什么成就"，是因为读书不得法。这不得法在两方面：第一是"不专心"，喜欢广泛阅读，见什么都喜欢，连"算学"都喜欢读，因而无法在某一个专题上深入阅读；第二是"不能勤笔"，这里的"勤笔"不仅指写文章，还包括动手摘抄、做笔记——在需要摘抄、做笔记、写作时，并没有很勤快，因此积累效果不佳。他还举了王渔洋的例子和胡适先生的例子，来表明"勤笔"的重要性。这其实也可以反过来说，要做一个好的读书人，就要专心和勤动笔。

蔡元培先生曾考中过进士，点过翰林，是正宗的读书人。青年时做过校读书稿的工作，这也让他打下了很扎实的基础。在那个激变时代，蔡元培先生处于思想者中的前列，历经时代变迁，兴衰之际，处在大浪潮头，是引领时代前行的关键人物之一。而且，他还两度远赴欧洲，在德国和法国进修，成年之后勤力学习德语、法文，开阔眼界，对中外文化进行对比研究。他在德国莱比锡大学旁听期间，还编写了开创性的专著《中国伦理学史》。另外他还撰写了《石头记索隐》，是现代红学研究中索隐派的重要代表。

　　蔡元培先生作为教育家,他的很多教育观点都有超前的意识。如"要有良好的社会,必先有良好的个人;要有良好的个人,就要先有良好的教育"。这里强调的"公民教育"的重要性,至今都是需要重视的。

思考

阅读的"专心"到底体现在哪里?

延伸阅读

蔡元培《蔡元培自述》《妖怪学》(蔡元培译)。

牛津的书虫

许地山

作者简介

许地山（1893—1941），名赞堃，字地山，笔名落华生。原籍台湾台南，寄籍福建龙溪。1917年考入燕京大学，合办《新社会》旬刊，1920年获文学学士学位，翌年参与发起成立文学研究会。1922年获神学士学位，1923—1926年在美国哥伦比亚大学研究院和英国牛津大学研究宗教史、哲学、民俗学等。在牛津大学时，他常在波德林图书馆印度学院、曼斯斐尔学院和社会人类学讲室读书，用英文写中国道教研究论文，收集编写一册中英鸦片战争前后有关的历史资料《达衷集》。许地山先生是语言天才，精通英语、德语、日语，会讲普通话、闽南话、广东话。在燕京大学念书期间，许地山先生被称为怪物，身上有三怪：天天练习钟鼎文、甲骨文、拉丁文和梵文，此一怪；每天总是身着自制齐膝的黄布大褂，留长发，蓄山羊胡，此二怪；每日绝早起，深夜眠，在图书馆里读书，读到有心得时，竟废寝忘食，吃窝头不吃菜而蘸糖，此三怪也。许地山的散文《落花生》因被选入人教版小学五年级语文上册，而为中小学学生所熟知。代表作有小说集《缀网劳蛛》《春桃》，散文集《空山灵雨》等，另有专著《印度文学》《中国道教史》（上）等。

牛津实在是学者的学国，我在此地两年底生活尽用于波德林图书馆，印度学院，阿克关屋（社会人类学讲室），及曼斯斐尔学院中，竟不觉归期已近。

同学们每叫我"书虫"，定蜀尝鄙夷地说我于每谈论中，不上三句话，便要引经据典,"真正死路"!刘锴说:"你成日读书,睇读死你嚟啊①!"书虫诚然是无用的东西,但读书到死,是我所乐为。假使我底财力、事业能够容允我,我诚愿在牛津做一辈子底书虫。

我在幼时已决心为书虫生活。自破笔受业直到如今,二十五年间未尝变志。但是要做书虫,在现在的世界本不容易。须要具足五个条件才可以。五件者:第一要身体康健;第二要家道丰裕;第三要事业清闲;第四要志趣淡薄;第五要宿慧超越。我于此五件,一无所有!故我以十年之功只当他人一夕之业。于诸学问、途径还未看得清楚,何敢希望登堂入室?但我并不因我底资质与境遇而灰心,我还是抱着读得一日便得一日之益底心志。

为学有三条路向:一是深思,二是多闻,三是能干。第一途是做成思想家底路向;第二是学者;第三是事业家。这三种人同是为学,而其对于同一对象底理解则不一致。譬如有人在居庸关下偶然捡起一块石头,一个思想家要想他怎样会在那里,怎样被人捡起来,和他底存在底意义。若是一个地质学家,他对于那石头便从地质方面源源本本地说。若是一个历史学者,他便要探求那石与过去史实有无底关系。若是一个事业家,他只想着要怎样利用那石而已。三途之中,以多闻为本。我邦先贤教人以"博闻强记",及教人"不学而好思,虽知不广"底话,真可谓能得为学底正谊。但在现在的世界,能专一途底很少。因为生活上等等的压迫,及种种知识上的需要,使人难为纯粹的思想家或事业家。假使苏格拉底生于今日的希腊,他难免也要写几篇关于近东问题底论文投到报馆里去卖几个钱。他也得懂得一点汽车、无线电的使用方法。也许他也会把钱财存在银行里。这并不是因为"人心不古",乃是因为人事不古。近代人需要等等知识为生活底资助,大势所趋,必不能在短期间产生纯粹的或深邃的专家。故为学要先多能,然后专攻,庶几可以自存,可以有所贡献。吾人生于今日,对于学问,专既难能,博又不易,所以应于上列三途中至

---

① 粤语,"我看要把你读死了"。

少要兼两程。兼多闻与深思者为文学家。兼多闻与能干底为科学家。就是说一个人具有学者与思想家底才能，便是文学家；具有学者与专业家的功能底，便是科学家。文学家与科学家同要具学者底资格，所不同者，一是偏于理解，一是偏于作用，一是修文，一是格物（自然我所用科学家与文学家底名字是广义的）。进一步说，舍多闻既不能有深思，亦不能生能干，所以多闻是为学根本。多闻多见为学者应有底事情，如人能够做到，才算得过着书虫的生活。当彷徨于学问底歧途时，若不能早自决断该向哪一条路走去，他底学业必致如荒漠的砂粒，既不能长育生灵，又不堪制作器用。即使他能下笔千言，必无一字可取。纵使他能临事多谋，必无一策自成。我邦学者，每不擅于过书虫生活，在歧途上不能慎自抉择，复不虚心求教；过得去时，便充名士；过不去时，就变劣绅，所以我觉得留学而学普通知识，是一个民族最羞耻底事情。

我每觉得我们中间真正的书虫太少了。这是因为我们当学生底多半穷乏，急于谋生，不能具足上说五种求学条件所致。从前生活简单，旧式书院未变学堂底时代，还可以希望从领膏火费底生员中造成一二。至于今日底官费生或公费生，多半是虚掷时间和金钱底。这样的光景在留学界中更为显然。

牛津底书虫很多，各人都能利用他底机会去钻研，对于有学无财底人，各学院尽予津贴，未卒业者为"津贴生"，已卒业者为"特待校友"，特待校友中有一辈以读书为职业底。要有这样的待遇，然后可产出高等学者。在今日的中国要靠著作度日是绝对不可能的，因社会程度过低，还养不起著作家。……所有著作家底生活与地位在他国是了不得，在我国是不得了！著作家还养不起，何况能养在大学里以读书为生的书虫？这也许就是中国底"知识阶级"不打自倒底原因。

导读

为学有三条路向：一是深思，二是多闻，三是能干

许地山先生从"书虫"说起，因为他自己就是热爱读书的书虫。

据说在燕京大学读书期间，他是有名的读书怪之一，清早起床，读书至深夜，每天如此。这种疯狂的读书劲头，现在我们都很难想象。但许地山先生不是书呆子，他不仅热爱读书，对社会政治、文学活动也热情洋溢。中国现代文学史上著名的"文学研究会"，是他和郑振铎、沈雁冰等好友发起建立的。

许地山先生在小说创作上也很有业绩，他的小说集《缀网劳蛛》《春桃》都很有影响。以现在的眼光看，许地山先生实在是够格当一个如假包换大书虫了，可他认为自己还不够格，差得很远，并且列出五个条件来否定自己。

许地山先生总结说，为学有三条路向：深思、多闻、能干。而在当时的社会条件下，出现思想家的土壤已经不存在了，人们被社会催迫，忙于生存。对比之下，只有作者眼中的牛津，才有真正的书虫生存的条件与土壤——牛津有种种措施给予支持，让这些书虫们可以心无旁骛，专心读书，"对于有学无财底人，各学院尽予津贴，未卒业者为'津贴生'，已卒业者为'特待校友'，特待校友中有一辈以读书为职业底"。这种对书虫的关照，才能出现专业的读书者，才可以潜心研究。在中国恰恰相反，必须"为稻粱谋"，因此知识分子"不打自倒"。

许地山先生对中国社会洞察力深邃，他的看法非常深刻，至今仍觉得有道理。

许地山先生是不是够格的书虫，我们现在且不来下断语，但这篇文章说"牛津底书虫"，实际上写到他自己在牛津的阅读生涯很少，写到具体的牛津风物也很少，他是借自己在牛津的所见所闻，以及在牛津两年期间所得到的感悟，来谈"书虫"这种想象，并由此联想到中国当时的社会现状，在写作上可谓举重若轻。

思考

什么人才是真正的书虫？你有没有读某一本书读到废寝忘食的状况？

延伸阅读

许地山《缀网劳蛛》。

烧书记

郑振铎

作者简介

郑振铎（1898—1958），作家、文学史家。笔名西谛、郭源新，福建长乐人。1919年参加五四运动并开始发表作品，1932年出版《插图本中国文学史》，1949年任全国文联福利部部长，全国文协研究部长，人民政协文教组长，中央文化部文物局局长，民间文学研究室副主任，中国科学院考古研究所所长，文化部副部长。全国政协委员、全国文联全委、主席团委员、全国文协常委、中国作家协会理事。1952年加入中国作家协会。1957年，编集出版了《中国文学研究》三册。1958年10月17日率团出国访问途中，因飞机突然失事遇难殉职，享年六十岁。

我们的历史上，有了好几次的大规模的"烧书"之举。秦始皇帝统一六国后，便来了一次烧书。"史官非《秦纪》，皆烧之。非博士官所职，天下敢有藏'诗''书'百家语者，悉诣守尉杂烧之。有敢偶语'诗''书'者弃市。以古非今者族。吏见知不举者与同罪。令下三十日，不烧，黥为城旦。所不去者，医药卜筮种树之书，若欲有学法令，以吏为师。"这是最彻底的烧书，最彻底的愚民之计，和一般殖民地政府，不设立大学而只开设些职业、工艺学校者，有异曲同工之妙。此后，烧书的事，无代无之。有的烧历史文献，以泯篡夺之迹；有的烧佛教、道教的书，以谋宗教上的统一；有的烧淫秽的书，以维持道德的纯洁。近三百年，则有清代诸帝的大举烧书。我们读了好几本的所谓"全毁""抽毁"书目，不禁凛然生畏；至今尚觉得在异族铁蹄下的文化生活的如何窒塞难堪！

"八一三"后，古书、新书之被毁于兵火之劫者多矣。就我个人而论，我寄藏于虹口开明书店里的一百多箱古书，就在八月十四日那一天被烧，烧得片纸不存。我看见东边的天空，有紫黑色的烟云在突突的向上升，升得很高很高，然后随风而四散，随风而淡薄，被烧的东西的焦渣，到处的飘坠。其中就有许多有字迹的焦纸片。我曾经在天井里拾到好几张，一触手便粉碎，但还可以辨识得出些字迹，大约是教科书之类居多。我想，我的书能否捡得到一二张烧焦了的呢？——那时，我已经知道开明书店被烧的情形——当然，这想头是很可笑的。就捡得到了又有什么意义，还不是徒增忉怛[①]与愤激么？

这是兵火之劫，未被劫的还安全的被保存着，所遭劫的还只是些不幸的一二隅之地。但到了"一二·八"敌兵占领了旧租界后，那情形却大是不同了。

我们听到要按家搜查的消息，听到为了一二本书报而逮捕人的消息，还听到无数的可怖的怪事，奇事，惨事。

许多人心里都很着急起来，特别是有"书"的人家。他们怕因"书"惹祸，却又舍不得割爱，又不敢卖出去——卖出去也没有人敢要。有好几个友人，天天对书发愁。

"这部书会有问题么？"

"这个杂志留下来不要紧么？"

"到底是什么该留的，什么不该留的？"

"被搜到了，有什么麻烦没有？"

个个人在互相的询问着，打听着。但有谁能够说明哪几部书是有问题的，或哪些东西是可留的呢？

我那时正忙于烧毁往来有关的信件、有关的记载，和许多报纸、杂志及抗日的书籍——连地图也在内。

---

① dāo dá，忧伤。

我硬了心肠在烧。自己在壁炉里生了火，一包包，一本本，撕碎了，扔进去，眼看它们烧成了灰，一蓬蓬的黑烟从烟道里冒出来，烧焦了的纸片，飞扬到四邻，连天井里也有了不少。

心头像什么梗塞着，说不出的难过。但为了特殊的原因，我不能不如此小心。

连秋白送给我的签了名的几部俄文书，我也不能不把它们送进壁炉里去。

我觉得自己实在太残忍了！我眼圈红了不止一次，有泪水在落。是被烟熏的吧？

实在舍不得烧的许多书，却也不能不烧。踌躇又踌躇，选择又选择，有的头一天留下了，到了第二三天又狠了心把它们烧了。有的，已经烧了，心里却还在惋惜着，觉得很懊悔，不该把它们烧去。

但有了第一次淞沪战争时虹口、闸北一带的经验——有《征倭论》一类的书而被杀、被捉的人不少——自然不能不小心。对于发了狂的兽类，有什么理可讲呢！

整整的烧了三天。我翻箱倒箧的搜查着，捧了出来，动员孩子们在撕在烧。

"爸爸，这本书很好玩，留下来给我吧。"孩子们在恳求着。

我难过极了！我也何尝不想留下来呢？但只好摇摇头，说道："烧了吧，下回去买好一点的书给你。"

在这时候，就有好些住在附近的朋友们在问，什么书该烧，什么书不必烧。

我没法回答他们，领了他们到壁炉边去。

"你自己看吧。我在烧着呢，但我的情形不同。你自己斟酌着办吧。"

这一场烧书的大劫，想起来还有余栗与余憾。

不烧，不是至今还无恙么？

但谁能料得到呢？

把它们设法寄藏到别的地方去吧。

但为什么要"移祸"呢？这是我所绝对不肯做的事。

这是我不能不狠心动手烧的一个原因。

但也实在有些人把自认为"不安全"的书寄藏到别人家里去的。

这还是出于自动的烧。究竟自动烧书的人还不多。大量的"违碍"的书报还储藏在许多人家里。有许多人不肯烧，不想烧，也有人不知道烧，甚至有人压根儿没有想到这件事。

过了不久，敌人的文化统制的手腕加强了。他们通过了保甲的组织，挨户按家的通知，说：凡有关抗日的书籍、杂志、日报，等等，必须在某天以前，自动烧毁或呈缴出来。否则严惩不贷。

同时，在各书店，各图书馆，搜查抗日书报，一车车的载运而去，不知运向何方，也不知它们的运命如何。

这一次烧书的规模大极了！差不多没有一家不在忙着烧书的。他们不耐烦呈缴出去，只有出于烧之一途。最近若干年来的报纸、杂志遭劫最甚，有许多人索性把报纸杂志全都烧毁了，免得惹起什么麻烦。

外间谣传说，连包东西的报纸，上面有了什么抗日的记载，也要追究、捕捉的。

因之，旧报纸连包东西的资格也被取消了。

最可怜的是，有的朋友已经到了内地去，他们的书籍还藏在家里，或寄存在某友处。家里的人到处打听，问要紧不要紧，甚至去问保甲处的人。他们当然说要紧的，甚至还加上些恫吓的话。

于是，不分青红皂白的，他们把什么书全都付之一炬；只要是有字的，无不投到了火炉里去。

记得清初三令五申的搜求"禁书"的时候，有些藏书家的后人，为了省得惹祸，也是将全部古书整批的烧了去。

这个书劫，实在比兵，比火，比水等大劫更大得多，更普遍而深入得多了！

这样纷扰了近一个多月，始终不曾见敌伪方面有什么正式的文告。又有人说，这是出于误会，日本人方面并没有这个意思。

于是烧书的火渐渐的又灭了，冷了，终至不再有人提起这件事。

不烧的人，忘了烧的人，特地要小心保存这类抗日文献的人，当然也有。

许多抗日文献还保存得不少。像《文汇年刊》之类，我家里便还保存着，忘记了烧。

书如何能烧得尽呢？"野火烧不尽，春风吹又生。"以烧书为统制的手法，徒见其心劳日拙而已。

但愿这种书劫，以后不再有！

导读
这一次烧书的规模大极了

之前的文章，各位文化大家谈到了"为什么读""读什么书""怎么读"三个问题，胡适、梁启超、夏丏尊、蔡元培各有高明点子。

现在我们身处物质丰富的和平时代，找书非常容易，你只要在某网站上搜索，付费，快递就会送来一大包书了。只是很多人不容易下决心去读，更难以努力潜心地深入阅读。

但是历史上有一个漫长的、有书不敢读、有书不敢留存的时期。本来古旧的刻书、印书、藏书就颇为不易，然后还碰到兵燹之灾，碰到独裁者故意破坏，碰到异族入侵者故意愚化教育、洗脑教育。这些，都是"书的劫难"。

大学者、大藏书家郑振铎先生在这篇文章开头说——

"……（秦始皇焚书）是最彻底的烧书，最彻底的愚民之计，和一般殖民地政府，不设立大学而只开设些职业、工艺学校者，有异曲同工之妙。此后，烧书的事，无代无之。有的烧历史文献，以泯篡夺之迹；有的烧佛教、道教的书，以谋宗教上的统一；有的烧淫秽的书，以维持道德的纯洁。近三百年，则有清代诸帝的大举烧书。我们读了好几本的所谓'全毁''抽毁'书目，不禁凛然生畏；至今尚觉得在异族铁蹄下的文化生活的如何窒塞难堪！"

郑振铎先生当时身处上海日寇占领区，慑于敌寇淫威，为了个人和家庭安全而不得不挥泪烧书，其中之心痛，露于笔端。战争导致珍贵书籍毁灭，这是巨大的浩劫。例如，1932年1月29日，日军飞机恶意轰炸上海著名的商务印书馆，导致四十六万册珍贵古籍化为灰烬。

郑振铎先生写秦始皇焚书而引用的那段话，载于《史记·秦始皇本纪》里，是宰相李斯焚书的建议。具体的词语理解如果有问题，建议读者们自己找一找词解，只要知道"弃市"是在闹市区杀人以吓人，"族"是灭族，"黥"是在脸上刺字，"城旦"是服兵役守卫城市，大概就能明白了。

这里解释一下"此后，烧书的事，无代无之"。毁坏文明传递、文化传播的恶行，中国历朝历代都有，秦始皇"焚书坑儒"并非独创之举，在他之前"周公定礼"就开始伪造历史，污蔑商代以前的事迹了——《尚书》里三篇与商纣王帝辛相关的文字《武成》《牧誓》和《泰誓》，只有《武成》一篇是祭天祀祖的正规篇章，有可信度，但连孟子都不全部取信。孟子说："吾于《武成》，取二三策而已。"孟子认为《武成》一文，可取信者不到三成。而《牧誓》和《泰誓》都是军前动员的"檄文"，以诋毁敌人为能事，污蔑造谣各路手段齐上，什么"焚炙忠良，刳剔孕妇"全套都齐备。这也就罢了，问题在于司马迁在《史记》里全部采为信史了。

污蔑商纣王，摧毁与商代有关的各种文化典籍，或许是"毁书"以篡改历史、伪造历史的最早源头。东周列国时代诸侯僭号称王，为了粉饰违逆行为，也大批焚书伪造历史。秦始皇大概只是继承了他们的"优秀传统"而已。

另外有一种"毁书"，是西汉董仲舒得势以后，儒家士子出于"罢黜百家，独尊儒术"的目的，对其他的学者拼命诋毁，不断篡改。一般学生对先秦时期都概念模糊，能有"诸子百家""百家争鸣"的概念就不错了，能记住儒家孔孟以外的老子、庄子、墨子，是很不错了。很少人知道战国时期齐国有官办高等学府"稷下学宫"，而一度流派纷呈，学术思想鼎盛的境况。在儒生和他们的追随者的诋毁之下，公孙龙这样的修辞学家、逻辑学家，被丑化成"白马非马"这样的小丑；战国时期与墨子齐名，思想影响力量远超儒家的大思想家杨朱，却被污为自私自利的代表。孟子说："杨子取为我，拔一毛而利天下不为。"后人继之而毁，却忘记孟子还说过，"杨朱、墨翟之言盈天下，天下之言不归杨则归墨"。可见那个时期，杨朱和墨子的思想才是主流，但造成了"圣王不作，诸侯放恣，处士横议"的后果，不符合孟子们"天下一统"的理想。

今日我们所知的《墨子》，也是墨子去世两千多年后的晚清时期才整理出来，后由梁启超、胡适等新文化时期的大学问家不断"鼓吹"，才得到人们的重视的。

我后来在台湾买到一本《公孙龙子》，读了才知道，过去在课堂上被挖苦讽刺的"白马非马"公孙龙先生，早被污蔑和丑化了两千多年，使得当时几乎与希腊文明中的逻辑学并驾齐驱的公孙龙等人，在其后文化中断绝了火种。这些，恐怕都是"焚书"的"大功劳"。

在《烧书记》这篇文章里，郑振铎先生除了痛心地谈到历朝历代的焚书、禁书，主要写到自己身处敌寇的统治之下，慑于敌寇的残忍和恐怖，不得不把自己的珍贵藏书烧掉的惨痛记忆。郑振铎先生寄存于开明书店的一百多箱珍贵古籍被焚毁，已足心痛；然而日本侵略者的飞机轰炸，战火燃烧，又导致很多珍贵文物古书被毁；更因他们的淫威，家有藏书者都不得不自己焚烧处理，免得惹祸。连孩子喜欢的书，也拿出去烧了。对于藏书家、爱书人，不得不焚烧可能给自己带来灾难的书籍所感受到的痛苦，是难以言传的。古代抄写、刻印不易，那些古书大多是真本、善本，烧了就再也没有了。

郑振铎先生写的是日本侵略者占领上海租界之后发生的事情，这样的记忆过去才八十多年。从秦始皇到乾隆皇帝，他们都害怕书，害怕书中记载的有生命的知识和自由思想会苏醒，因此，新文化运动的大师们，首先从文化开始唤醒。

美国科幻小说大师布拉德伯里在其科幻小说《华氏451度》里写道：未来某个时代，书籍是违禁品，人们藏书是违法的，一旦被搜查出来，将立即遭到逮捕，而藏书则会被专业的消防队员们焚毁——那个时代的消防员的工作不是救火，而是放火，专门烧书的。这部作品被法国电影大师楚浮拍成同名电影，后又被好莱坞电影公司拍成同名作品，有兴趣的读者可以找来看看。

思考

你丢过心爱的书吗?丢书之后的内心是怎样的?

延伸阅读

郑振铎《插图本中国文学史》、陈登原《古今典籍聚散考》。

魏晋风度及文章与药及酒之关系
——九月间在广州夏期学术演讲会讲

鲁迅

作者简介

鲁迅（1881—1936），浙江绍兴人，原名周樟寿，后改名周树人，字豫才、豫亭。笔名鲁迅（Lution）源于revolution（革命），为中国现代文学的奠基者，小说创作和散文创作都达到了极高水平。1904年入日本仙台医科专门学校（现为东北大学）学医，后从事文艺创作。辛亥革命后曾任南京临时政府和北京政府教育部部员、佥事等职，兼在北京大学、北京女子师范大学等校授课。1918年5月，首次用"鲁迅"笔名发表中国现代文学史上第一篇白话小说《狂人日记》，后将其与《阿Q正传》《药》《故乡》等小说名篇一同收入小说集《呐喊》。代表作还有《彷徨》《故事新编》《野草》《朝花夕拾》等。

我今天所讲的，就是黑板上写着的这样一个题目。

中国文学史，研究起来，可真不容易，研究古的，恨材料太少，研究今的，材料又太多，所以到现在，中国较完全的文学史尚未出现。今天讲的题目是文学史上的一部分，也是材料太少，研究起来很有困难的地方。因为我们想研究某一时代的文学，至少要知道作者的环境，经历和著作。

汉末魏初这个时代是很重要的时代，在文学方面起一个重大的变化。因当时正在黄巾和董卓大乱之后，而且又是党锢的纠纷之后，这时曹操出来了。——不过我们讲到曹操，很容易就联想起《三国志演义》，更而想起戏台上那一位花面的奸臣，但这不是观察曹操的真正方法。现在我们再看历史，在历史上的记载和论断有时也是极靠不住的，不能相信的地方很多，因为通常我们晓得，某朝的年代长一点，其中必定好人多；某朝的年代短一点，其中差不多没有好人。为什么呢？因为年代长了，做史的是本朝人，当然恭维本朝的人物，年代短了，做史的是别朝人，便很自由地贬斥其异朝的人物，所以在秦朝，差不多在史的记载上半个好人也没有。曹操在史上年代也是颇短的，自然也逃不了被后一朝人说坏话的公例。其实，曹操是一个很有本事的人，至少是一个英雄，我虽不是曹操一党，但无论如何，总是非常佩服他。

研究那时的文学，现在较为容易了，因为已经有人做过工作：在文集一方面有清严可均辑的《全上古三代秦汉三国晋南北朝文》。其中于此有用的，是《全汉文》《全三国文》《全晋文》。

在诗一方面有丁福保辑的《全汉三国晋南北朝诗》。——丁福保是做医生的，现在还在。

辑录关于这时代的文学评论有刘师培编的《中国中古文学史》。这本书是北大的讲义，刘先生已死，此书由北大出版。

上面三种书对于我们的研究有很大的帮助。能使我们看出这时代的文学的确有点异彩。

我今天所讲，倘若刘先生的书里已详的，我就略一点；反之，刘先生所略的，我就较详一点。

董卓之后，曹操专权。在他的统治之下，第一个特色便是尚刑名。他的立法是很严的，因为当大乱之后，大家都想做皇帝，大家都想叛乱，故曹操不能不如此。曹操曾自己说过："倘无我，不知有多少人称王称帝！"这句话他倒并没有说谎。因此之故，影响到文章方面，成了清峻的风格。——就是文章要简约严明的意思。

此外还有一个特点，就是尚通脱。他为什么要尚通脱呢？自然也与当时的风气有莫大的关系。因为在党锢之祸以前，凡党中人都自命清流，不过讲"清"讲得太过，便成固执，所以在汉末，清流的举动有时便非常可笑了。

比方有一个有名的人，普通的人去拜访他，先要说几句话，倘这几句话说得不对，往往会遭倨傲的待遇，叫他坐到屋外去，甚而至于拒绝不见。

又如有一个人，他和他的姊夫是不对的，有一回他到姊姊那里去吃饭之后，便要将饭钱算回给姊姊。她不肯要，他就于出门之后，把那些钱扔在街上，算是付过了。

个人这样闹闹脾气还不要紧，若治国平天下也这样闹起执拗的脾气来，那还成甚么话？所以深知此弊的曹操要起来反对这种习气，力倡通脱。通脱即随便之意。此种提倡影响到文坛，便产生多量想说甚么便说甚么的文章。

更因思想通脱之后，废除固执，遂能充分容纳异端和外来的思想，故孔教以外的思想源源引入。

总括起来，我们可以说汉末魏初的文章是清峻，通脱。在曹操本身，也是一个改造文章的祖师，可惜他的文章传的很少。他胆子很大，文章从通脱得力不少，做文章时又没有顾忌，想写的便写出来。

所以曹操征求人才时也是这样说，不忠不孝不要紧，只要有才便可以。这又是别人所不敢说的。曹操做诗，竟说是"郑康成行酒伏地气绝"，他引出离当时不久的事实，这也是别人所不敢用的。还有一样，比方人死时，常常写点遗令，这是名人的一件极时髦的事。当时的遗令本有一定的格式，且多言身后当葬于何处何处，或葬于某某名人的墓旁；操独不然，他的遗令不但没有依着格式，内容竟讲到遗下的衣服和伎女怎样处置等问题。

陆机虽然评曰"贻尘谤于后王"，然而我想他无论如何是一个精明人，他自己能做文章，又有手段，把天下的方士文士统统搜罗起来，省得他们跑在外面给他捣乱。所以他帷幄里面，方士文士就特别地多。

孝文帝曹丕，以长子而承父业，篡汉而即帝位。他也是喜欢文章的。其弟曹植，还有明帝曹叡，都是喜欢文章的。不过到那个时候，于通脱之外，更加上华丽。丕著有《典论》，现已失散无全本，那里面说："诗赋欲丽"，"文以气为主"。《典论》的零零碎碎，在唐宋类书中；一篇整的《论文》，在《文选》中可以看见。

后来有一般人很不以他的见解为然。他说诗赋不必寓教训，反对当时那些寓训勉于诗赋的见解，用近代的文学眼光看来，曹丕的一个时代可说是"文学的自觉时代"，或如近代所说是为艺术而艺术（Art for Art's Sake）的一派。所以曹丕做的诗赋很好，更因他以"气"为主，故于华丽以外，加上壮大。归纳起来，汉末，魏初的文章，可说是："清峻，通脱，华丽，壮大。"在文学的意见上，曹丕和曹植表面上似乎是不同的。曹丕说文章事可以留名声于千载；但子建却说文章小道，不足论的。据我的意见，子建大概是违心之论。这里有两个原因，第一，子建的文章做得好，一个人大概总是不满意自己所做而羡慕他人所为的，他的文章已经做得好，于是他便敢说文章是小道；第二，子建活动的目标在于政治方面，政治方面不甚得志，遂说文章是无用了。

曹操曹丕以外，还有下面的七个人：孔融、陈琳、王粲、徐幹、阮瑀、应瑒、刘桢，都很能做文章，后来称为"建安七子"。七人的文章很少流传，现在我们很难判断；但，大概都不外是"慷慨"，"华丽"罢。华丽即曹丕所主张，慷慨就因当天下大乱之际，亲戚朋友死于乱者特多，于是为文就不免带着悲凉，激昂和"慷慨"了。

七子之中，特别的是孔融，他专喜和曹操捣乱。曹丕《典论》里有论孔融的，因此他也被拉进"建安七子"一块儿去。其实不对，很两样的。不过在当时，他的名声可非常之大。孔融作文，喜用讥嘲的笔调，曹丕很不满意他。孔融的文章现在传的也很少，就他所有的看起来，我们可以瞧出他并不大对别人讥讽，只对曹操。比方操破袁氏兄弟，曹丕把袁熙的妻甄氏拿来，归了自己，孔融就写信给曹操，说当初武王伐纣，将妲己给了周公了。操问他的出典，他说，以今例古，大概那时也是这样的。又比方曹操要禁酒，说酒可以亡国，非禁不可，孔融又反对他，说也有以女人亡国的，何以不禁婚姻？

其实曹操也是喝酒的。我们看他的"何以解忧？惟有杜康"的诗句，就可以知道。为什么他的行为会和议论矛盾呢？此无他，因曹操是个办事人，所以不得不这样做；孔融是旁观的人，所以容易说些自由话。曹操见他屡屡反对自己，后来借故把他杀了。他杀孔融的罪状大概是不孝。因为孔融有下列的两个主张：

第一，孔融主张母亲和儿子的关系是如瓶之盛物一样，只要在瓶内把东西倒了出来，母亲和儿子的关系便算完了。第二，假使有天下饥荒的一个时候，有点食物，给父亲不给呢？孔融的答案是：倘若父亲是不好的，宁可给别人。——曹操想杀他，便不惜以这种主张为他不忠不孝的根据，把他杀了。倘若曹操在世，我们可以问他，当初求才时就说不忠不孝也不要紧，为何又以不孝之名杀人呢？然而事实上纵使曹操再生，也没人敢问他，我们倘若去问他，恐怕他把我们也杀了！

与孔融一同反对曹操的尚有一个祢衡，后来给黄祖杀掉的。祢衡的文章也不错，而且他和孔融早是"以气为主"来写文章的了。故在此我们又可知道，汉文慢慢壮大起来，是时代使然，非专靠曹操父子之功的。但华丽好看，却是曹丕提倡的功劳。

这样下去一直到明帝的时候，文章上起了个重大的变化，因为出了一个何晏。

何晏的名声很大，位置也很高，他喜欢研究《老子》和《易经》。至于他是怎样的一个人呢？那真相现在可很难知道，很难调查。因为他是曹氏一派的人，司马氏很讨厌他，所以他们的记载对何晏大不满。因此产生许多传说，有人说何晏的脸上是搽粉的，又有人说他本来生得白，不是搽粉的。但究竟何晏搽粉不搽粉呢？我也不知道。

但何晏有两件事我们是知道的。第一，他喜欢空谈，是空谈的祖师；第二，他喜欢吃药，是吃药的祖师。

此外，他也喜欢谈名理。他身子不好；因此不能不服药。他吃的不是寻常的药，是一种名叫"五石散"的药。

"五石散"是一种毒药，是何晏吃开头的。汉时，大家还不敢吃，何晏或者将药方略加改变，便吃开头了。五石散的基本，大概是五样药：石钟乳，石硫黄，白石英，紫石英，赤石脂；另外怕还配点别样的药。但现在也不必细细研究它，我想各位都是不想吃它的。

从书上看起来，这种药是很好的，人吃了能转弱为强。因此之故，何晏有钱，他吃起来了；大家也跟着吃。那时五石散的流毒就同清末的鸦片的流毒差不多，看吃药与否以分阔气与否的。现在由隋巢元方做的《诸病源候论》的里面可以看到一些。据此书，可知吃这药是非常麻烦的，穷人不能吃，假使吃了之后，一不小心，就会毒死。先吃下去的时候，倒不怎样的，后来药的效验既显，名曰"散发"。倘若没有"散发"，就有弊而无利。因此吃了之后不能休息，非走路不可，因走路才能"散发"，所以走路名曰"行散"。比方我们看六朝人的诗，有云："至城东行散"，就是此意。后来做诗的人不知其故，以为"行散"即步行之意，所以不服药也以"行散"二字入诗，这是很笑话的。

走了之后，全身发烧，发烧之后又发冷。普通发冷宜多穿衣，吃热的东西。但吃药后的发冷刚刚要相反：衣少，冷食，以冷水浇身。倘穿衣多而食热物，那就非死不可。因此五石散一名寒食散。只有一样不必冷吃的，就是酒。

吃了散之后，衣服要脱掉，用冷水浇身；吃冷东西；饮热酒。这样看起来，五石散吃的人多，穿厚衣的人就少；比方在广东提倡，一年以后，穿西装的人就没有了。因为皮肉发烧之故，不能穿窄衣。为豫防皮肤被衣服擦伤，就非穿宽大的衣服不可。现在有许多人以为晋人轻裘缓带，宽衣，在当时是人们高逸的表现，其实不知他们是吃药的缘故。一班名人都吃药，穿的衣都宽大，于是不吃药的也跟着名人，把衣服宽大起来了！

还有，吃药之后，因皮肤易于磨破，穿鞋也不方便，故不穿鞋袜而穿屐。所以我们看晋人的画像或那时的文章，见他衣服宽大，不鞋而屐，以为他一定是很舒服，很飘逸的了，其实他心里都是很苦的。

更因皮肤易破，不能穿新的而宜于穿旧的，衣服便不能常洗。因不洗，便多虱。所以在文章上，虱子的地位很高，"扪虱而谈"，当时竟传为美事。比方我今天在这里演讲的时候，扪起虱来，那是不大好的。但在那时不要紧，因为习惯不同之故。这正如清朝是提倡抽大烟的，我们看见两肩高耸的人，不觉得奇怪。现在就不行了，倘若多数学生，他的肩成为一字样，我们就觉得很奇怪了。

此外可见服散的情形及其他种种的书，还有葛洪的《抱朴子》。

到东晋以后，作假的人就很多，在街旁睡倒，说是"散发"以示阔气。就像清时尊读书，就有人以墨涂唇，表示他是刚才写了许多字的样子。故我想，衣大，穿屐，散髮等等，后来效之，不吃也学起来，与理论的提倡实在是无关的。

又因"散发"之时，不能肚饿，所以吃冷物，而且要赶快吃，不论时候，一日数次也不可定。因此影响到晋时"居丧无礼"。——本来魏晋时，对于父母之礼是很繁多的。比方想去访一个人，那么，在未访之前，必先打听他父母及其祖父母的名字，以便避讳。否则，嘴上一说出这个字音，假如他的父母是死了的，主人便会大哭起来——他记得父母了——给你一个大大的没趣。晋礼居丧之时，也要瘦，不多吃饭，不准喝酒。但在吃药之后，为生命计，不能管得许多，只好大嚼，所以就变成"居丧无礼"了。

居丧之际，饮酒食肉，由阔人名流倡之，万民皆从之，因为这个缘故，社会上遂尊称这样的人叫作名士派。

吃散发源于何晏，和他同志的，有王弼和夏侯玄两个人，与晏同为服药的祖师。有他三人提倡，有多人跟着走。他们三人多是会做文章，除了夏侯玄的作品流传不多外，王何二人现在我们尚能看到他们的文章。他们都是生于正始的，所以又名曰"正始名士"。但这种习惯的末流，是只会吃药，或竟假装吃药，而不会做文章。

东晋以后，不做文章而流为清谈，由《世说新语》一书里可以看到。此中空论多而文章少，比较他们三个差得远了。三人中王弼二十余岁便死了，夏侯何二人皆为司马懿（注：应为司马师）所杀。因为他二人同曹操有关系，非死不可，犹曹操之杀孔融，也是借不孝做罪名的。

二人死后，论者多因其与魏有关而骂他，其实何晏值得骂的就是因为他是吃药的发起人。这种服散的风气，魏，晋，直到隋，唐，还存在着，因为唐时还有"解散方"，即解五石散的药方，可以证明还有人吃，不过少点罢了。唐以后就没有人吃，其原因尚未详，大概因其弊多利少，和鸦片一样罢？

晋名人皇甫谧作一书曰《高士传》，我们以为他很高超。但他是服散的，曾有一篇文章，自说吃散之苦。因为药性一发，稍不留心，即会丧命，至少也会受非常的苦痛，或要发狂；本来聪明的人，因此也会变成痴呆。所以非深知药性，会解救，而且家里的人多深知药性不可。晋朝人多是脾气很坏，高傲，发狂，性暴如火的，大约便是服药的缘故。比方有苍蝇扰他，竟至拔剑追赶；就是说话，也要胡胡涂涂地才好，有时简直是近于发疯。但在晋朝更有以痴为好的，这大概也是服药的缘故。

魏末，何晏他们以外，又有一个团体新起，叫做"竹林名士"，也是七个，所以又称"竹林七贤"。正始名士服药，竹林名士饮酒。竹林的代表是嵇康和阮籍。但究竟竹林名士不纯粹是喝酒的，嵇康也兼服药，而阮籍则是专喝酒的代表。但嵇康也饮酒，刘伶也是这里面的一个。他们七人中差不多都是反抗旧礼教的。

这七人中，脾气各有不同。嵇阮二人的脾气都很大；阮籍老年时改得很好，嵇康就始终都是极坏的。

阮年青时，对于访他的人有加以青眼和白眼的分别。白眼大概是全然看不见眸子的，恐怕要练习很久才能够。青眼我会装，白眼我却装不好。

后来阮籍竟做到"口不臧否人物"的地步，嵇康却全不改变。结果阮得终其天年，而嵇竟丧于司马氏之手，与孔融何晏等一样，遭了不幸的杀害。这大概是因为吃药和吃酒之分的缘故：吃药可以成仙，仙是可以骄视俗人的；饮酒不会成仙，所以敷衍了事。

他们的态度，大抵是饮酒时衣服不穿，帽也不带。若在平时，有这种状态，我们就说无礼，但他们就不同。居丧时不一定按例哭泣；子之于父，是不能提父的名，但在竹林名士一流人中，子都会叫父的名号。旧传下来的礼教，竹林名士是不承认的。即如刘伶——他曾做过一篇《酒德颂》，谁都知道——他是不承认世界上从前规定的道理的，曾经有这样的事，有一次有客见他，他不穿衣服。人责问他；他答人说，天地是我的房屋，房屋就是我的衣服，你们为什么进我的裤子中来？至于阮籍，就更甚了，他连上下古今也不承认，在《大人先生传》里有说："天地解兮六合开，星辰陨兮日月颓，我腾而上将何怀？"他的意思是天地神仙，都是无意义，一切都不要，所以他觉得世上的道理不必争，神仙也不足信，既然一切都是虚无，所以他便沉湎于酒了。然而他还有一个原因，就是他的饮酒不独由于他的思想，大半倒在环境。其时司马氏已想篡位,而阮籍名声很大,所以他讲话就极难,只好多饮酒,少讲话,而且即使讲话讲错了,也可以借醉得到人的原谅。只要看有一次司马懿(注:应为司马昭)求和阮籍结亲,而阮籍一醉就是两个月,没有提出的机会,就可以知道了。

阮籍作文章和诗都很好,他的诗文虽然也慷慨激昂,但许多意思都是隐而不显的。宋(注:指南朝刘宋)的颜延之已经说不大能懂,我们现在自然更很难看得懂他的诗了。他诗里也说神仙,但他其实是不相信的。嵇康的论文,比阮籍更好,思想新颖,往往与古时旧说反对。孔子说:"学而时习之,不亦说乎?"嵇康做的《难自然好学论》,却道,人是并不好学的,假如一个人可以不做事而又有饭吃,就随便闲游不喜欢读书了,所以现在人之好学,是由于习惯和不得已。还有管叔蔡叔,是疑心周公,率殷民叛,因而被诛,一向公认为坏人的。而嵇康做的《管蔡论》,就也反对历代传下来的意思,说这两个人是忠臣,他们的怀疑周公,是因为地方相距太远,消息不灵通。

但最引起许多人的注意,而且于生命有危险的,是《与山巨源绝交书》中的"非汤武而薄周孔"。司马懿(注:应为司马昭)因这篇文章,就将嵇康杀了。非薄了汤武周孔,在现时代是不要紧的,但在当时却关系非小。汤武是以武定天下的;周公是辅成王的;孔子是祖述尧舜,而尧舜是禅让天下的。嵇康都说不好,那么,教司马懿(注:应为司马昭)篡位的时候,怎么办才是好呢?没有办法。在这一点上,嵇康于司马氏的办事上有了直接的影响,因此就非死不可了。嵇康的见杀,是因为他的朋友吕安不孝,连及嵇康,罪案和曹操的杀孔融差不多。魏晋,是以孝治天下的,不孝,故不能不杀。为什么要以孝治天下呢?因为天位从禅让,即巧取豪夺而来,若主张以忠治天下,他们的立脚点便不稳,办事便棘手,立论也难了,所以一定要以孝治天下。但倘只是实行不孝,其实那时倒不很要紧的,嵇康的害处是在发议论;阮籍不同,不大说关于伦理上的话,所以结局也不同。

但魏晋也不全是这样的情形,宽袍大袖,大家饮酒。反对的也很多。在文章上我们还可以看见裴頠的《崇有论》,孙盛的《老子非大贤论》,这些都是反对王何们的。在史实上,则何曾劝司马懿(注:应为司马昭)杀阮籍有好几回,司马懿(注:应为司马昭）不听他的话，这是因为阮籍的饮酒，与时局的关系少些的缘故。

然而后人就将嵇康阮籍骂起来，人云亦云，一直到现在，一千六百多年。季札说："中国之君子，明于礼义而陋于知人心。"这是确的，大凡明于礼义，就一定要陋于知人心的，所以古代有许多人受了很大的冤枉。例如嵇阮的罪名，一向说他们毁坏礼教。但据我个人的意见，这判断是错的。魏晋时代，崇奉礼教的看来似乎很不错，而实在是毁坏礼教，不信礼教的。表面上毁坏礼教者，实则倒是承认礼教，太相信礼教。因为魏晋时所谓崇奉礼教，是用以自利，那崇奉也不过偶然崇奉，如曹操杀孔融，司马懿（注：应为司马昭）杀嵇康，都是因为他们和不孝有关，但实在曹操司马懿何尝是著名的孝子，不过将这个名义，加罪于反对自己的人罢了。于是老实人以为如此利用，亵黩了礼教，不平之极，无计可施，激而变成不谈礼教，不信礼教，甚至于反对礼教。——但其实不过是态度，至于他们的本心，恐怕倒是相信礼教，当作宝贝，比曹操司马懿们要迂执得多。现在说一个容易明白的比喻罢，譬如有一个军阀，在北方——在广东的人所谓北方和我常说的北方的界限有些不同，我常称山东山西直隶河南之类为北方——那军阀从前是压迫民党的，后来北伐军势力一大，他便挂起了青天白日旗，说自己已经信仰三民主义了，是总理的信徒。这样还不够，他还要做总理的纪念周。这时候，真的三民主义的信徒，去呢，不去呢？不去，他那里就可以说你反对三民主义，定罪，杀人。但既然在他的势力之下，没有别法，真的总理的信徒，倒会不谈三民主义，或者听人假惺惺的谈起来就皱眉，好像反对三民主义模样。所以我想，魏晋时所谓反对礼教的人，有许多大约也如此。他们倒是迂夫子，将礼教当作宝贝看待的。

还有一个实证，凡人们的言论，思想，行为，倘若自己以为不错的，就愿意天下的别人，自己的朋友都这样做。但嵇康阮籍不这样，不愿意别人来模仿他。竹林七贤中有阮咸，是阮籍的侄子，一样的饮酒。阮籍的儿子阮浑也愿加入时，阮籍却道不必加入，吾家已有阿咸在，够了。假若阮籍自以为行为是对的，就不当拒绝他的儿子，而阮籍却拒绝自己的儿子，可知阮籍并不以他自己的办法为然。至于嵇康，一看他的《绝交书》，就知道他的态度很骄傲的；有一次，他在家打铁——他的性情是很喜欢打铁的——钟会来看他了，他只打铁，不理钟会。钟会没有意味，只得走了。其时嵇康就问他："何所闻而来，何所见而去？"钟会答道："闻所闻而来，见所见而去。"这也是嵇康杀身的一条祸根。但我看他做给他的儿子看的《家诫》——当嵇康被杀时，其子方十岁，算来当他做这篇文章的时候，他的儿子是未满十岁的——就觉得宛然是两个人。他在《家诫》中教他的儿子做人要小心，还有一条一条的教训。有一条是说长官处不可常去，亦不可住宿；官长送人们出来时，你不要在后面，因为恐怕将来官长惩办坏人时，你有暗中密告的嫌疑。又有一条是说宴饮时候有人争论，你可立刻走开，免得在旁批评，因为两者之间必有对与不对，不批评则不像样，一批评就总要是甲非乙，不免受一方见怪。还有人要你饮酒，即使不愿饮也不要坚决地推辞，必须和和气气的拿着杯子。我们就此看来，实在觉得很希奇：嵇康是那样高傲的人，而他教子就要他这样庸碌。因此我们知道，嵇康自己对于他自己的举动也是不满足的。所以批评一个人的言行实在难，社会上对于儿子不像父亲，称为"不肖"，以为是坏事，殊不知世上正有不愿意他的儿子像自己的父亲哩。试看阮籍嵇康，就是如此。这是，因为他们生于乱世，不得已，才有这样的行为，并非他们的本态。但又于此可见魏晋的破坏礼教者，实在是相信礼教到固执之极的。

不过何晏王弼阮籍嵇康之流，因为他们的名位大，一般的人们就学起来，而所学的无非是表面，他们实在的内心，却不知道。因为只学他们的皮毛，于是社会上便很多了没意思的空谈和饮酒。许多人只会无端的空谈和饮酒，无力办事，也就影响到政治上，弄得玩"空城计"，毫无实际了。在文学上也这样，嵇康阮籍的纵酒，是也能做文章的，后来到东晋，空谈和饮酒的遗风还在，而万言的大文如嵇阮之作，却没有了。刘勰说："嵇康师心以遣论，阮籍使气以命诗。"这"师心"和"使气"，便是魏末晋初的文章的特色。正始名士和竹林名士的精神灭后，敢于师心使气的作家也没有了。

到东晋，风气变了。社会思想平静得多，各处都夹入了佛教的思想。再至晋末，乱也看惯了，篡也看惯了，文章便更和平。代表平和的文章的人有陶潜。他的态度是随便饮酒，乞食，高兴的时候就谈论和作文章，无尤无怨。所以现在有人称他为"田园诗人"，是个非常和平的田园诗人。他的态度是不容易学的，他非常之穷，而心里很平静。家常无米，就去向人家门口求乞。他穷到有客来见，连鞋也没有，那客人给他从家丁取鞋给他，他便伸了足穿上了。虽然如此，他却毫不为意，还是"采菊东篱下，悠然见南山"。这样的自然状态，实在不易模仿。他穷到衣服也破烂不堪，而还在东篱下采菊，偶然抬起头来，悠然的见了南山，这是何等自然。现在有钱的人住在租界里，雇花匠种数十盆菊花，便做诗，叫作"秋日赏菊效陶彭泽体"，自以为合于渊明的高致，我觉得不大像。

陶潜之在晋末，是和孔融于汉末与嵇康于魏末略同，又是将近易代的时候。但他没有什么慷慨激昂的表示，于是便博得"田园诗人"的名称。但《陶集》里有《述酒》一篇，是说当时政治的。这样看来，可见他于世事也并没有遗忘和冷淡，不过他的态度比嵇康阮籍自然得多，不至于招人注意罢了。还有一个原因，先已说过，是习惯。因为当时饮酒的风气相沿下来，人见了也不觉得奇怪，而且汉魏晋相沿，时代不远，变迁极多，既经见惯，就没有大感触，陶潜之比孔融嵇康和平，是当然的。例如看北朝的墓志，官位升进，往往详细写着，再仔细一看，他是已经经历过两三个朝代了，但当时似乎并不为奇。

据我的意思，即使是从前的人，那诗文完全超于政治的所谓"田园诗人"，"山林诗人"，是没有的。完全超出于人间世的，也是没有的。既然是超出于世，则当然连诗文也没有。诗文也是人事，既有诗，就可以知道于世事未能忘情。譬如墨子兼爱，杨子为我。墨子当然要著书；杨子就一定不著，这才是"为我"。因为若做出书来给别人看，便变成"为人"了。

由此可知陶潜总不能超于尘世，而且，于朝政还是留心，也不能忘掉"死"，这是他诗文中时时提起的。用别一种看法研究起来，恐怕也会成一个和旧说不同的人物罢。

自汉末至晋末文章的一部分的变化与药及酒之关系，据我所知的大概是这样。但我学识太少，没有详细的研究，在这样的热天和雨天费去了诸位这许多时光，是很抱歉的。现在这个题目总算是讲完了。

导读
正始名士服药，竹林名士饮酒

　　鲁迅先生这篇名为《魏晋风度及文章与药及酒之关系》的演讲，是面对广州的中学生的。

　　这个题目，在当时是新鲜的，现在也是新鲜的；在当时是深奥的，现在也还是深奥的。又或者说，一部分是深奥的，一部分是明白的。

　　深奥的部分，是文化与哲学的背景。

　　在魏晋时期，最大的"哲学问题"，是"名教"与"自然"之争。何晏、王弼、夏侯玄们"谈玄"，即尊奉"老庄"，反对"名教"。而追求自然、饮酒作乐、贵己鄙俗的"竹林隐士"，更是反"名教"的最大力量。在他们的对面，特意尊崇名教者，则是以"名教"为掌握政治权力的手段。如司马氏集团，及为司马昭他们服务的一些权臣何曾等。

　　这个何曾及"卧冰求鲤"的太尉王祥，都是司马晋一朝的"名教"首领。王祥的传说虽然很怪异，但是他本人还算言行一致，道德没什么大的分裂。但何曾则是言行不一致的伪君子，他为人非常做作，据说在家里起居，都是"朝服"打扮，十分严肃。然而他又是一个"奢侈无度"之辈。鲁迅先生说何曾好几次劝司马昭要杀掉阮籍，司马昭都没有听。实际上，阮籍并没有跟何曾发生直接的利益冲突。何曾看不惯阮籍，是因为阮籍不与"名教"合作的态度，让他这个以"名教"代表自居的伪君子内心产生了焦虑。

　　从哲学角度来说，是"名教"与"自然"之争；而从政治角度来说，则是"名教"的推崇者司马氏集团与反对派之争。这个哲学与政治的斗争，在政治形式上的最终结果，是司马集团的老大司马懿消灭了何晏等大部分名士，其长子司马师消灭了夏侯玄等残余名士，肃清了朝廷上的反司马氏势力。到司马昭这里，则杀害了隐士中的代表嵇康，彻底惊吓了"高蹈派"和"隐逸派"，从而达到"朝野肃清"的目的，为司马氏集团的"篡位"铺平了道路。

"竹林七贤"中亲慕嵇康、跟嵇康一起快乐地打铁的向秀，看到嵇康被杀，"举家向洛阳"求官，再也不隐逸、不高蹈了。

《世说新语·言语》里说："嵇中散既被诛，向子期举郡计入洛，文王引进，问曰：'闻君有箕山之志，何以在此？'对曰：'巢、许狷介之士，不足多慕。'王大咨嗟。"

掌握了没落曹魏集团的军政大权，最终司马炎以晋篡魏，重复了曹丕逼迫汉献帝"禅让"的故事。曹丕称帝后兴奋地说，他终于知道"禅让"是什么意思了。司马炎自然也明白"禅让"是什么意思。因此，鲁迅先生说，嵇康在《与山巨源绝交书》里的"非汤武而薄周孔"，是他被司马昭以"不孝"的荒谬罪名杀掉的主要原因。

那么，"为什么要以孝治天下呢"？鲁迅先生尖锐地揭露说："因为天位从禅让，即巧取豪夺而来，若主张以忠治天下，他们的立脚点便不稳，办事便棘手，立论也难了，所以一定要以孝治天下。"又说，"如曹操杀孔融，司马懿（注：应为司马昭）杀嵇康，都是因为他们和不孝有关，但实在曹操司马懿何尝是著名的孝子，不过将这个名义，加罪于反对自己的人罢了。"

原来，这都是为了掩盖自己的"丑行"。

其实，曹丕早就知道了"禅让"是怎么一回事，要装着让贤的意思；司马炎也是依葫芦画瓢，所以后来很多人评价说：曹家怎么篡汉，同样司马家就怎么篡魏。曹操做了汉贼，司马懿就做了魏贼。

因此可以得知，"魏晋风度"很复杂，有哲学追求，也有政治现实，亦事关文学态度。鲁迅先生把这三方面结合起来了，条理清晰，鞭辟入里。

"魏晋风度"的缘起，或说得名，有两个原因：

一、何晏、王弼、夏侯玄三位正始名士首先身体力行并倡导的谈玄论道，服用五石散。

二、竹林名士的喝酒，作文写诗，鄙夷前贤，蔑视礼教，求自由之精神、独立之人格。

归纳起来，是"正始名士服药，竹林名士喝酒"。

"服药"与"喝酒"，看起来不太严肃，不太正经，却有着当时独特的历史、政治背景原因。鲁迅先生面对中学生听众，深入浅出地分析，把一个复杂的历史、政治、生活、刑法交集在一起的大问题，在这个演讲中说得明明白白。现在我们读下来，就其基本论述，就有很清晰的认识；如能更深入地了解其中人物和背景，会更有所得。

从公元220年曹丕"篡汉"，到公元265年司马炎"篡魏"，短短四十五年里，政治风云变幻，大权由曹氏落入司马氏手中，面临选边的各级官吏，无论是高官还是名士，都很可能因为一步不慎，而导致自己和整个家族被毁灭。整个政治主线，也是司马氏逐步掌权，而大兴杀戮、诛灭名士的一个过程。在这个时期，无论"正始名士"还是"竹林隐士"，皆被卷入政治，从而难以独存或自安。

"正始"为曹魏少帝曹芳的年号（公元240—249年）。曹氏命短，帝位更迭频繁，各方势力暗中角力，曹爽与司马懿此消彼长，势力变化奇特。老谋深算的司马懿一开始面对曹爽的咄咄攻势，是采取的守势。他先是称病示弱归乡养老，实际是暗中等待时机，趁曹爽等人护送少帝曹芳去高平陵祭拜之机，与暗中蓄养三千死士的儿子司马师一起发动了"高平陵之变"，占领了洛阳，关闭城门，不让曹爽等人进入。后来，司马懿又多番设法，诱降了缺乏主见的曹爽，让他陪同少帝曹芳回到洛阳，以虚职架空他的势力。最终设计，灭了曹爽和何晏三族。

此时出任征西大将军，假节都督雍、凉州诸军事的夏侯玄，不敢贸然发动军事攻击，又不愿随夏侯霸一起投奔敌国西蜀。夏侯玄丢掉了军权回到都城，出任掌管诸侯及藩属国事务的大鸿胪，数年后转为主管宗庙礼仪的太常，目睹自幼一起长大的妹夫大将军司马师专权，他心中常郁郁不得志。嘉平六年（公元254年），中书令李丰、光禄大夫张缉谋诛大将军司马师而推举夏侯玄的大事被揭发，司马师先是个别召见李丰，当场击杀；继而断案问罪，诛杀夏侯玄等三族。

"正始名士"中，天才少年王弼英年早逝；而曾居高位的何晏、夏侯玄，虽然都有才华，有名声，风姿绰约，被盛赞为那个时代的令人敬仰的"高富帅"，最终却都被夷灭三族，令人震惊当时政治的诡秘与险恶。鲁迅先生身处军阀割据、彼此攻伐不断的时代，对此想必深有同感。因此，他的这个演讲，具有明显的以古讽今的意思。

鲁迅先生说何晏是"吃药的祖宗"。何晏可能是汉末外戚、大将军何进的孙子。董卓专政时，何晏的母亲尹氏逃过大祸，生下何晏。后来曹操纳尹氏为妾，何晏成为曹操的养子。何晏自幼聪慧，曹操十分赏识他。《何晏别传》载："何晏小时养魏宫，七八岁便慧心大悟，众无愚智莫不贵异之。曹操读兵书，有所未解，试以问晏。晏分散所疑，无不冰释。"另外，何晏以皮肤白嫩、容貌绝美、好打扮著称于世。

《世说新语·容止》中说："何平叔美姿仪，面至白。魏文帝疑其傅粉，正夏月，与热汤饼。既啖，大汗出，以朱衣自拭，色转皎然。"

这里"热汤饼"通常注释为"面条"，实际上，是"面片汤"。魏文帝怀疑何晏皮肤白是"傅粉"的效果，因而在大热天让他吃面片汤，出了一脑袋的大汗。何晏用红色的衣服擦汗后，魏文帝发现何晏更加的白、十分的白，确信其肤白不是因为涂脂抹粉，而是天生丽质。

夏侯玄亦以容貌美好、学识渊博、气度不凡著称，《世说新语·容止》里说："魏明帝使后弟毛曾与夏侯玄共坐，时人谓'蒹葭倚玉树'。"又说："时人目'夏侯太初朗朗如日月之入怀'。"

第一条说毛皇后的弟弟毛曾仰慕夏侯玄，拜会时和夏侯玄坐在一起，当时的人评论说"芦苇靠在了玉树上"。为何呢？当时人评论夏侯玄，说他容止高贵，气度不凡，"就像日月照着一样"。

夏侯玄另有"雅量"，为人处世从容镇静，处变不惊。《世说新语·雅量》中说："夏侯太初尝倚柱作书。时大雨，霹雳破所倚柱，衣服焦，然神色无变，书亦如故。宾客左右皆跌荡不得住。"

风度、仪容可以跟夏侯玄媲美，而学识、文章皆过之的嵇康，深受鲁迅先生敬仰。鲁迅还专门搜集整理编辑了一本《嵇康集》，这是古籍整理中一个很大的贡献。

《世说新语·容止》里赞扬嵇康："嵇康身长七尺八寸，风姿特秀。见者叹曰：'萧萧肃肃，爽朗清举。'或云：'肃肃如松下风，高而徐引。'山公曰：'嵇叔夜之为人也，岩岩若孤松之独立；其醉也，傀俄若玉山之将崩。'"

后来被嵇康撰文痛骂的山涛，曾当过晋武帝司马炎的少保，年轻时也是嵇康的粉丝和死党，对嵇康评价超高——"岩岩若孤松之独立"。嵇康卓尔不群的资貌，粉丝们看见都有点紧张，大多敬而远之。当时钟会写了一篇文章《四本论》，想请嵇康看看，指点指点，然而到了嵇康家门外，看到嵇康在打铁，却不敢进去，把文章隔着篱笆扔进，转身就跑掉。钟会和哥哥钟毓自小聪明，是书法大师钟繇的儿子。钟会这个人才虽高但心胸狭隘，反复无常。嵇康问他："何所闻而来，何所见而去？"钟会答："闻所闻而来，见所见而去。"鲁迅先生说，钟会后来对嵇康"因爱生恨"，在司马昭面前进谗言极力诋毁嵇康，也是嵇康被杀的原因之一。《世说新语·方正》里写夏侯玄被拘捕时，钟会说话戏弄夏侯玄，然而夏侯玄根本不理睬他，让钟会大为无趣。

不过，嵇康被杀，究其主因，还是"非汤武而薄周孔"，揭穿了司马氏的老底。而且，嵇康终究还是曹家的人，不能为己所用，因此司马昭除掉了他。

夏侯玄和嵇康皆为修养深、品格高的卓绝之士，他们被杀时，也是"视死如归"，保持了高士的凛然气度，深受后世景仰。

《世说新语·雅量》："嵇中散临刑东市，神气不变。索琴弹之，奏《广陵散》。曲终，曰：'袁孝尼尝请学此散，吾靳，固不与，《广陵散》于今绝矣！'"

《世说新语·方正》："夏侯玄既被桎梏，时钟毓为廷尉，钟会先不与玄相知，因便狎之。玄曰：'虽复刑余之人，未敢闻命！'考掠初无一言，临刑东市，颜色不异。"

在险恶的政治斗争中，嵇康和夏侯玄最终被杀。嵇康稍好一点，没有被灭族，他的儿子嵇绍还被山涛推举做了晋朝的官。《晋书》中说，晋惠帝荡阴兵败，百官逃散时，"唯绍俨然端冕，以身捍卫，兵交御辇，飞箭雨集，绍遂被害于帝侧"。历史学家陈寅恪先生对嵇绍评价不高，在《陶渊明之思想与清谈之关系》里说他"改节易操，出仕父仇矣"。

司马氏得天下，陈寅恪先生在《魏晋南北朝史讲演录》里归纳说，"一是司马懿的坚忍阴毒，远非汉末同时儒家迂缓无能之士所能比。""司马懿父子的坚忍阴毒，连子孙也感到羞耻，以至怀疑晋祚能不能长久保持下去。"

事见《世说新语·尤悔》"王导、温峤俱见明帝，帝问温前世所以得天下之由。温未答。顷，王曰：'温峤年少未谙，臣为陛下陈之。'王乃具叙宣王创业之始，诛夷名族，宠树同己。及文王之末高贵乡公事。明帝闻之，覆面著床曰：'若如公言，祚安得长！'"。

在"成王败寇"的传统观念里，只要能成功，无论是曹操的诡诈，还是司马懿的阴毒，都是被崇拜的。然而，从人类文明、人类文化发展的角度来看，我们却要认真反思这种思想。

这里主要在鲁迅先生的讲稿中，增加一点何晏、夏侯玄和嵇康三位被杀的高标傲世的名士的资料，供大家参考。很多内容，还可以自己去查些资料，加深理解。

思考

"名教"重人伦等级规范，"自然"崇尚精神自由，这两者自古以来都是冲突的。前者为统治阶级着想，以朝廷、天下、国家为主要价值；后者以个人、独立、自由为主要价值。产生重大思想贡献、推动文化发展和文明进步者，通常都是像嵇康、阮籍这类追求个人独立和精神自由的人。身处 21 世纪，作为现代人，我们要多思考陈寅恪先生提出的"独立之精神，自由之思想"。

延伸阅读

鲁迅《故事新编》，陈寅恪《魏晋南北朝史讲演录》。

编末后记

读书是一件非常重要的事情,也是一件非常愉快的事情。

即便是到了互联网时代,语言文字形式的阅读,仍是人类文明传递的首要方式。如夏丏尊先生猜想的那样,不一定都是纸质印刷书本,我们用电子阅读器来阅读,同样是旧有阅读模式的有机延续。新媒体时代,为了适应电脑屏幕、电子阅读器和更加流行的手机阅读,文章的长度、段落的安排、内容表达的节奏,以及探讨问题的核心,与之前都有了很大的区别。

美国《连线》杂志主编凯文·凯利先生二十多年前撰写的巨著《失控》,整整影响了两个时代,成为新科技时代的主要思想源泉之一。但他认为,这部著作的写作和出版方式已经不适合当下这个时代的阅读。在科学界、媒体界,现在更流行的文章是转换为汉字在八千字以内长度的文章,以大屏手机来看,大概翻页十到十五次可以读完,阅读时间为一刻钟到半小时。这种长度的文章,可以就一个核心主题分成四五个部分进行论述,思路清晰的作者,这个篇幅完全可以把一个问题说清楚了。本编选入的文章长度跟这个看法惊人的巧合,虽然我们不必强调,但这种篇幅的文章,确实很适合阅读。

而谈到阅读,虽然我们现在的阅读手段比较多样,但对内容的获取,仍然依循传统。多媒体书的概念几年前就出现了,人们在电子书中加入图片、音乐、超链接,试图制作一本立体的多媒体书,但是这种书的阅读仍然没有流行起来,不知道问题出在哪里。或许,过于丰富的信息,反而造成读者的手忙脚乱,无法更有效地学习。人类阅读的方式是线性的,无论改成什么样的阅读媒介,都只能线性地以时间先后来阅读——除非今后人工智能达到高智能状态,辅助类生物芯片植入人脑进行大容量信息传递,从而让书面显现阅读的方式消失。不然,线性阅读,即文字前后组织阅读,仍然是主要的阅读模式。

　　这里选入的七篇文章，基本涵盖了阅读相关内容的各方面——"为什么阅读""阅读什么书"和"阅读的方法"。

　　从头读到这里的读者，相信已经心领神会，毋庸我再赘言了。

　　夏丏尊和鲁迅两位先生强调对现实生活要加以关注，要学会观察和思考，从我们所处的世界中学习知识。但"生活是一本大书"这个说法也不尽然。如果一个人不能通过阅读训练出敏锐的观察力，他只是在生活的泥潭里打滚而已。

　　阅读是对人类已有知识的快速吸收，让我们能够在前人的经验基础上，节省时间，推进知识的发展。神农尝百草后，我们不需要再一味一味去尝试草药的药性，就可以知道不同草药的特性。同样，第一个吃螃蟹的人是勇士，第二个吃螃蟹的人，只需要打破禁忌，克服不适就可以了。

　　因此，首先要阅读起来，如胡适之先生说的，"要读书越多才可以读书越多"。

2020 年 5 月 27 日修订于多伦多

第二编 挚爱阅读

"阅读"是散文中一种极为重要的体裁。我这里把书评、影评列入同一范畴中，各选入优秀文章，做简要分析和理解参考，供读者们学习。

我认为"语文"这个学科一直有学科定位不清的问题，语文好像什么都是，无所不包，语言、文学、历史、政治、社会学、经济学，似乎什么都有，然而又什么都不是。一个"大语文"概念，风靡一时，却不知道，那些学科都有自己的独立定位，不需要"语文"前来插足。语文，从其本质属性来说，就是研究"语言"与"文学"的一门学科，其他"大语文"内容只是附属，而不是本质。一位语文老师，自己好好学习语言，阅读文学作品，教会学生如何更好地运用语言、更有效地进行深阅读，训练出良好的写作能力，就是合格的老师。

"语文"定名也有问题，学界为此吵了几十年，提出了很多名字，其中国语、国文、华文、中文提得比较多。名不正则言不顺，定名问题确实是大问题，然而这个问题却一直被掩盖着。我个人倾向于叫作"中文"，本质属性是"中文母语"。"中文母语"是一种基础性、底层性、决定性学科。"语言+文学"构成的各国各民族"语文"学科，决定了人类文明的基本形态。我把这个"语文"称为"人类文明的底层操作系统"，其他的学科门类都是建构在"语文"之上的应用软件。

无论你今后从事何种领域的工作，做何种门类的研究，你都离不开最基本的"语言表达"。没有语言表达，就没有各门类学科的存在。

我在各学校与教师、学生交流时，曾多次用电脑、网络的"底层技术"这个词来形容"语文"。

外文也是"语文"的一种。在学习本国语言文学时，21世纪的全球化新人，不应该放弃外文的学习。每一种文化都有自己观察世界、表达情感的独特角度和文化背景，懂得外文你才会知道原来人们还可以这样表达一种现象、一种情感。比如，中文"覆水难收"，英文有一个相对应的词组：water over the dam（水漫过大坝了）。虽然意思相近，却是从不同现象中观察、总结出同样的道理。这是人类文明中极有趣的现象。

学会阅读，并且从不同的书本、材料中读出新意。本编所选的文章，其评论、讨论的对象，相对比较具体，相关材料的搜集和积累，也相对比较容易。

阅读一本好书，看一部好电影，听一首名曲，这些都是我们学习和理解世界的最好方法，是跟最有智慧的人交谈的最直接手段。然而，如果你要跟朋友们分享这些好作品，就必须学会思考自己阅读过的书、看过的电影、听过的歌曲，有效地锻炼自己的归纳总结能力，得出一种自己的观点，且准确表达出来。

现在很多人都使用网络在线视频看影片，在观看前，会浏览介绍、评论。这些介绍、评论就是精短的影评。影评好坏，归纳妥否，是一眼就能看出来的。你读豆瓣网上的评论，会发现高下之差，真有天壤之别。

阅读与表达是本编想要介绍的核心内容。

阅读之所以是这么好的事，就是因为随时能与最有智慧的人交谈——只要你从书架上拿下一本好书，翻开，阅读。

钱锺书先生的《诗可以怨》是他在日本演讲时的演讲稿，这篇演讲稿被收入在《七缀集》中，是其作品中最浅显易懂、深入浅出的文章。该文章中谈了一个重大问题，说清楚了这个问题的来龙去脉。读"诗"，学习古诗词，一定要了解这篇文章的独特观点。

叶兆言的《阅读吴宓》是关于现代学者吴宓的一篇力作，可谓"拨开云雾见青天"，需要很深的功力。

余华的《高潮》写的是苏联时期音乐大师肖斯塔科维奇，作者用具象的文字表达抽象的音乐，有一种深远的味道。

而潘向黎对古诗的介绍，真真"诗是空气，诗是呼吸"，让那些久远的诗歌从课本中走入我们的生活。你要知道，在唐朝，诗歌跟我们现在随时随地发的微博和微信一样。诗人一有灵感，就提笔书写。不仅写在纸上，还写在墙上。那些神来之笔写下的卓越诗歌，就像现在的流行歌曲一样，很快传遍大江南北。那时候，诗歌确实是能唱的，诗歌就是生活，诗歌就是现实。

阅读前人，写书评、写影评，都是很好的"深阅读"方式。因此，如果你想让自己的阅读更加有效率，不妨多写书评、影评。短评可以发在微博、豆瓣读书、豆瓣电影上，长评可以发在自己的微信公众号上。当你写得更好时，就可以发表在杂志、报纸上，可以拿稿费，也有可能出版成书。

我曾引用梁启超先生的观点——边写边读，边读边写，这样阅读会更加有效率，这也是最好的阅读和学习方式。

2020 年 6 月 11 日于多伦多

诗可以怨

钱锺书

作者简介

钱锺书（1910—1998），原名仰先，字哲良、默存，后改名锺书，号槐聚，曾用笔名中书君。1910年生于江苏无锡，1933年毕业于清华大学外文系，1935年赴英国牛津大学埃克塞特学院求学，1937年获学士学位，同年赴法国巴黎大学研究法国文学。1938年回国后，曾任西南联大、暨南大学教授，中央图书馆外文部总编纂。新中国成立后历任清华大学外文系教授，中国科学院文学研究所研究员、哲学社会科学部委员，中国社会科学院文学研究所研究员、副院长。钱锺书先生博学多能，通数国语言，学贯中西，在文学创作和学术研究两方面均取得了卓越成绩。民国期间出版的著作有散文集《写在人生边上》、用英文撰写的《十六、十七、十八世纪英国文学里的中国》、短篇小说集《人·兽·鬼》、长篇小说《围城》、文论及诗文评论《谈艺录》。1949年后出版的著作有《宋诗选注》《管锥编》（5卷）、《七缀集》《槐聚诗存》等。曾参与《毛泽东选集》（1—3卷）的英译工作，主持过《中国文学史》唐宋部分的编写工作。1998年病逝，享年八十八岁。

到日本来讲学，是很大胆的举动。就算一个中国学者来讲他的本国学问，他虽然不必通身是胆，也得有斗大的胆。理由很明白简单。日本对中国文化各个方面的卓越研究，是世界公认的；通晓日语的中国学者也满心钦佩和虚心采用你们的成果，深知道要讲一些值得向各位请教的新鲜东西，实在不是轻易的事。我是日语的文盲，面对着贵国"汉学"或"支那学"的丰富宝库，就像一个既不懂号码锁、又没有开撬工具的穷光棍，瞧着大保险箱，只好眼睁睁地发愣。但是，盲目无知往往是勇气的源泉。意大利有一句嘲笑人的惯语，说"他发明了雨伞"（ha inventato l'ombrello）。据说有那么一个穷乡僻壤的土包子，一天在路上走，忽然下起小雨来了，他凑巧拿着一根棒和一方布，人急智生，把棒撑了布，遮住头顶，居然到家没有淋得像落汤鸡。他自我欣赏之余，也觉得对人类做出了贡献，应该公诸于世。他风闻城里有一个"发明品专利局"，就兴冲冲拿棍连布，赶进城去，到那局里报告和表演他的新发明。局里的职员听他说明来意，哈哈大笑，拿出一把雨伞来，让他看个仔细。我今天就仿佛那个上注册局的乡下佬，孤陋寡闻，没见识过雨伞。不过，在找不到屋檐下去借躲雨点的时候，棒撑着布也还不失为自力应急的一种有效办法。

尼采曾把母鸡下蛋的啼叫和诗人的歌唱相提并论，说都是"痛苦使然"（Der Schmerz macht Huhner und Dichter gackern）。这个家常而生动的比拟也恰恰符合中国文艺传统里一个流行的意见：苦痛比快乐更能产生诗歌，好诗主要是不愉快、烦恼或"穷愁"的表现和发泄。这个意见在中国古代不但是诗文理论里的常谈，而且成为写作实践里的套板。因此，我们惯见熟闻，习而相忘，没有把它当作中国文评里的一个重要概念而提示出来。我下面也只举一些最平常的例来说明。

《论语·阳货》讲："诗可以兴，可以观，可以群，可以怨。""怨"只是四个作用里的一个，而且是末了一个。《诗·大序》并举"治世之音安以乐""乱世之音怨以怒""亡国之音哀以思"，没有侧重或倾向哪一种"音"。《汉书·艺文志》申说"诗言志"，也不偏不倚："故哀乐之心感，而歌咏之声发。"司马迁也许是最早两面不兼顾的人。《报任少卿书》和《史记·自序》历数古来的大著作，指出有的是坐了牢写的，有的是贬了官写的，有的是落了难写的，有的是身体残废后写的；一句话，都是遭贫困、疾病、以至刑罚磨折的倒霉人的产物。他把《周易》打头，《诗三百篇》收梢，总结说："大抵圣贤发愤之所为作也，"还补充一句："此人皆意有所郁结。"那就是撇开了"乐"，只强调《诗》的"怨"或"哀"了；作《诗》者都是"有所郁结"的伤心人或不得志之士，诗歌也"大抵"是"发愤"的叹息或呼喊了。陈子龙曾引用"皆圣贤发愤之所为作"

那句话，为它阐明了一下："我观于《诗》，虽颂皆刺也——时衰而思古之盛王"（《陈忠裕全集》卷二一《诗论》）。颂扬过去正表示对现在不满，因此，《三百篇》里有些表面上的赞歌只是骨子里的怨诗了。附带可以一提，拥护"经义"而反对"文华"的郑覃，苦劝唐文宗不要溺爱"章句小道"，说："夫《诗》之雅、颂，皆下刺上所为，非上化下而作"（《旧唐书·郑覃传》），虽然是别有用心的逸言，而早已是"虽颂皆刺"的主张了。《公羊传》宣公十五年"初税亩"节里"什一行而颂声作矣"一句下，何休的《解诂》也很耐寻味。"太平歌颂之声，帝王之高致也。……独言'颂声作'者，民以食为本也。……男女有所怨恨，相从而歌：饥者歌其食，劳者歌其事。"《传》文明明只讲"颂声"，《解诂》补上"怨恨而歌"，已近似横生枝节了；不仅如此，它还说一切"歌"都出于"有所怨恨"，把发端的"太平歌颂之声"冷搁在脑后。陈子龙认为"颂"是转弯抹角的"刺"；何休仿佛先遵照《传》文，交代了高谈空论，然后根据经验，补充了真况实话："太平歌颂之声"那种"高致"只是史书上的理想或空想，而"饥者""劳者"的"怨恨而歌"才是生活里的事实。何、陈两说相辅相成。中国成语似乎也反映了这一点。乐府古辞《悲歌行》："悲歌可以当泣，远望可以当归，"从此"长歌当哭"是常用的词句；但是相应的"长歌当笑"那类说法却不经见，尽管有人冒李白的大牌子，作了《笑歌行》。"笑吟吟"的"吟"字并不等同于"新诗改罢自长吟"的"吟"字。

司马迁的那种意见，刘勰曾涉及一下，还用了一个巧妙的譬喻。《文心雕龙·才略》讲到冯衍："敬通雅好辞说，而坎壈①盛世；《显志》《自序》亦蚌病成珠矣。"就是说他那两篇文章是"郁结""发愤"的结果。刘勰淡淡带过，语气不像司马迁那样强烈，而且专说一个人，并未扩大化。"病"是苦痛或烦恼的泛指，不限于司马迁所说"左丘失明"那种肉体上的害病，也兼及"坎壈"之类精神上的受罪，《楚辞·九辩》所说："坎壈兮贫士失职而志不平。"北朝有个姓刘的人也认为困苦能够激发才华，一口气用了

---

① kǎn lǎn，困顿、不顺利。

四个比喻，其中一个恰好和南朝这个姓刘人所用的相同。刘昼《刘子·激通》："梗枏① 郁蹙以成缛锦之瘤，蚌蛤结疴而衔明月之珠，鸟激则能翔青云之际，矢惊则能逾白雪之岭，斯皆仍瘁以成明文之珍，因激以致高远之势。"（参看《玉台新咏》卷一〇许瑶之《咏枏榴枕》："端木生河侧，因病遂成妍"；"榴"通"瘤"。《太平御览》卷三五〇引《韩子》："水激则悍，矢激则远"；《史记·范雎、蔡泽列传》："太史公曰：'然二子不困厄②，恶能激乎'"；又《后汉书·冯衍传》上章怀注引衍与阴就书："鄙语曰：'水不激不能破舟，矢不激不能饮羽。'"）后世像苏轼《答李端叔书》："木有瘿，石有晕，犀有通，以取妍于人，皆物之病，"无非讲"仍瘁以成明文"，虽不把"蚌蛤衔珠"来比，而"木有瘿"正是"梗枏成瘤"。西洋人谈起文学创作，取譬巧合得很。格里巴尔泽（Franz Grillparzer）说诗好比害病不作声的贝壳动物所产生的珠子（die Perle, das Erzeugnis des kranken stillen Muscheltieres）；福楼拜以为珠子是牡蛎生病所结成（la perle est une maladie de l'huitre），作者的文笔（le style）却是更深沉的痛苦的流露（l'écoulement d'une douleur plus profonde）。海涅发问：诗之于人，是否像珠子之于可怜的牡蛎，是使它苦痛的病料（wie die Perle, die Krankheitsstoff, woran das arme Austertier leidet）。豪斯门（A. E. Housman）说诗是一种分泌（a secretion），不管是自然的（natural）分泌，像松杉的树脂（like the turpentine in the fir），还是病态的（morbid）分泌，像牡蛎的珠子（like the pearl in the oyster）。看来这个比喻很通行。大家不约而同地采用它，正因为它非常贴切"诗可以怨""发愤所为作"。可是，《文心雕龙》里那句话似乎历来没有博得应得的欣赏。

　　司马迁举了一系列"发愤"的著作，有的说理，有的记事，最后把《诗三百篇》笼统都归于"怨"，也作为一个例子。锺嵘单就诗歌而论，对这个意思加以具体发挥。《诗品·序》里有一节话，我们一向没有好好留心。"嘉会寄诗以亲，离群托诗以怨。

---

① 楠木。
② è，同"厄"。

至于楚臣去境,汉妾辞宫;或骨横朔野,魂逐飞蓬;或负戈外戍,杀气雄边,塞客衣单,孀闺泪尽;或士有解佩出朝,一去忘反,女有扬蛾入宠,再盼倾国。凡斯种种,感荡心灵,非陈诗何以展其义?非长歌何以骋其情?故曰:'诗可以群,可以怨。'使穷贱易安,幽居靡闷,莫尚于诗矣!"说也奇怪,这一节差不多是锺嵘同时人江淹那两篇名文——《别赋》和《恨赋》——的提纲。锺嵘不讲"兴"和"观",虽讲起"群",而所举压倒多数的事例是"怨",只有"嘉会"和"入宠"两者无可争辩地属于愉快或欢乐的范围。也许"无可争辩"四个字用得过分了。"扬蛾入宠"很可能有苦恼或"怨"的一面。譬如《全晋文》卷一三左九嫔的《离思赋》就怨恨自己"入紫庐"以后,"骨肉至亲,永长辞兮!"因而"歔欷涕流"(参看《文馆词林》卷一五二她哥哥左思《悼离赠妹》:"永去骨肉,内充紫庭。……悲其生离,泣下交颈")。《红楼梦》第一八回里的贾妃不也感叹"今虽富贵,骨肉分离,终无意趣"么?同时,按照当代名剧《王昭君》的主题思想,"汉妾辞宫"绝不是"怨",少说也算得是"群",简直竟是良缘"嘉会",欢欢喜喜,到胡人那里去"扬蛾入宠"了。但是,看《诗品》里这几句平常话时,似乎用不着那样深刻的眼光,正像在日常社交生活里,看人看物都无须荧光检查式的透视。《序》结尾又举了一连串的范作,除掉失传的篇章和泛指的题材,过半数都可以说是"怨"诗。至于《上品》里对李陵的评语:"生命不谐,声颓身丧,使陵不遭辛苦,其文亦何能至此!"更明白指出了刘勰所谓"蚌病成珠",也就是后世常说的"诗必穷而后工"。还有一点不容忽略。同一件东西,司马迁当作死人的防腐溶液,锺嵘却认为是活人的止痛药和安神剂。司马迁《报任少卿书》只说"舒愤"而著书作诗,目的是避免姓"名磨灭"、"文采不表于后世",着眼于作品在作者身后起的功用,能使他死而不朽。锺嵘说:"使穷贱易安,幽居靡闷,莫尚于诗,"强调了作品在作者生时起的功用,能使他和艰辛冷落的生涯妥协相安;换句话说,一个人潦倒愁闷,全靠"诗可以怨",获得了排遣、慰藉或补偿。随着后世文学体裁的孳生,这个对创作的动机和效果的解释也从诗歌而蔓延到小说和戏剧。例如周楫《西湖二集》卷一《吴越王再世索江山》讲起瞿佑写《剪灯新话》和徐渭写《四声猿》:"真个哭不得,笑不得,叫不得,跳不得，你道可怜也不可怜！所以只得逢场作戏，没紧没要，做部小说。……发抒生平之气，把胸中欲歌欲哭欲叫欲跳之意，尽数写将出来。满腹不平之气，郁郁无聊，借以消遣。"李渔《笠翁偶寄》卷二《宾白》讲自己写剧本，说来更淋漓尽致："予生忧患之中，处落魄之境，自幼至长，自长至老，总无一刻舒眉。惟于制曲填词之顷，非但郁藉以舒，愠为之解，且尝僭作两间最乐之人。……未有真境之所为，能出幻境纵横之上者。我欲做官，则顷刻之间便臻荣贵。……我欲作人间才子，即为杜甫、李白之后身。我欲娶绝代佳人，即作王嫱、西施之原配。"正像陈子龙以为《三百篇》里"虽颂皆刺"，李渔承认他剧本里欢天喜地的"幻境"正是他生活里局天蹐地的"真境"的"反"映——剧本照映了生活的反面。大家都熟知弗洛伊德的有名理论：在实际生活里不能满足欲望的人，死了心作退一步想，创造出文艺来，起一种替代品的功用（Ersatz für den Triebverzicht），借幻想来过瘾（Phantasiebefriedgungen）。假如说，弗洛伊德这个理论早在锺嵘的三句话里稍露端倪，更在周楫和李渔的两段话里粗见眉目，那也许不是牵强拉拢，而只是请大家注意他们似曾相识罢了。

　　在某一点上，锺嵘和弗洛伊德可以对话，而有时候韩愈和司马迁也会说不到一处去。《送孟东野序》是收入旧日古文选本里给僮们读熟读烂的文章。韩愈一开头就宣称："大凡物不得其平则鸣。……人声之精者为言，文辞之于言，又其精也"；历举庄周、屈原、司马迁、相如等大作家作为"善鸣"的例子，然后隆重地请出主角："孟郊东野始以其诗鸣。"一般人认为"不平则鸣"和"发愤所为作"涵义相同；事实上，韩愈和司马迁讲的是两码事。司马迁的"愤"就是"坎壈不平"或通常所谓"牢骚"；韩愈的"不平"和"牢骚不平"并不相等，它不但指愤郁，也包括欢乐在内。先秦以来的心理学一贯主张：人"性"的原始状态是平静，"情"是平静遭到了骚扰，性"不得其平"而为情。《乐记》里两句话："人生而静，感于物而动，"具有代表性，道家和佛家经典都把水因风而起浪作为比喻。这个比喻也被儒家借而不还，据为己有。《礼记·中庸》"天命之谓性"句下，孔颖达《正义》引梁五经博士贺瑒说："性之与情，犹波之与水，静时是水，动则是波，静时是性，动则是情。"韩门弟子李翱《复性书》上篇就说："情者，性之动。水泪于沙,而清者浑,性动于情,而善者恶。"甚至深怕和佛老沾边的宋儒程颐也不避嫌疑:"湛然平静如镜者,水之性也。及遇沙石或地势不平,便有湍激,或风行其上,便为波涛汹涌,此岂水之性也哉!……然无水安得波浪,无性安得情也?"(《河南二程遗书》卷一八《伊川语》)。通俗小说里常用的"心血来潮"那句话,也表示这个比喻的普及。《封神榜》第三四回写太乙真人静坐,就解释道:"看官,但凡神仙,烦恼、嗔痴、爱欲三事永忘,其心如石,再不动摇,'心血来潮'者,心中忽动耳"——"来潮"等于"动则是波"。按照古代心理学,不论什么情感都是"性"暂时失去了本来的平静,不但愤郁是"性"的骚动,欢乐也一样好比水的"波涛汹涌""来潮"。我们也许该把韩愈的话安置在这种"语言天地"里,才能理解它的意义。他另一篇文章《送高闲上人序》就说:"喜怒窘穷,忧悲愉快,怨恨思慕,酣醉无聊,不平有动于心,必于草书焉发之";"有动"和"不平"就是同一事态的正负两种说法,重言申明,概括"喜怒""悲愉"等情感。只要看《送孟东野序》的结尾:"抑不知天将和其声而使鸣国家之盛耶?抑将穷饿其身,思愁其心肠,而使自鸣其不幸耶?"很清楚,得志而"鸣国家之盛"和失意而"自鸣不幸",两者都是"不得其平则鸣"。韩愈在这里是两面兼顾的,正像《汉书·艺文志》讲"歌咏"时,并举"哀乐",而不像司马迁那样的偏主"发愤"。有些评论家对韩愈的话加以指摘,看来他们对"不得其平"理解得太狭窄了,把它和"发愤"混淆。黄庭坚有一联诗:"与世浮沉唯酒可,随人忧乐以诗鸣"(《山谷内集》卷一三《再次韵兼简履中南玉》之二);下句的"来历"正是《送孟东野序》。他很可以写"失时穷饿以诗鸣"或"违时侘傺以诗鸣"等,却用"忧乐"二字作为"不平"的代词,真是一点儿不含糊的好读者。

韩愈确曾比前人更明白地规定了"诗可以怨"的观念,那是在他的《荆潭唱和诗序》里。这篇文章是恭维两位写诗的大官僚的,恭维他们的诗居然比得上穷书生的诗,"王公贵人"能"与韦布里间憔悴之士较其毫厘分寸"。言外之意就是把"憔悴之士"的诗作为检验的标准,因为有一个大前提:"夫和平之音淡薄,而愁思之声要眇,欢愉之辞难工,而穷苦之言易好也。"早在六朝,已有人说出了"和平之音淡薄"的感觉,

《全宋文》卷一九王微《与从弟僧绰书》："文词不怨思抑扬，则流淡无味。"后来有人干脆归纳为七字诀："其中妙诀无多语，只有销魂与断肠"（方文《涂山续集》卷五《梦与施愚山论诗醒而有作》）。为什么有"难工"和"易好"的差别呢？一个明末的孤臣烈士和一个清初的文学侍从尝试地作了相同的心理解答。张煌言说："甚矣哉！'欢愉之词难工，而愁苦之音易好也'！盖诗言志，欢愉则其情散越，散越则思致不能深入；愁苦则其情沉着，沉着则舒籁发声，动与天会。故曰：'诗以穷而后工。'夫亦其境然也"（《国粹丛书》本《张苍水集》卷一《曹云霖诗序》）。陈兆仑说得更简括："'欢娱之词难工，愁苦之词易好。'此语闻之熟矣，而莫识其所由然也。盖乐主散，一发而无余；忧主留，辗转而不尽。意味之浅深别矣"（《紫竹山房集》卷四《消寒八咏·序》）。这对诗歌"难工"和"易好"的缘故虽然不算解释透彻，而对欢乐和忧愁的情味很能体贴入微。陈继儒曾这样来区别屈原和庄周："哀者毗[①]于阴，故《离骚》孤沉而深往；乐者毗于阳，故《南华》奔放而飘飞"（《晚香堂小品》卷九《郭注庄子叙》）。一位意大利大诗人也记录下类似的体会：欢乐趋向于扩张，忧愁趋向于收紧（questa tendenza al dilatamento nell'allegrezza, e al ristringimento nella tristezza）。我们常说："心花怒放""开心""快活得骨头都轻了"和"心里打个结""心上有了块石头""一口气憋在肚子里"等，都表达了乐的特征是发散，轻扬，而忧的特征是凝聚、滞重。欢乐"发而无余"，要挽留它也留不住，忧愁"转而不尽"，要消除它也除不掉。用歌德的比喻来说，快乐是圆球形（die Kugel），愁苦是多角物体形（das Vieleck）。圆球一滚就过，多角体"辗转"即停，张煌言和陈兆仑都说出了这种区别。

韩愈把穷书生的诗作为样板；他推崇"王公贵人"也正是抬高"憔悴之士"。恭维而没有一味拍捧，世故而不是十足势利，应酬大官僚的文章很难这样有分寸。司马迁、锺嵘只说穷愁使人作诗、作好诗，王微只说文词不怨就不会好。韩愈把反面的话添上去了，说快乐虽也使人作诗，但作出的不会是很好或最好的诗。有了这个补笔，就题

---

① pí，连接。

无剩义了。韩愈的大前提有一些事实根据。我们不妨说，虽然在质量上"穷苦之言"的诗未必就比"欢愉之词"的诗来得好，但是在数量上"穷苦之言"的好诗的确比"欢愉之词"的好诗来得多。因为"穷苦之言"的好诗比较多，从而断言只有"穷苦之言"才构成好诗，这在推理上有问题，韩愈犯了一点儿逻辑错误。不过，他的错误不很严重，他也找得着有名的同犯，例如十九世纪西洋的几位浪漫诗人。我们在学生时代念的通常选本里，就读到这类名句："最甜美的诗歌就是那些诉说最忧伤的思想的"（our sweetest songs are those that tell of saddest thoughts）；"真正的诗歌只出于深切苦恼所炽燃着的人心"（und es kommt das echte Lied/Einzig aus dem Menschenherzen, /Das ein tiefes Leid durchgluht）；"最美丽的诗歌就是最绝望的，有些不朽的篇章是纯粹的眼泪"（Les plus déséspérés sont les chants les plus beaux, /Et j'en sais d'immortels quisont de purs sanglots）。有位诗人用散文写了诗论，阐明一切"真正的美"（true Beauty）都必然染上"忧伤的色彩"（this certain taint of sadness），"忧郁是诗歌里最合理合法的情调"（Melancholy is thus the most legitimate of all the poetical tones）。近代一位诗人认为"牢骚"（grievances）宜于散文，而"忧伤（griefs）宜于诗"，"诗是关于忧伤的奢侈"（poetry is an extravagance about grief）。上文提到尼采和弗洛伊德。称赏尼采而不赞成弗洛伊德的克罗齐也承认诗是"不如意事"的产物（La poesia, come è stato ben detto, nasce dal "desiderio insoddisfatto"）；佩服弗洛伊德的文笔的瑞士博学者墨希格（Walter Muschg）甚至写了一大本《悲剧观的文学史》证明诗常出于隐蔽着的苦恼（fast immer, wenn auch oft verhüllt, eine Form des Leidens），可惜他没有听到中国古人的议论。

没有人愿意饱尝愁苦的滋味——假如他能够避免；没有人不愿意作出美好的诗篇——即使他缺乏才情；没有人不愿意取巧省事——何况他并不损害傍人。既然"穷苦之言易好"，那末，要写好诗就要说"穷苦之言"。不幸的是，"憔悴之士"才会说"穷苦之言"；"妙诀"尽管说来容易，"销魂与断肠"的滋味并不好受，而且机会也其实难得。冯舒"尝诵孟襄阳诗'不才明主弃，多病故人疏'，云：'一生失意之诗，千古得意之句'"（顾嗣立《寒厅诗话》）。白居易《读李、杜诗集因题卷后》："不得高官职，仍逢苦乱离；暮年逋客恨，浮世谪仙悲。……天意君须会，人间要好诗。"作出好诗，得经历卑屈、乱离等愁事恨事，"失意"一辈子，换来"得意"诗一联，这代价可不算低，不是每个作诗的人所乐意付出的。于是长期存在一个情况：诗人企图不出代价或希望减价而能写出好诗。小伙子作诗"叹老"，大阔佬作诗"嗟穷"，好端端过着闲适日子的人作诗"伤春""悲秋"。例如释文莹《湘山野录》卷上评论寇准的诗："然富贵之时，所作皆凄楚愁怨。……余尝谓深于诗者，尽欲慕骚人清悲怨感，以主其格。"这原不足为奇；语言文字有这种社会功能，我们常常把说话来代替行动，捏造事实，乔装改扮思想和情感。值得注意的是：在诗词里，这种无中生有（fabulation）的功能往往偏向一方面。它经常报忧而不报喜，多数表现为"愁思之声"而非"和平之音"，仿佛鳄鱼的眼泪，而不是《爱丽斯梦游奇境记》里那条鳄鱼的"温和地微笑嘻开的上下颚"（gently smiling jaws）。我想起刘禹锡《三阁词》描写美人的句子："不应有恨事，娇甚却成愁"；传统里的诗人并无"恨事"而"愁"，表示自己才高，正像传统里的美人并无"恨事"而"愁"，表示自己"娇多"。李贽读了司马迁"发愤所为作"那句话，感慨说："由此观之，古之贤圣不愤则不作矣。不愤而作，譬如不寒而颤、不病而呻也。虽作何观乎！"（《焚书》卷三《〈忠义水浒传〉序》）。"古代"是招唤不回来的，成"贤"成"圣"也不是一般诗人愿意和能够的，"不病而呻"已成为文学生活里不可忽视的事实。也就是刘勰早指出来的："心非郁陶，……此为文而造情也"（《文心雕龙·情采》），或范成大嘲讽的："诗人多事惹闲情，闭门自造愁如许"（《石湖诗集》卷一七《陆务观作〈春愁曲〉，悲甚，作此反之》）；恰如法国古典主义大师形容一些写挽歌（élégie）的人所谓："矫揉造作，使自己伤心"（qui s'affligent par art）。南北朝二刘不是说什么"蚌病成珠""蚌蛤结疴而衔珠"么？诗人"不病而呻"，和孩子生"逃学病"，要人生"政治病"，同样是装病、假病。不病而呻包含一个希望：有那么便宜或侥幸的事，假病会产生真珠。假病能不能装来像真，假珠子能不能造得乱真，这也许要看各人的本领或艺术。诗曾经和形而上学、政治并列为三种哄人的顽意儿（die drei Tauschungen），不是完全没有原因的。当然，作诗者也在哄自己。

我只想举三个例。第一例是一位名诗人批评另一位名诗人。张耒取笑秦观说："世之文章多出于穷人，故后之为文者喜为穷人之辞。秦子无忧而为忧者之辞，殆出于此耶？"（《张右史文集》卷五一《送秦观从苏杭州为学序》）。第二例是一位名诗人的自白。辛弃疾《丑奴儿》词承认："少年不识愁滋味，爱上层楼，爱上层楼，为赋新词强说愁。而今识尽愁滋味，欲说还休，欲说还休，却道天凉好个秋。"上半阕说"不病而呻""不愤而作"；下半阕说出了人生和写作里另一种情况，缄默——不论是说不出来，还是不说出来——往往意味和暗示着极（"尽"）厉害的"病"痛，极深切的悲"愤"。第三例是一个姓名不见经传的作家的故事。有个李廷彦，写了一首百韵排律，呈给他的上司请教，上司读到里面一联："舍弟江南没，家兄塞北亡！"非常感动，深表同情说："不意君家凶祸重并如此！"李廷彦忙恭恭敬敬回答："实无此事，但图属对亲切耳。"这事传开了，成为笑柄，有人还续了两句："只求诗对好，不怕两重丧"（陶宗仪《说郛》卷三二范正敏《遯斋闲览》、孔齐《至正直记》卷四）。显然，姓李的人根据"穷苦之言易好"的原理写诗，而且很懂诗要写得具体有形象，心情该在实际事物里体现（objective correlative）。假如那位上司没有关心下属、当场询问，我们这些深受实证主义（positivism）影响的后世研究者，未必想到姓李的在那里"无忧而为忧者之辞"。倒是一些普通人看腻而也看破了这种风气或习气的作品。南宋一个"蜀妓"写给她情人一首《鹊桥仙》词："说盟说誓，说情说意，动便春愁满纸。多应念得《脱空经》，是那个先生教底？"（周密《齐东野语》卷一一）；"脱空"就是虚诳、撒谎。海涅的一首情诗里有两句话，恰恰可以参考："世上人不相信什么爱情火焰，只认为是诗里的词藻"（Diese Welt glaubt nicht an Flammen，/ und sie nimmt's fur Poesie）。"春愁""情焰"之类也许是作者"姑妄言之"，读者往往只消"姑妄听之"，不必碰上"脱空经"，也死心眼地看作纪实录。当然，"脱空经"的花样繁多，不仅是许多抒情诗文，譬如有些忏悔录、回忆录、游记甚至于国史，也可以归入这个范畴。

我开头说，"诗可以怨"是中国古代的一种文学主张。在信口开河的过程里，我牵上了西洋近代。这是很自然的事。我们讲西洋，讲近代，也不知不觉中会远及中国，上溯古代。人文科学的各个对象彼此系连，交互映发，不但跨越国界，衔接时代，而且贯串着不同的学科。由于人类生命和智力的严峻局限，我们为方便起见，只能把研究领域圈得愈来愈窄，把专门学科分得愈来愈细。此外没有办法。所以，成为某一门学问的专家，虽在主观上是得意的事，而在客观上是不得已的事。"诗可以怨"也牵涉到更大的问题。古代评论诗歌，重视"穷苦之言"，古代欣赏音乐，也"以悲哀为主"；这两个类似的传统有没有共同的心理和社会基础？悲剧已遭现代"新批评家"鄙弃为要不得的东西了，但是历史上占优势的理论认为这个剧种比喜剧伟大；那种传统看法和压低"欢愉之词"是否也有共同的心理和社会基础？一个谨严安分的文学研究者尽可以不理会这些问题，然而无妨认识到它们的存在。在认识过程里，不解决问题比不提出问题总还进了一步。当然，否认有问题也不失为解决问题的一种痛快方式。

导读
诗可以怨，也可以乐

　　钱锺书先生这篇演讲稿，谈论了一个常见的问题，也是一个大问题。大而常见的问题不容易讲，更不容易讲好。"诗可以怨"就是这样一个大问题。历史很长，历代诗人、评论家的意见很多，要把这个问题的前因后果梳理清楚，需要丰富的阅读积累。尤其是在钱锺书先生那个时代，互联网尚未运用于日常生活和学习中，那个时期，学者阅读和积累都是硬功夫，需下死功夫。

　　这篇文章虽然是演讲稿，但谈了一个常见的大问题，需要很多佐证。钱锺书先生发挥了自己兼通英、法、德语的优势，引用古今中外相关学者的论述，来证明一些相似或共同的观点。因此文章中有很多的英、法、德文。普通的读者，大可不必去看这些外语，知其意即可。

这篇文章虽然九千多字，但问题非常明确，议论也集中，除了开头的一番客套引语，后面都是紧扣"诗可以怨"及相关理解和延伸的。

我读这篇文章若干遍了，记得最清楚的一点是：钱锺书先生先阐明"怨"是诗的四分之一功能，而非全部，因为"诗可以兴，可以观，可以群，可以怨"。这个"怨"也不只是人们现在通常理解的"埋怨""忧愤""困苦"，还可以乐，可以欢娱。只不过"欢娱之词难工，愁苦之词易好"罢了。

钱锺书先生引用了历朝历代各名人的论述，发现从司马迁《报任少卿书》起，更多人都认为"不平则鸣"，身世坎壈者更能出产优质作品。

中国历代文人墨客对诗与文有极高的自许和期待，认为这个可以让自己身后留名。因此，写好诗文，是他们努力的方向。可惜的是，幸福、快乐的人，不容易写出好诗文；反而是那些艰难困苦、贫困潦倒中的人，更可能写出好诗，作出好文。人生之事，确实难以兼得。从大富大贵者的角度来看，这也算是不幸之一吧？

钱锺书先生于是不无讽刺地继续说："作出好诗，得经历卑屈、乱离等愁事恨事，'失意'一辈子，换来'得意'诗一联，这代价可不算低，不是每个作诗的人所乐意付出的。于是长期存在一个情况：诗人企图不出代价或希望减价而能写出好诗。小伙子作诗'叹老'，大阔佬作诗'嗟穷'，好端端过着闲适日子的人作诗'伤春''悲秋'。"

就算首富可以去唱歌、拍视频、做票友，请最有名的歌手、导演、演员来衬托自己，做绿叶中的红花，满足一下自己的虚荣心，终究还是票友。这个印记是抹不掉的。有校园诗人出身者大富贵，公司上市，身家百亿，睥睨天下，贫穷者众矣。于是他在自己的微博上发自己少年轻狂时写的诗，企图引起知音。然而，在他微博下回复的，大多数都是"求职"，竟没有人引经据典吹捧他的诗。意兴阑珊，遂作罢。

不想受苦，又想得到好事，自古而今皆然。钱锺书先生继续讲了一件趣事："有个李廷彦，写了一首百韵排律，呈给他的上司请教，上司读到里面一联：'舍弟江南没，家兄塞北亡！'非常感动，深表同情说：'不意君家凶祸重并如此！'李廷彦忙恭恭敬敬回答：'实无此事，但图属对亲切耳。'这事传开了，成为笑柄，有人还续了两句：'只求诗对好，不怕两重丧。'"这个事例，意味深长。

其实，要说的是，无论诗还是文，无论快乐还是悲伤，最终还是要真情实感、准确自然地表达。弄虚作假，无论如何"悲惨"，都是烂诗、劣文。

思考

"诗可以怨"大多数人都认为是"忧愤出诗人"，这是不符合逻辑的。虽然占多数的好诗是忧愤者写出来的，但不能因此得出这个结论：只有忧愤者才能写出好诗。有时候，快乐的人或者在快乐时刻也能写出好诗。这样的例子是有的，如孟郊的"春风得意马蹄疾，一日看尽长安花"，就是高兴的、快乐的诗。

延伸阅读

钱锺书《七缀集》。

阅读吴宓

叶兆言

作者简介

叶兆言，1957年出生，南京人。1974年高中毕业，进工厂当过四年钳工。1978年考入南京大学中文系，1986年获得硕士学位。20世纪80年代初期开始文学创作至今。主要作品有:《一九三七年的爱情》《花影》《花煞》《别人的爱情》《没有玻璃的花房》，三卷本《叶兆言短篇小说编年》，五卷本《叶兆言中篇小说系列》，以及各种选本等。叶兆言的写作充满了知性的质与美，他的最新作品《很久以来》《南京传》，显示了他更加准确而坚韧的语言功力。

说来好笑，阅读吴宓，留心有关文字，成了近年来很当真的一件事情。起因只是他生于一八九四年，这是个特殊年份，中日甲午战争爆发，两国长达半个世纪的对抗拉开序幕，也正是这一年，孙中山给李鸿章写了一封长信，表达他的改良主义思想，遭到拒绝后，从此投身革命，坚定不移，直到死在北洋军阀时期的北京。很长时期，抗日和革命成了两个重要主题，研究中国，不论思考历史，还是评论文学，都无法回避。我习惯找出几位出生于这一年的人，把他们当成解剖近现代中国的标本，我的祖父也出生在这一年，这是很好的参照系数，它提供了一个横向的比较机会。阅读吴宓，我总是忍不住想，和他同年的祖父此时正在干什么，面对同样的问题，祖父会有什么不同的想法。在厚厚的十本《吴宓日记》中，提到祖父只有一处，时间是一九四五年的一月九日，一次宴会上偶然相遇：

遂偕赴华西大学内李珩、罗玉君夫妇邀家宴。座客桦外，有叶绍钧及谢冰莹女士。席散，同步归。

叶绍钧名字下面，有小字自注："圣陶。苏州人。今为开明书店总编辑。与宓同年生。留须。温和沉默。"这是典型的吴雨僧风格，记账本一样老老实实，一本正经。再看祖父的日记，略为详细一些：

五时半，至李晓舫家，晤吴雨僧、李哲生、陈国华、谢冰莹。雨僧与余同岁，身长挺立，言谈颇豪爽，近在燕大讲《红楼梦》，借以发抒其对文化与人生之见解，颇别致。主人治馔颇精，而不设酒，余以酒人，觉其勿习。八时散，复至月樵所，方宴颉刚夫妇，尚有他客六七人，墨先在。余乃饮酒十馀杯。十时归。

两则日记很客气，一层意思没有明说，都觉得对方不是原来的设想。他们属于两个不同阵营，道不同，则不相为谋，既对立，更隔膜。阵营不同，误解便不可避免。这次偶然相遇，消除了一定误解，又增加新的错误认识。如果继续交往，他们或许可以成为朋友，但是沟通从来不是件容易的事情。吴宓不知道对方温和沉默，是因为没有酒，祖父觉得对方豪爽，却根本就是个假象。

吴宓不是一个豪爽的人，而且毫无幽默感，他的成名与挨骂有关。说起新文学史，谈到新旧之争，忘不了鲁迅的妙文《估"学衡"》。《学衡》是一个笑柄，一帮自恃很高的书呆子，刚从国外回来，觉得喝过洋墨水，对"西化"更有发言权，于是匆匆上阵，想一招致敌于死命，事实却证明根本不是对手，刚一出招，就被新文学阵营打得鼻青脸肿。不妨想象一下当时的新文学阵营如何强大，陈独秀和李大钊，鲁迅兄弟，胡适及其弟子罗家伦和顾颉刚，茅盾为理论主笔的文学研究会，邵力子主编的《民国日报》副刊《学灯》，这些高人联手，每人吐口唾沫，已足以把《学衡》的人淹死。当时同属于新文学阵营的创造社,还没有出手参战,这一派的好战,善于胡搅蛮缠,作为《学衡》总编辑的吴宓心里不会不明白。

事隔多年,重新回顾这场文化论战,心平气和地说,双方都该骂,而且细究骂人的内容,双方都有些道理。《学衡》站在旧文化阵营一边,仅此一点顽固,即使在今日,仍然该骂,该痛骂,而五四前后掀起的新文化运动,方向大致正确,但是存在很多问题,也应该指出来。我曾和祖父谈过读当年的《小说月报》,众所周知,《小说月报》改刊是新文学史上的大事,比较新旧两派小说,也就是阅读茅盾主编前后的《小说月报》,就其小说质量而言,被看好的五四时期新小说,并不比旧小说强。新小说在一开始很不好看,鲁迅或许是个例外,像他那样优秀的太少,新小说的拙劣有目共睹,后人评价高,更多的是出于策略上的考虑。事实上,作为当时的重要作者,祖父也承认新派的小说没有旧小说写得好。换句话说,新小说只能证明自己写得对,却不能证明自己写得好,达到了多高的境界。

认真阅读当时的小说,不难得到这样的印象,新小说气势汹汹,其实嫩得不像东西。就像刚学走路的小孩,尽管前景良好,未来一片光明,真实的现状却不敢恭维。新小说佶屈聱牙,不能卒读。鲁迅写得好,是因为旧小说也写得好,发表在改刊之前的《小说月报》的文言小说《怀旧》,便是一个极好的例子。这似乎也反证了吴宓在《论新文化运动》中的观点,所谓"不知旧物,则决不能言新"。《学衡》是新文化运动的一面反动旗帜,一片喊新声中,《学衡》的声音显得很可笑。多年以后,吴宓自订年谱,痛悔当年的仓促上阵,尤其对第一期《学衡》的低质量感到痛心。作为创刊号,推出的一些"作品"让人无法恭维,鲁迅对其进行了辛辣的嘲讽,轻而易举挑出一大把错误。《学衡》批评新派不足,看出了对方毛病是对的,可是他们也是漏洞百出,正如吴宓自己承认的那样,"实甚陋劣,不足为全中国文士、诗人以及学子之模范者也"。吴宓把过错推到了一个叫邵祖平的人身上,他写道:

> 鲁迅先生此言,实甚公允。《学衡》第一期"文苑"门专登邵祖平(时

年十九）之古文、诗、词，斯乃胡先骕之过。而邵祖平乃以此记恨鲁迅先生，至有一九五一冬，在重庆诋毁鲁迅先生之事，祸累几及于宓，亦可谓不智之甚者矣。

这其实是为同人打掩护，想蒙混过关，鲁迅先生矛头直指梅光迪，直指胡先骕和柳诒徵，这些都是《学衡》的核心人物，想赖也赖不了。吴宓先生应该老老实实地承认，他们那几个人中间，除了柳诒徵，其他几位的旧学并不怎么样。《学衡》同人对旧的东西更感兴趣，在鲁迅看来，这帮人漏洞百出，只是假古董。他们守旧保守，但是在传统的旧学上，并不比新派人物强。一些文章把吴宓说成是旧学大师，这不确切，是过誉之词。办《学衡》的时候，吴宓是刚从国外回来的文学青年，旧学根底和大十多岁的鲁迅不能比，和大三四岁的陈寅恪和胡适，也无法匹敌。就其性格而言，吴宓身上更多浪漫成分，根本不擅长做死学问，对于旧文化的钻研，他和新派的胡适、顾颉刚之间的差距，随着时间推移，也只能是越来越大。

人们阅读的兴奋点，往往停留在新与旧上，以新旧为个人取舍标准，结果是新派看新，老派看旧，各取所需，老死不相往来。然而新未必好，旧也未必坏，关键要看货色。意气用事结果反而成不了事，"何必远溯乾嘉盛，说起同光已惘然"，这是陈寅恪父亲散原老先生的诗句，形容五四前后文坛正合适。这时期无论旧派新派，艺术成就都有严重的问题，人们重新回顾，各打五十大板并不为过。有一点必须指出，新代表出路，代表前途，已被事实所证明，时至今日，做学问重犯前人的老毛病，再妄谈复古，不仅"不智"，而且可笑。

吴宓是研究外国文学的，喜欢拿中外作品相比较，因此获得了中国比较文学鼻祖的盛誉，这又是一种站不住脚的夸大其词。比较文学的说法，一向很可疑，最容易似是而非，事实上不比较没办法谈文学，而中外比较了一下，就和国外后来风行一时的"比较文学"流派有了血缘关系，显然一厢情愿。比较是中国文学批评的传统，这表扬对吴宓来说，只能隔靴搔痒，他的野心并不在于谋一个开山之祖的称号。我想吴宓把自己搁在旧派阵营中,内心深处一定很矛盾。综观他一生,似乎更适合成为新派阵营中的一员。这是个很尴尬的定位,他是《学衡》总编辑,而这头衔恰恰也是自封的。《学衡》诸人策划杂志时,为了"脱尽俗务",本来不准备设总编辑,吴宓只是众人推举的集稿员。他自说自话在杂志上印上了总编辑头衔,为此,《学衡》诸君不以为然,曾讽刺挖苦过他,但是"宓不顾,亦不自申辩"。

编辑《学衡》是一件吃力不讨好的事情,得罪整个新文学阵营不算,内部也经常有摩擦。吴宓自封为《学衡》的总编辑,一方面说"亦不自申辩",另一方面又拼命解释:

> 至于宓之为《学衡》杂志总编辑确由自上尊号。盖先有其功,后居其位。故毅然自取得之。因此宓遂悟:古来大有作为之人,无分其地位、方向为曹、为刘、为孙(以三国为喻),莫不是自上尊号。盖非自上尊号不可。正如聪明多才之女子,自谋婚姻,自己求得幸福,虽在临嫁之日,洞房之夕,故作羞怯,以从俗尚。然非自己出力营谋,亦不能取得"Mrs.So&So"(某某夫人)之尊号。
>
> 个人实际如此,可无疑也。

好一个"毅然自取得之",一番自白,吴宓之"迂"跃然纸上。这种辩护越辩越黑,亏他想得出。吴宓和《学衡》同人的关系并不融洽,读《吴宓日记》,可以发现很多不愉快的记录。一九二三年九月十五日,吴宓和邵祖平商量,将他的诗稿推后一期发表,邵于是大怒,勒令吴宓必须在这期发表。吴宓以别人无权干涉自己编务为由拒不答应,邵"拍案大声叱詈,声闻数室",吴宓无可奈何,只能"予忍之,无言而出"。临了还是他做让步,在诸人眼里,他只是一位自封的总编辑。吴宓一肚子委屈,唯一出气的办法,是把这些事都写进日记。他很看重自己的日记,而且自信以后将成为历史的见证,因此措辞十分讲究,尤其在褒贬人物的时候。

> 予平日办理《学衡》杂务,异常辛苦繁忙。至各期稿件不足,中心焦急。

处此尤无人能知而肯为设法帮助（仅二三私情相厚之交，可为帮顾）。邵君为社中最无用而最不热心之人。而独喜弄性气，与予一再为难。予未尝不能善处同人，使各各满意。然如是则《学衡》之材料庸劣，声名减损。予忠于《学衡》，固不当如是徇私而害公。盖予视《学衡》，非《学衡》最初社员十一二人之私物，乃天下中国之公器；非一私人组织，乃理想中最完美高尚之杂志。故悉力经营，昼作夜思。于内则慎选材料，精细校雠。于外则物色贤俊，增加社员。无非求其改良上进而已。使不然者，《学衡》中尽登邵君所作一类诗文，则《学衡》不过与上海、北京堕落文人所办之小报等耳。中国今日又何贵多此一杂志？予亦何必牺牲学业时力以从事于此哉？

予记此段，非有憾于邵君。特自叙其平日之感情与办事之方针耳。

吴宓在日记和自编年谱中，不止一次写到对《学衡》同人的不满，他说梅光迪"好为高论，而完全缺乏实行工作之能力与习惯"。为自己的妥协让步，把不满意的稿件编入《学衡》感到痛心，"宓本拟摈弃不登者，今特编入，以图充塞篇幅而已"。吴宓对如何办《学衡》，有一套完整的想法，这想法过于理想，因此实施起来，非常困难。传说钱锺书曾说过吴宓先生太"呆"，这一说法已得到杨绛先生的坚决否认，认为是好事者附会，然而这种附会，多少是说出了一点真相，那就是吴宓确实有点呆。

呆人常自作聪明，吴宓自编年谱中，大言不惭承认《学衡》杂志总编辑一职，是"毅然自取得之"，又在年谱的前几页，明白地说自己应聘东南大学，是因为："拟由我等编辑杂志（月出一期）名曰《学衡》，而由中华书局印刷发行。此杂志之总编辑，尤非宓归来担任不可。"在日记中，吴宓屡屡自我表扬，言过其实，这种流露正是"呆"之所在，只是不可恶，反而有些可爱。一九二四年七月，吴宓去上海拜见中华书局大老板陆费逵，明明是恳求对方开恩继续办《学衡》，但是日记上只说他"痛陈《学衡》之声名、实在之价值，及将来前途之远大"，对方"意颇活动，谓与局中同人细商后再缓复"。毕竟是从美国回来，吴宓深知宣传的重要，而宣传就是说大话。自从建立民国，中国人不论文武，都明白洋人支持的重要。当军阀，不依靠日本，就是借助英美，文化人也不能避开此俗例。《学衡》创刊之后，吴宓不仅增入英文目录，而且不忘将刊物寄往国外的知名图书馆，赠送西方名牌大学的汉学家。在吴宓拟定的赠刊名单中，可以看到诸如"巴黎大学东方学院""牛津大学图书馆""美国国会图书馆"和"哈佛大学图书馆"。欧风盛行的年代里，《学衡》如果有来自西方汉学家的支持，对新派人士无疑将是最有力的打击。

《学衡》并不像吹嘘的那么出色，这一点吴宓心里很明白，也很无奈。事实上，这根本不是一本能实现心中理想的刊物。前几年，吴宓成了出土文物，着实热了一阵，有关的书甚至成了畅销书，他也因此和陈寅恪一样，罩上了通今博古的光环，有人甚至趁机为《学衡》翻案。以学术成就论，吴宓比不上陈寅恪和胡适，也比不上他的学生钱锺书。吴宓的失算在于知其不可为而硬为，像编《学衡》这样的杂志，陈寅恪、钱锺书绝对不会去干，一个真做学问的人，没那么多时间和精力耽误。吴宓的旧学根底较弱，刚回国那阵，他跟着胡先骕和邵祖平学写过江西诗派风格的旧诗。老实说，不仅新派看不上，旧派同人也不把他放在眼里，所谓"敌笑亲讥无一可"。梅光迪就对外人说过《学衡》越办越坏，原因当然是吴宓不行。吴宓不擅长训诂音韵，也不屑于做考据一类的文字，《学衡》发表谈甲骨文的文章，引起外国学者的注意，很认真地写信来请教，这让吴宓感到很恼火，因为他理想中的《学衡》，应该是"有关国事与时局"，应该担负维护中国文化优秀传统之大任，而不是旧派学人的自留地，整日来几首小诗几篇游记，玩点考证索引，大谈文章义法。旧的沼泽地里折腾不出新名堂，玩物丧志是吴宓不愿意看到的结果，《学衡》给读者留下太深的陈旧印象，真发表了有观点的好文章，实际上也没什么人愿意读。

一百年前，一个美国学者预测未来的发展，认定中国会发生激烈的革命，古老文化传统很可能被毁灭，孔子的偶像将不复存在。这个忧心忡忡的美国佬就是吴宓的恩师白璧德，他的焦虑传染给了他的学生，结果吴宓的一生，都取保守姿态，以维护中国文化传统为己任。除了保守，吴宓信奉好好主义，对人类的一切文化遗产，都敬若神明。他画了一张简图，把苏格拉底、耶稣犹太、佛陀印度，以及中国孔子，概括为人类文化的精华。世界的文明大厦靠这四根柱子支撑，缺了任何一根都可能倾斜，基于这样的观点，吴宓打算写出一本关于人生哲学的书。这本书没有写出来，也不可能完成，因为基本的观点并非吴宓独创，他志大才疏，充其量只是一个好学生，一生都在宣传老师的观点。

吴宓出过一本诗集，自视很高，给学生上课，常以自己诗歌为例。他成不了哲人，也算不上一个优秀诗人，中国旧诗太伟大，出人头地十分困难。吴宓的弟子郑朝宗先生曾说吴宓的诗，"限于天赋，造诣并不甚高"，但是他的诗集长短都收，优劣并存，还配有插图，加上注，更像一部有韵自传，拜伦《恰尔德·哈洛尔德游记》就是这种风格。吴宓一生并不满足于诗人称号，他更大的理想是当一名小说家，写一本能和《红楼梦》媲美的小说《新旧因缘》。在吴宓日记中，常提到某人某事可入《新旧因缘》，毛彦文和朱君毅分手，把自己的一大摞情书奉送给了吴宓，供他日后写小说参考。可惜这部小说压根没动过笔，他总是说要写，或许计划太庞大，结果也就是说说而已。

吴宓一生，为女人耗费了太多心血，无论潇洒的新派作家，还是风流的旧派文人，在花心方面都无法和他相比。他一生都在强烈追求异性的爱，和死心踏地维护旧道德一样，这种过分的冲动，很容易被人误解。况且，保守和浪漫本来就尖锐对立，很难想象两者会如此有机地结合在他一个人的身上。一九二一年八月，留学归来的吴宓没休息两天，便匆匆赶往杭州见陈心一。自订年谱中，他对这次见面，做了一番极具戏剧性的描述。到了陈家，稍坐，从未谋面的陈心一被引出来相见，大家默默相对，"至多十五分钟以后"，毛彦文来了，"神采飞扬，态度活泼"，说要去北京上学，正好路过，没想到遇上了他。吴宓在年谱中，故意淡化了陈心一，说那天她"无多言语"，主要是毛彦文在说话。下午四点钟，毛告辞，吴宓紧接着也告辞，当天就返回上海。十三天以后，吴宓和陈心一结婚。

这是一部爱情小说的开始，两位女主角初次亮相，同时出场。陈心一和毛彦文是吴宓生命中，有着极其重要地位的女人，陈为吴宓生了三个女儿，毛则是他至死不渝的情人。知道吴宓身世的人，读到这段文字，肯定会有所感叹。不过，这文字做了手脚，事实是，吴宓当天并没有离开杭州，而是留了下来，一待就是三天。根据吴宓日记的记载，他五日回国抵达上海，找了一家旅馆住下，次日回家看父母，八日去了杭州。日记中和陈心一的见面是这么写的：

> 最后心一出，与宓一见如故，一若久已识面者然。宓殊欣慰，坐谈久之……四时许，岳丈命心一至西湖游览。并肩坐小艇中，荡漾湖中。景至清幽，殊快适。

在"一见如故"和"殊欣慰"下面，吴宓都加点表示注重。第二天，两人一起游了西湖，乘小艇，湖中一日，涉历名胜地方多处，吃茶数次，又在壶春楼午饭，并且"一切均由心一作东"。

> 是日之游，较昨日之游尤乐。家国身世友朋之事，随意所倾，无所不谈……此日之清福，为十余年来所未数得者矣。

吴宓日记中，此三日无一字谈到毛彦文。根据他的风格，如此重要之事不会不记，因此毛在自编年谱中的出现，很可能是杜撰。吴宓一生中，最喜欢和别人诉说与毛彦文的爱情故事，说多了，难免加工，临了，自己也会被加工的东西所蒙蔽。吴宓一生都在唱爱情高调，稍不仔细，就会上他的当。以今天的观点看，吴宓当年的婚姻态度很有问题，既迫不及待，又敷衍了事。一九一九年三月，正在美国留学的吴宓，因为看见玻璃橱窗上的裸体美人招牌，和陈寅恪等一起"共论西洋风俗之坏"，谈到"巴黎之裸体美人戏园"，第一次听说"密室之中，云雨之事，任人观览。至于男与男交，女与女交，人与犬交，穷形尽相"。这番议论，当然带着批判，然而内心深处对异性的渴望，也跃然纸上。当天的日记中，经过批判，吴宓笔锋一转，振振有词地写道：

盖饮食男女，人之大欲。大丈夫生而愿为之有室，女子生而愿为之有家。夫情欲如河水，无所宣泄，则必泛滥溃决。如以不婚为教，则其结果，普通人趋于逾闲荡检，肆无忌惮。即高明之人，亦流于乖僻郁愁，abnormal perversion……

宓更掬诚以告我国中之少年男女，曰公等而欲完贞德而求乐生也，则毋采邪说，及时婚嫁，用情于正道。一与之齐，终身不改。离婚断不可为训。自由结婚，本无此物，而不婚与迟婚，欺人行事，斫志廉耻，更不可慕名强效。

日记中的洋文是"性反常行为"，吴宓虽然是外国文学教授，日记中的洋文并不多见。他不可能像郁达夫那样直露地表达性的苦闷，"爱情"这两个字，也暂时想不到。有朋友寄照片来，托他在留学生中寻找佳婿，他竟然自荐，吓得对方连声说不，觉得他"思想甚多谬误，望速自检查身心"。这个细节说明了身在异乡的吴宓魂不守舍，这种心情下，也是留美的陈心一弟弟为其姐择婿找到他时，他显得有些心急，好友一番"回国后，可恣意选择对象"的劝阻也顾不上，毫不犹豫答应下来。成为爱情至上主义者是后来的事情，此时的吴宓对婚姻听天由命。一方面他慎重地转托友人朱君毅的未婚妻毛彦文在国内打听陈心一的情况，毛和陈是同校同学，当时并非知友，毛很认真地探听了消息，对陈进行了一番考察，然后通过未婚夫向吴宓汇报，大致意思是人还不错，交朋友可以，贸然订婚则没有这种必要。另一方面，吴宓又很草率地决定先订婚，好友陈寅恪的观点似乎影响了他的婚姻态度，陈寅恪觉得一个男人，学问不如人，这是很可耻的，大丈夫娶妻不如人，又有什么难为情。

既然如此，不就是找个老婆，何苦顶真。吴宓评价自己，小事聪明，大事糊涂。结婚七年以后，吴宓突发奇想，开始大谈爱情，他决定和陈心一离婚，开始对毛彦文的漫长追逐。毛是他朋友的未婚妻，是妻子的同学兼好友，吴宓和陈心一结婚以后，毛是他家的常客。朱君毅和毛彦文后来闹翻了，死活不肯和毛成为夫妻，给毛造成了很大痛苦，吴宓最初作为中间人，往返于两人之间，本来只是救火，临了，却引火烧身，把自己烧得半死。吴宓是在一种很尴尬的状态下离婚的。陈心一不能接受娥皇女英的暗示，这种大小老婆的如意算盘，也不可能为毛彦文所接受，在一开始，毛只是一位被动的第三者，吴宓郑重其事地表达了爱意，毛毫不含糊地一口拒绝。在男女问题上，吴宓始终自以为是，改不了一厢情愿的老毛病。他的离婚和结婚一样草率，也许内心深处真的是不太爱陈心一，他感到委屈，不是自己好端端的家庭被拆散了，而是这种拆散之后，毛彦文仍然不肯老老实实就范。吴宓对毛的追逐是他一生中最重要的一件事情，是一场伟大的爱情马拉松，中间包含了太多的故事，这些故事全是写小说的好材料。

吴宓给人留下了一个严谨的学者印象，随着时间推移，这种印象很可能成为一种定评。三十年代初，吴宓去欧洲进修，临行前，同人为他饯行，朱自清喝得大醉，席间就呕吐不止，吴宓于是感叹，觉得自己为人太拘谨，喝酒从不敢过分，颇羡慕别人能有一醉方休的豪情。我所以提到朱先生，是因为朱也是有定评的严谨学人，如果就此推断吴宓为人更古板严肃，毫无浪漫情调，则大错特错。事实上，吴宓是一个地道的"好色之徒"，他的不安分，陈寅恪看得最透彻，说他本性浪漫，不过为旧礼教旧道德所"拘系"，感情不得发舒，积久而濒于破裂，因此"犹壶水受热而沸腾，揭盖以出汽，比之任壶炸裂，殊为胜过"。

吴宓和陈心一离婚，让许多人感到震惊，《学衡》同人一致谴责，其父怒斥他"无情无礼无法无天，以维持旧礼教者而倒行逆施"。吴宓的尴尬在于，老派的娶妾，新派的离婚，偏偏他不新也不旧。像吴宓这么浪漫的人，注定不应该有婚姻，解除婚姻的束缚，"犹如揭盖以出汽"，和陈心一离婚以后，吴宓有过无数次婚姻机会，他不断地向别人求爱，别人也做好准备和他结婚，仅仅和毛彦文就起码有两次机会，然而关键时刻，都鬼使神差，成了泡影。吴宓一生都在追求毛彦文，这是事实，毛真准备嫁给他，他又犹豫，活生生地把到手的幸福耽误了，这也是事实。

既想和毛成为夫妻，又担心婚后会不和谐，两种截然不同的心情，使吴宓成为一个十分矛盾的人。矛盾是人之常情，但是矛盾尖锐到吴宓这样的，实在少见。一九九〇年出版的《回忆吴宓先生》，因为是多人的纪念集，提到吴宓和毛彦文的情事，大多采取吴为了毛离婚，毛失约另嫁，吴于是终身不娶。这一说法是把吴宓的爱情故事，描绘成一场伟大的柏拉图之恋，真相却和事实相去甚远。吴宓一生最喜欢和别人谈他和毛的情事，吴宓日记中，屡屡提到和谁谁谁"说彦"，粗粗估计，不会少于一百处。任何一个与吴宓打过交道的人，只要乐意听，吴宓就会讲述不同版本的故事。这些故事是他博得女人好感的有效武器，女人生来就容易被爱情故事所打动。

吴宓的柏拉图之恋在一开始就自欺欺人，离婚前有娥皇女英之戏语，离婚后，他索性撕下脸来，死缠着毛嫁给他。吴宓的胡搅蛮缠还是有效的，因为骨子里，女人总喜欢被爱，尤其喜欢吴宓那种全力以赴的爱，而且女人的爱是希望有婚姻做保障。事实是，吴宓并不是只爱毛一个人，离婚不久，他就同时爱上了另外一个人，在日记中不断地比较她们的优劣，为究竟娶谁而心猿意马。在后来的岁月中，吴宓成了大观园里的贾宝玉，除了毛彦文，马不停蹄地爱别的女人，其中有结过婚的，有离了婚的，有美国人，有法国人，真所谓见一个爱一个，年龄差距也越拉越大，从几岁到十几岁，到二十九岁甚至几十岁。

对异性如饥似渴，对婚姻胆颤心惊，吴宓变得让人难以捉摸。一九三一年一月，吴宓拜访了艾略特，与其大谈白璧德，然后一起散步，去大都会饭店午餐。是谁付钞尚待考证，吴宓只随手记下来两件事，艾的女秘书很漂亮，艾为他介绍了多名英法文化名人，这些文化名人成为日后讲学的重要资本。到欧洲的时间很短，但是在西风的劲吹下，他迅速欧化。首先是对毛彦文的态度开始强硬，他拍电报去美国，让毛放弃学业，迅速赶到欧洲结婚，否则从此拉倒。他动辄向毛发出最后通牒，甚至十分恶毒地称毛为"Dog in the manger"（占着马槽的狗），这俗语正好与一句中文对应，所谓"占着茅坑不拉屎"。此时的吴宓充满了单身贵族的潇洒，一头一脸大丈夫何患无妻的气概，除了和毛彦文纠缠，他还写信回国，向一位叫贤的女人示爱，同时又和一位在法留学的美国女人H打得火热。

毛彦文终于让步，决定来欧洲和他结婚，但是吴宓搭起了架子，说来欧洲可以，婚事则不急着先定下来。毛真是十分狼狈，原来是吴死皮赖脸地缠她，现在她松口了，对方又变了卦。吴宓总说毛彦文负了他，事实真相远不是这么回事。毛临了厚着脸皮来到欧洲，吴宓已完全一副赖婚的架势，毛哭着说他们"出发点即错误"的时候，他竟然很冷静地说："人事常受时间空间之限制，心情改变，未有自主，无可如何。"毛大老远地来了，吴宓竟然抛下她去别处旅游，毛此时已是一位三十多岁的老姑娘，心气再高，对吴宓这种吃了碗里又看锅里的行为，也只能悲痛欲绝。

  是晚彦谈次虽哭泣，毫不足以动我心，徒使宓对彦憎厌，而更悔前此知人不明，用情失地耳！

如果只是这一次负毛彦文，或许还有情可谅，事实却是一而再，再而三。吴宓和毛彦文的爱情故事充满戏剧性，拒婚以后，吴宓度过了一段少有的轻松时光，或许回国在即，他抓紧时间在欧洲旅游，很快又爱上了一位德国女郎：

  佘一见即爱之，遂与交谈（英语）……总之，两小时之中，宓爱 Neuber 女士愈笃，几不忍离。

水壶的盖子被打开了，吴宓的心野了一阵，终于又收回来。如果继续在欧洲待下去，他真可能会变成一个不折不扣的浪荡子。回国之前，吴宓和毛彦文的关系又有新的进展，两人达成了谅解，再次情意绵绵。有一天，吴宓觉得对方不理解自己的心情，便以小剪刀自刺其额，"彦大惊，急以巾浸冷水来洗，且以牙粉塞伤口"。两人商定，四个月后，在青岛结婚，届时如果别有所爱，或宁愿独身，那就取消婚礼。结果大家都知道，不是冤家不聚头，吴宓此后对毛，一直是既纠缠，又每逢真要结婚就临阵脱逃。他总是不断地爱别的女人，一年内要爱上好几位，而且把爱的种种感受，写进日记，说给别人听，甚至说给毛彦文听。

从欧洲归来的两年里，毛彦文一直在等吴宓娶她，但是吴宓花心不改。一九三三年八月，吴宓又一次南下，目的是先去杭州，向卢葆华女士求爱，如不成，再去上海，和毛继续讨论是否结婚。友人劝他别老玩爱情游戏，此次南下必须弄个老婆回来。结果又是两头落空，毛觉得他太花心，因此也唱起高调，说她准备做老姑娘，尽力教书积钱，领个小女孩，"归家与女孩玩笑对话，又善为打扮，推小车步行公园中，以为乐"。天真的吴宓并未察觉出这番话中的潜台词，他大约觉得毛反正是跑不了，依旧热衷于自己的多角恋爱。

毛彦文一气之下，嫁给了熊希龄，一位比她爹还大的老头，此人做过民国的总理。吴宓没想到会有这步棋，毛的嫁人，让他觉得自己有一种遭遗弃的感觉，同时也很内疚，认定毛是赌气，自暴自弃，不得已而嫁人。很长时间里，吴宓都没办法确定自己应该扮演什么样的角色，是负情郎，还是被负情的痴心汉，两者都是，又都不是。不管怎么说，毛是他一生最钟爱的女人，只有真正失去了，才能感到珍贵。她结婚以后，特别是三年后熊希龄病故，吴宓一直纠缠不休，既是不甘心，同时也真心忏悔。吴宓和毛彦文的爱情故事，是三十年代小报上津津乐道的话题，很多文化名人卷入到这事件中，譬如陈寅恪和胡小石，都为吴宓做过直接或间接的牵线活动。

阅读吴宓，各种各样的文字见得越多，越觉难以描述。吴宓更像是一个小说中的人物，一生都在努力演好某个角色。他曾比较过贾宝玉和堂吉诃德的共同点，说他们在追求爱情和渴慕游侠时，都极见疯傻，除此之外，议论和思想，皆纯正并且合情入理。此评价也是解读吴宓最好的钥匙，否则，他很容易被误解为一个好色的老流氓，一个冥顽不灵的老厌物。

吴宓日记中随处可见女人的形象，有时候是一长串名单，他总是没完没了地分析她们和自己结合的可能性。譬如有一天的日记，就赫然写着：敬精神上最相契合，绚生活上颇能照顾，铮机会最多，宪初是社交美人。这些人吴宓都爱，但是他又更爱一个叫K的女人，理由是爱K犹如爱彦，而K天真活泼又似薇。上面提到的这些人，都比吴宓小十几岁甚至二十多岁，譬如宪初就是熟人黎锦熙先生的女儿。吴宓日记中，见到"一见就爱"和"甚惊其美"一类老不正经的字眼不足为奇。有人为吴宓的友人介绍一位年轻美丽而有巨额财产的寡妇，友人大怒，认为是侮辱，吴宓听了"深切悲叹"，觉得友人太傻，说自己若不是因为还爱着毛彦文，一定毫不犹豫地"往而求之矣"。

难怪李健吾会写三幕剧《新学究》讽刺挖苦，而沈从文则写文章开出一剂救人药方，劝他赶快结婚，让情欲的发泄有个正当渠道。很多人眼里，吴宓实在不像话，成天追女学生，请女学生吃饭，约女学生散步，给女学生写情书，为人师表弄成这副腔调，有伤风化，成何体统。为讨好女学生，吴宓不惜帮着作弊，替女学生做枪手翻译文章，然后利用自己的关系将其发表出来。在法国巴黎，在陪都重庆，吴宓都曾因为看见别人老夫少妻，感到既羡慕又妒忌。二三十年代，这种现象并不罕见，谈到鲁迅与许广平的婚姻时，他酸溜溜地说：

> 许广平（景宋）夫人，乃一能干而细心之女子，善窥伺鲁迅之喜怒哀乐，而应付如式，既使鲁迅喜悦，亦甘受指挥，云云。呜呼，宓之所需何以异此？而宓之实际更胜过鲁迅多多，乃一生曾无美满之遇合，安得女子为许广平哉？念此悲伤。

吴宓一生都在追求女子的爱，他随处用情，自称以"释迦耶稣之心，行孔子亚里士多德之事"。《红楼梦》是他最钟爱的作品，这位当代贾宝玉很认真地出过一个考题，试问"宝玉和秦可卿究竟有没有发生过关系"，答案自然是否定。吴宓追求爱情，有一种宗教的热忱，"发乎情，止乎礼"。根据日记记载，他似乎真是好色而不淫，始终坐怀不乱。"七七事变"的第二天，在隆隆的炮声中，为是否该追一名女学生，吴宓很认真地虔卜于《易经》，闭目翻书，以手指定，结果得到"不能退，不能遂"几个字，大叫"呜呼，宓苦已"。一个星期以后，随着战事一天天激烈，亡国压迫下的吴宓开始真心忏悔：

宓本为踔厉奋发、慷慨勤勉之人。自一九二八年以来，以婚姻恋爱之失败，生活性欲之不满足，以致身心破毁，性行堕废。故当今国家大变，我亦软弱无力，不克振奋，不能为文天祥、顾亭林，且亦无力为吴梅村。盖才性志气已全漓灭矣！此为我最伤心而不可不救药之事。

四年之后的太平洋战争爆发前夕，吴宓又有一段差不多的检讨：

宓近年读书作文，毫无成绩，怠惰过日。复为性欲压迫，几不能一日安静。

一篇取名为《吴宓先生，一位绅士和傻子》的英文文章，当年曾有过广泛的影响。吴宓对这篇文章很不满意，然而用"绅士和傻子"来形容，不能不说是个极好的概括。吴宓为女人耗去了太多的心血，在追求女学生遭到拒绝时，吴宓总是痛苦地自问自责，或是逮住了别人共同研究，分析女方的拒绝，是林黛玉拒宝玉，还是凤姐拒贾瑞，如果前者，爱情是好事美差，自当有此磨难；如果后者，便太让他伤心，因为贾瑞之追求凤姐，只是出于欲的驱使，和宝玉的那种爱相差千万里。

无论对女人之爱的执着，还是对中国文化坚定的保守，吴宓的做法都骇人听闻。对爱情，对中国的旧文化，他都太疯傻，都太不合时宜。在二十世纪，反对新文化运动，恰如堂吉诃德和风车搏斗，意味着投入到一场必输的战斗中，他无怨无悔，负隅顽抗，坚决不投降。吴宓坚持旧文化的天真理想，或许并不全错，看出了新文化运动的种种毛病，可能也是对的，但是代表这个世纪的学术水平，他的成就并不算太大。恰恰相反，对于国故的整理，倒是从事新文化运动的人功劳更大，他们所做的努力，更卓有成效。从新文学阵营中，可以找出许多研究旧学比吴宓更努力、更有成果的专家学者。闻一多研究《楚辞》，能够几个月不下楼，论做死学问，吴宓坐冷板凳的工夫，远不能与之相比。以研究的目的看，闻一多钻研旧学，是为了宣判旧学的死刑，顾颉刚的疑古学说也是如此，这种治学方法吴宓绝对不能接受，以旧对旧，保守的吴宓远不是旗鼓相当的对手。吴宓五十岁的时候，白话文运动不仅大获全胜，而且深入人心，在一次聚会上，"宓以积郁，言颇愤疾"，竟然说"欲尽杀一切谋改革汉文之人"。

吴宓就是吴宓，具有鲜明独特的个性，时至今日，翻案说他是自由主义战士，甚至说反对新文化运动也是对的，硬替他套上光环，显然没有必要。吴宓的保守固执和对女人的用情泛滥，客观上限制了他的个人成就，这一点毋庸讳言。吴宓不是什么大师，用不着神话，即使是作为外国文学教授，他也不是最出色的。今天突然觉得吴宓非常有学问，很重要的一个心理基础，是现在很多人根本就没有学问。吴宓的意义，在于他的坚定不移，在于他的执着追求。他有一颗花岗岩一般顽固的脑袋，二十世纪的总趋势，是适者生存，是一变再变又变，占大便宜的往往是那些善变的知识分子。善变不是什么坏事，也不一定就是好事。顽固自有顽固的可爱之处，换句话说，活生生的吴宓。在个人事业和爱情上，都有其独特的东西，不是一个简单的好坏就可以草率评价。

导读

一位绅士和"傻子"的民国传奇

20 世纪 90 年代，一批沉寂很久的现代学者被重新"发现"，进入普通读者的视野。其中具有代表性的有陈寅恪、钱锺书等研究艰深学问的大家，还有本文主角吴宓这类在现代历史中极为复杂的人物。

近年之所以兴起"民国热"，除了年代隔得久，雾里看花总有些朦胧美好，还在于那个特殊时代的人因社会空间很大，可以展现自己的个性，无论是"绅士"还是"傻子"，都可以存在。

那个时代有那么多有趣的人物，有那么多发生在他们身上的神奇故事，都是因为社会的包容，如各色鱼等皆可在热带珊瑚礁中畅游。不过，这些故事真真假假，假假真真，有时候甚至以讹传讹，令人越看越糊涂。

叶兆言写吴宓有得天独厚的条件，他本人是研究现代文学的硕士，阅读了大量民国期刊、文章，而且他的祖父叶圣陶先生是现代文学的重量级人物。叶圣陶先生交往极广，在现代文学和教育领域，都有很高的声望，留下很多亲历故事。这使得叶兆言可以接触到一些普通人不可能知道甚至想也想不到的材料。他可以透过传闻中的各种表象，剥开土地上的落叶，让我们看到真实的世界。

叶兆言从祖父和吴宓的日记开始，写了对人一面之后的理解和真实的差异。这两则日记，各自表述，都可能有误解，日记也不全是准确的判断，要对比着参证。

吴宓经历丰富，身世跌宕，情感复杂，本人就是一部小说材料。他是留洋回来的，喝过洋墨水的，但在那个"新文化运动"风起云涌的大时代却大力"复古"，可谓"逆潮流而动"。而且，他的旧学基础和创作才力都不够，空有满腔胡思乱想，几乎什么都没有做成——除写了洋洋大观的一本日记，是研究现代史的极好材料之外，其他的成就并不高。叶兆言认为：作为外国文学教授，吴宓不是顶尖的学者；比较文学方面的成就，也一般般。

新旧之争不像通常想的那么简单。新旧交错时代，人与事都极其复杂。吴宓和鲁迅是一个很好的对比。有些人看着是新的，却是旧的；有些人看着是旧的，却是新的。文化历史中，这样的例子很多，也很复杂，至今都是非不断。

吴宓和他主编的《学衡》在20世纪90年代开始曾受到一些学者的赞誉。但叶兆言在这里进行了详细分析，指出这种赞誉并不恰当——《学衡》并不像吹嘘的那么出色。这点吴宓心里很明白，也很无奈。现实与理想的差距，让一个复杂的理想主义者变成空想主义者。

吴宓自视很高，总有各种计划，但他志大才疏，缺乏把这些事情完成的恒心和能力——除了坚持记日记。这里对于吴宓的反揭露，是一个很有意思的切入口：

1. 吴宓的复杂爱情关系是他的学术与人生都比较混乱的一个因素。

2. 吴宓和毛彦文的关系是有名的爱情故事，但这段故事被叶兆言先生剖析得很透彻。这就是一种奇怪的追逐——"吴宓对毛的追逐是他一生中最重要的一件事情，是一场伟大的爱情马拉松,中间包含了太多的故事,这些故事全是写小说的好材料"。

3.吴宓作为一位严谨学者的背后,是不怎么严谨的生活与爱情态度。

这部分的分析,条理清晰,逻辑严密,从吴宓的学术到他的生活、爱情,逐步深入。在严谨学者的定位背后,吴宓成为新的吴宓。在这里,要学会不迷信塑造,不迷信权威。既不迷信吴宓,也不迷信叶兆言,有疑点处,可以去查证。

回过来说,在吴宓所处的那个时代,他的复杂故事,他的特殊性格,都成为社会中的一个可以存在的现象。他的混乱生活和性格都是独特的。虽有李健吾写《新学究》讽刺吴宓,也有《吴宓先生,一位绅士和傻子》的英文文章对其批判,但这也意味着那个时代的相对宽容,使得各种人都能存在,这才是社会文化活性的部分。

这篇文章写得很自如,是掌握了很多资料之后的抽丝剥茧,渐显真相。读者们可以学习叶兆言写文章时层层推进、逐渐剥离的方法。

写一个已经去世的人,阅读他的身世和相关材料,需要有分门别类地加以甄别、去伪存真的资料整理和归纳能力,也要花一些基本的研究功夫,不能一蹴而就。

从各个侧面写吴宓,还原吴宓的本貌,是这篇文章的目的。

思考

对热点人物、热点事件进行"深阅读",再思考,从而形成一篇文章,这是锻炼写作能力的一种很好的方式。寻找资料,研读资料,对比分析,归纳总结,得出自己的观点,然后写成一篇观点鲜明、言之成理的文章。

延伸阅读

叶兆言散文集《杂花生树》。

高　潮

余华

作者简介

　　余华，1960 年生于浙江杭州，后随父母迁至海盐县。中学毕业后，曾从事牙医，五年后弃医从文，现定居北京专职写作。余华是中国"先锋派小说"的代表作家之一，1983 年开始发表小说，成名作为短篇小说《十八岁出门远行》，被选入人教版高中语文教材，影响深远。余华的小说也可以分为长篇小说《在细雨中呼喊》之前的"先锋期"和长篇小说《活着》之后开始的"回归期"，其中最有代表性的极简语言风格在其长篇小说《许三观卖血记》里得到完整的体现，从而使这部作品充满了现代寓言的光亮色彩。余华一直是风格多变、不因循守旧的作家。在长篇小说《活着》发表之前，他的写作一直在冒犯社会，之后慢慢地改变了。他在长篇小说《兄弟》里一反此前的温文、细巧，以磅礴的气势、凶猛的叙事，直插现实的心脏。张艺谋执导的电影《活着》改编自余华的同名小说，1994 年该片在第四十七届戛纳国际电影节获得了评委会大奖及最佳男演员奖。余华虽然有着深远的影响，但是他并未获得过国内的任何文学大奖，反而是墙内开花墙外香，他获得了很多国外的文学大奖：1998 年获意大利格林扎纳·卡佛文学奖，2002 年获澳大利亚悬念句子文学奖，2004 年获法国文学与艺术骑士勋章，2008 年获法国国际信使外国小说奖，2014 年获意大利塞佩·阿切尔比国际文学奖等。

肖斯塔科维奇和霍桑

肖斯塔科维奇在 1941 年完成了作品编号六十的《第七交响曲》。这一年，希特勒的德国以三十二个步兵师、四个摩托化师、四个坦克师和一个骑兵旅，还有六千门大炮、四千五百门迫击炮和一千多架飞机猛烈进攻列宁格勒。希特勒决心在这一年秋天结束之前，将这座城市从地球上抹掉。也是这一年，肖斯塔科维奇在列宁格勒战火的背景下度过了三十五岁生日，他的一位朋友拿来了一瓶藏在地下的伏特加酒，另外的朋友带来了黑面包皮，而他自己只能拿出一些土豆。饥饿和死亡，悲伤和恐惧形成了巨大的阴影，笼罩着他的生日和生日以后的岁月。于是，他在"生活艰难，无限悲伤，无数眼泪"中，写下了第三乐章阴暗的柔板，那是"对大自然的回忆和陶醉"的柔板，凄凉的弦乐在柔板里随时升起，使回忆和陶醉时断时续，战争和苦难的现实以噩梦的方式折磨着他的内心和他的呼吸，使他优美的抒情里时常出现恐怖的节奏和奇怪的音符。

事实上，这是肖斯塔科维奇由来已久的不安，远在战争开始之前，他的噩梦已经开始了。这位来自彼得格勒音乐学院的年轻的天才，十九岁时就应有尽有了。他的毕业作品《第一交响曲》深得尼古拉·马尔科的喜爱，就是这位俄罗斯的指挥家在列宁格勒将其首演，然后立刻出现在托斯卡尼尼、斯托科夫斯基和瓦尔特等人的节目单上。音乐是世界的语言，不会因为漫长的翻译而推迟肖斯塔科维奇世界声誉的迅速来到，可是他的年龄仍然刻板和缓慢地进展着，他太年轻了，不知道世界性的声誉对于一个作曲家意味着什么，他仍然以自己年龄应有的方式生活着，生机勃勃和调皮捣蛋。直到 1936 年，斯大林听到了他的歌剧《姆钦斯克县的麦克白夫人》后，公开发表了一篇严厉指责的评论。斯大林的声音意味着什么，意味着整个国家都会胆战心惊，当这样的声音从那两片小胡子下面发出时，三十岁的肖斯塔科维奇还在睡梦里干着甜蜜的勾当，次日清晨当他醒来以后，已经不是用一身冷汗可以解释他的处境了。然后，肖斯塔科维奇立刻成熟了。他的命运就像盾牌一样，似乎专门是为了对付打击而来。他在对待荣誉的时候似乎没心没肺，可是对待厄运他从不松懈。在此后四十五年的岁月里，肖斯塔科维奇老谋深算，面对一次一次汹涌而来的批判，他都能够身心投入地加入到对自己的批判中去，他在批判自己的时候毫不留情，如同火上加油，他似乎比别人更乐意置自己于死地，令那些批判者无话可说，只能再给他一条悔过自新的生路。然而在心里，肖斯塔科维奇从来就没有悔过自新的时刻，一旦化险为夷他就重蹈覆辙，似乎是好了伤疤立刻就忘了疼痛，其实他根本就没有伤疤，他只是将颜料涂在自己身上，让虚构的累累伤痕惟妙惟肖，他在这方面的高超技巧比起他作曲的才华毫不逊色，从而使他躲过了一次又一次的劫难，完成了命运赋予他的一百四十七首音乐作品。

尽管从表面上看，比起布尔加科夫[①]，比起帕斯捷尔纳克[②]，比起同时代的其他艺术家凄惨的命运，肖斯塔科维奇似乎过着幸福的生活，起码他衣食不愁，而且住着宽敞的房子，他可以将一个室内乐团请到家中客厅来练习自己的作品。可是在心里，肖斯塔科维奇同样也在经历着艰难的一生。当穆拉文斯基认为肖斯塔科维奇试图在作品里表达出欢欣的声音时，肖斯塔科维奇说："哪里有什么欢欣可言？"肖斯塔科维奇在生命结束的前一年，在他完成的他第十五首，也是最后一首弦乐四重奏里，人们听到了什么？第一乐章漫长的和令人窒息的旋律意味着什么？将一个只有几秒的简单乐句拉长到十二分钟，已经超过作曲家技巧的长度，达到了人生的长度。

肖斯塔科维奇的经历是一位音乐家应该具有的经历，他的忠诚和才华都给予了音乐，而对他所处的时代和所处的政治，他并不在乎，所以他人云亦云，苟且偷生。不过人的良知始终陪伴着他，而且一次次地带着他来到那些被迫害致死的朋友墓前，他沉默地伫立着，他的伤心也在沉默，他不知道接下去的坟墓是否属于他，他对自己能

[①] 苏联大作家，代表作有长篇小说《大师与玛格丽特》《白卫军》，中篇小说《狗心》《不祥的蛋》等。

[②] 苏联诗人、作家，代表作有长篇小说《日瓦戈医生》等。

否继续蒙混过关越来越没有把握，幸运的是他最终还是蒙混过去了，直到真正的死亡来临。与别人不同，这位戴着深度近视眼镜的作曲家将自己的坎坷之路留在了内心深处，而将宽厚的笑容给予了现实，将沉思的形象给予了摄影照片。

因此，当希特勒德国的疯狂进攻开始后，已经噩梦缠身的肖斯塔科维奇又得到了新的噩梦，而且这一次的噩梦像白昼一样的明亮和实实在在，饥饿、寒冷和每时每刻都在出现的死亡如同杂乱的脚步，在他身旁周而复始地走来走去。后来，他在《见证》里这样说：战争的来到使俄国人意外地获得了一种悲伤的权利。这句话一箭双雕，在表达了一个民族痛苦的后面，肖斯塔科维奇暗示了某一种自由的来到，或者说"意外地获得了一种权利"。显然，专制已经剥夺了人们悲伤的权利，人们活着只能笑逐颜开，即使是哭泣也必须是笑出了眼泪。对此，身为作曲家的肖斯塔科维奇有着更为隐晦的不安，然而战争改变了一切，在饥饿和寒冷的摧残里，在死亡威胁的脚步声里，肖斯塔科维奇意外地得到了悲伤的借口，他终于可以安全地在自己的作品中表达悲伤，表达来自战争的悲伤，同时也是和平的悲伤；表达个人的悲伤，也是人们共有的悲伤；表达人们由来已久的悲伤，也是人们将要世代相传的悲伤。而且，无人可以指责他。

这可能是肖斯塔科维奇写作《第七交响曲》的根本理由，写作的灵感似乎来自于《圣经·诗篇》里悲喜之间的不断转换，这样的转换有时是在瞬间完成，有时则是漫长和遥远的旅程。肖斯塔科维奇在战前已经开始了这样的构想，并且写完了第一乐章，接着战争开始了，肖斯塔科维奇继续自己的写作，并且在血腥和残酷的列宁格勒战役中完成了这一首《第七交响曲》。然后，他发现一个时代找上门来了，1942年3月5日，《第七交响曲》在后方城市古比雪夫首演后，立刻成为这个正在遭受耻辱的民族的抗击之声，另外一个标题《列宁格勒交响曲》也立刻覆盖了原有的标题《第七交响曲》。

这几乎是一切叙述作品的命运，它们需要获得某一个时代的青睐，才能使自己得到成功的位置，然后一劳永逸地坐下去。尽管它们被创造出来的理由可以与任何时代无关，有时候仅仅是书呆子们一时的冲动，或者由一个转瞬即逝的事件引发出来，然而叙述作品自身开放的品质又可以使任何一个时代与之相关，就像叙述作品需要某个时代的帮助才能获得成功，一个时代也同样需要在叙述作品中找到使其合法化的位置。肖斯塔科维奇知道自己写下了什么，他写下的仅仅是个人的情感和个人的关怀，写下了某些来自于《圣经·诗篇》的灵感，写下了压抑的内心和田园般的回忆，写下了激昂和悲壮、苦难和忍受，当然也写下了战争……于是，1942年的苏联人民认为自己听到了浴血抗战的声音，《第七交响曲》成为反法西斯之歌。而完成于战前的第一乐章中的插部，那个巨大的令人不安的插部成为侵略者脚步的诠释。尽管肖斯塔科维奇知道这个插部来源于更为久远的不安，不过现实的诠释也同样有力。肖斯塔科维奇顺水推舟，认为自己确实写下了抗战的《列宁格勒交响曲》，以此献给"我们的反法西斯战斗，献给我们未来的胜利，献给我出生的城市"。他明智的态度是因为他精通音乐作品的价值所在，那就是能够迎合不同时代的诠释，随着时代的改变而不断变奏下去。在古比雪夫的首演之后，《第七交响曲》来到了命运的凯旋门，乐曲的总谱被拍摄成微型胶卷，由军用飞机穿越层层炮火运往了美国。同年的7月19日，托斯卡尼尼在纽约指挥了《第七交响曲》，作为世界人民反法西斯的大合唱，广播电台向全世界做了实况转播。很多年过去后，那些仍然活着的二战老兵，仍然会为它的第一乐章激动不已。肖斯塔科维奇死于1975年，生于1906年。

　　时光倒转一个世纪，在一个世纪的痛苦和欢乐之前，是另一个世纪的记忆和沉默。1804年，一位名叫纳撒尼尔·霍桑的移民的后代，通过萨勒姆镇来到了人间。位于美国东部新英格兰地区的萨勒姆是一座港口城市，于是纳撒尼尔·霍桑的父亲作为一位船长也就十分自然，他的一位祖辈约翰·霍桑曾经是名噪一时的法官，在17世纪末将十九位妇女送上了绞刑架。显然，纳撒尼尔·霍桑出生时家族已经衰落，老纳撒尼尔已经没有了约翰法官掌握别人命运的威严，他只能开始并且继续自己的漂泊生涯，将自己的命运交给了大海和风暴。1808年，也就是小纳撒尼尔出生的第四年，老纳撒尼尔因患黄热病死于东印度群岛的苏里南。这是那个时代里屡见不鲜的悲剧，当出海数月的帆船归来时，在岸边望断秋水的女人和孩子们，时常会在天真的喜悦之后，去承受失去亲人的震惊以及此后漫长的悲伤。后来成为一位作家的纳撒尼尔·霍桑，在那个悲伤变了质的家庭里度过了三十多年沉闷和孤独的岁月。

这是一个在生活里迷失了方向的家庭，茫然若失的情绪犹如每天的日出一样照耀着他们，家庭中的每一个成员都不由自主地助长着自己的孤僻性格，岁月的流逝使他们在可怜的自我里越陷越深，到头来母子和兄妹之间视同陌路。博尔赫斯在《纳撒尼尔·霍桑》一文中这样告诉我们："霍桑船长死后，他的遗孀，纳撒尼尔的母亲，在二楼自己的卧室里闭门不出。两姐妹，路易莎和伊丽莎白的卧室也在二楼；最后一个房间是纳撒尼尔的。那几个人不在一起吃饭，相互之间几乎不说话；他们的饭搁在一个托盘上，放在走廊里。纳撒尼尔整天在屋里写鬼故事，傍晚时分才出来散散步。"

身材瘦长、眉目清秀的霍桑显然没有过肖斯塔科维奇那样生机勃勃的年轻时光，他在童年的时候就已经开始了未老先衰的生活，直到三十八岁遇到他的妻子索菲亚，此后的霍桑总算是品尝了一些生活的真正乐趣。在此之前，他的主要乐趣就是给他在波多因大学时的同学朗费罗写信，他在信中告诉朗费罗："我足不出户，主观上一点不想这么做，也从未料到自己会出现这种情况。我成了囚徒，自己关在牢房里，现在找不到钥匙，尽管门开着，我几乎怕出去。"这两位19世纪美国浪漫主义文学的杰出代表出自同一个校园，不过他们过着绝然不同的生活，朗费罗比霍桑聪明得多，他知道如何去接受著名诗人所能带来的种种好处。阴郁和孤僻的霍桑对此一无所知，他热爱写作，却又无力以此为生，只能以更多的时间和精力去应付税关职员的工作，然后将压抑和厌世的情绪通过书信传达给朗费罗，试图将他的朋友也拉下水。朗费罗从不上当，他只在书信中给予霍桑某些安慰，而不会为他不安和失眠。真正给予霍桑无私的关心和爱护的只有索菲亚，她像霍桑一样热爱着他的写作，同时她精通如何用最少的钱将一个家庭的生活维持下去，当霍桑丢掉了税关的职务沮丧地回到家中时，索菲亚却喜悦无比地欢迎他，她的高兴是那么的真诚，她对丈夫说："现在你可以写你的书了。"

纳撒尼尔·霍桑作品中所弥漫出来的古怪和阴沉的气氛，用博尔赫斯的话说是

"鬼故事",显然来源于他古怪和阴沉的家庭。按照人们惯常的逻辑,人的记忆似乎是从五岁时才真正开始,如果霍桑的记忆不例外的话,自四岁的时候失去父亲,霍桑的记忆也就失去了童年,我所指的是大多数人所经历过的那种童年,也就是肖斯塔科维奇和朗费罗他们所经历过的童年,那种属于田野和街道、属于争吵和斗殴、属于无知和无忧的童年。这样的童年是贫穷、疾病和死亡都无法改变的。霍桑的童年犹如笼中之鸟,在阴暗的屋子里成长,和一个丧失了一切愿望的母亲,还有两个极力模仿着母亲并且最终比母亲还要阴沉的姐妹生活在一起。

这就是纳撒尼尔·霍桑的童年,墙壁阻断了他与欢乐之间的呼应和对视,他能够听到外面其他孩子的喧哗,可是他只能待在死一般沉寂的屋子里。门开着,他不是不能出去,而是——用他自己的话说是"我几乎怕出去"。在这样的环境里成长起来的霍桑,自然会理解威克菲尔德的离奇想法,在他写下的近两千页的故事和小品里,威克菲尔德式的人物会在页码的翻动中不断涌现,古怪、有趣和令人沉思。博尔赫斯在阅读了霍桑的三部长篇和一百多部短篇小说之外,还阅读了他保存完好的笔记,霍桑写作心得的笔记显示了他还有很多与众不同的有趣想法,博尔赫斯在《纳撒尼尔·霍桑》一文中向我们展示一些霍桑没有在叙述中完成的想法——"有个人从十五岁到三十五岁让一条蛇待在他的肚子里,由他饲养,蛇使他遭到了可怕的折磨。""一个人清醒时对另一个人印象很好,对他完全放心,但梦见那个朋友却像死敌一样对待他,使他不安。最后发现梦中所见才是那人的真实面目。""一个富人立下遗嘱,把他的房子赠送给一对贫穷的夫妇。这对夫妇搬了进去,发现房子里有一个阴森的仆人,而遗嘱规定不准将他解雇。仆人使他们的日子过不下去;最后才知道仆人就是把房子送给他们的那人。"……

索菲亚进入了霍桑的生活之后,就像是一位技艺高超的工匠那样修补起了霍桑破烂的生活,如同给磨破的裤子缝上了补丁,给漏雨的屋顶更换了瓦片,索菲亚给予了霍桑正常的生活,于是霍桑的写作也逐渐显露出一些正常的情绪,那时候他开始写作《红字》了。与威克菲尔德式的故事一样,《红字》继续着霍桑因为过多的沉思后变得越来越压抑的情绪。这样的情绪源远流长，从老纳撒尼尔死后就开始了，这是索菲亚所无法改变的，事实上，索菲亚并没有改变霍桑什么，她只是唤醒了霍桑内心深处另外一部分的情感，这样的情感在霍桑的心里已经沉睡了三十多年，现在醒来了，然后人们在《红字》里读到了一段段优美宁静的篇章，读到了在《圣经》之前就已经存在的同情和怜悯，读到了忠诚和眼泪……这是《威克菲尔德》这样的故事所没有的。

1850年，也就是穷困潦倒的爱伦·坡去世后不久，《红字》出版了。《红字》的出版使纳撒尼尔·霍桑彻底摆脱了与爱伦·坡类似的命运，使他名声远扬，次年就有了德译本，第三年有了法译本。霍桑家族自从约翰法官死后，终于再一次迎来了显赫的名望，而且这一次将会长存下去。此后的霍桑度过了一生里最为平静的十四年，虽然那时候的写作还无法致富，然而生活已经不成问题，霍桑与妻子索菲亚还有子女过起了心安理得的生活。当他接近六十岁的时候，四岁时遭受过的命运再一次找上门来，这一次是让他的儿女夭折。与肖斯塔科维奇不断遭受外部打击的盾牌似的一生不同，霍桑一生如同箭靶一样，把每一支利箭都留在了自己的心脏上。他默默地承受着，牙齿打碎了往肚里咽，就是他的妻子索菲亚也无法了解他内心的痛苦究竟有多少，这也是索菲亚为什么从来都无法认清他的原因所在。对索菲亚来说，霍桑身上总是笼罩着一层"永恒的微光"。儿女死后不到一年，1864年的某一天，不堪重负的霍桑以平静的方式结束了自己的一生，他在睡梦里去世了。霍桑的死，就像是《红字》的叙述那样宁静和优美。

纳撒尼尔·霍桑和肖斯塔科维奇，一位是1804年至1864年之间出现过的美国人，另一位是1906年至1975年之间出现过的俄国人；一位写下了文学的作品，另一位写下了音乐的作品。他们置身于两个迥然不同的时代，完成了两个绝然不同的命运，他们之间的距离比他们相隔的一个世纪还要遥远。然而，他们对内心的坚持却是一样的固执和一样的密不透风，心灵的相似会使两个绝然不同的人有时候成为一个人，纳撒尼尔·霍桑和肖斯塔科维奇，他们的某些神秘的一致性，使他们获得了类似的方式，在岁月一样漫长的叙述里去经历共同的高潮。

《第七交响曲》和《红字》

  肖斯塔科维奇《第七交响曲》中第一乐章的叙述，确切地说是第一乐章中著名的侵略插部与《红字》的叙述迎合到了一起，仿佛是两面互相凝视中的镜子，使一部音乐作品和一部文学作品都在对方的叙述里看到了自己的形象。肖斯塔科维奇让那个插部进展到了十分钟以上的长度，同时让里面没有音乐，或者说由没有音乐的管弦乐成分组成，一个单一曲调在鼓声里不断出现和不断消失，如同霍桑《红字》中单一的情绪主题的不断变奏。就像肖斯塔科维奇有时候会在叙述中放弃音乐一样，纳撒尼尔·霍桑同样也会放弃长篇小说中必要的故事的起伏，在这部似乎是一个短篇小说结构的长篇小说里，霍桑甚至放弃了叙述中惯用的对比，肖斯塔科维奇也在这个侵略插部中放弃了对比。接下来他们只能赤裸裸地去迎接一切叙述作品中最为有力的挑战，用渐强的方式将叙述进行下去。这两个人都做到了，他们从容不迫和举重若轻地使叙述在软弱中越来越强大。毫无疑问，这种渐强的方式是最为天真的方式，就像孩子的眼睛那样单纯，同时它又是最为有力的叙述，它所显示的不只是叙述者的技巧是否炉火纯青，当最后的高潮在叙述的渐强里逐步接近并且终于来到时，它就会显示出人生的重量和命运的空旷。

  这样的方式使叙述之弦随时都会断裂似的绷紧了，在接近高潮的时候仿佛又在推开高潮，如此周而复始，不断培育着将要来到的高潮，使其越来越庞大和越来越沉重，因此当它最终来到时，就会像是末日的来临一样令人不知所措了。

  肖斯塔科维奇给予了我们这样的经历，在那个几乎使人窒息的侵略插部里，他让鼓声反复敲响了一百七十五次，让主题在十一次的变奏里艰难前行。没有音乐的管弦乐和小鼓重复着来到和离去，并且让来到和离去的间隔越来越短暂，逐渐成为瞬间的转换，最终肖斯塔科维奇取消了离去，使每一次的离去同时成为来到。巨大的令人不安的音响犹如天空那样笼罩着我们，而且这样的声音还在源源不断地来到，天空似乎以压迫的方式正在迅速地缩小。高潮的来临常常意味着叙述的穷途末路，如何在高潮之上结束它，并且使它的叙述更高地扬起，而不是垂落下来，这样的考验显然是叙述作品的关键。

肖斯塔科维奇的叙述是让主部主题突然出现，这是一个尖锐的抒情段落，在那巨大可怕的音响之上生长起来。顷刻之间奇迹来到了，人们看到"轻"比"沉重"更加有力，仿佛是在黑云压城城欲摧之际，一道纤细的阳光瓦解了灾难那样。当那段抒情的弦乐尖锐地升起，轻轻地飘向空旷之中时，人们也就获得了高潮之上的高潮。肖斯塔科维奇证明了小段的抒情有能力覆盖任何巨大的旋律和任何激昂的节奏。下面要讨论的是霍桑的证明，在跌宕恢宏的篇章后面，短暂和安详的叙述将会出现什么，纳撒尼尔·霍桑证明了文学的叙述也同样如此。

几乎没有人不认为纳撒尼尔·霍桑在《红字》里创造了一段罗曼史，事实上也正是因为《红字》的出版，使纳撒尼尔摇身一变成为浪漫主义作家，也让他找到了与爱伦·坡分道扬镳的机会，在此之前这两个人都在阴暗的屋子里编写着灵魂崩溃的故事。当然，《红字》不是一部甜蜜的和充满了幻想的罗曼史，而是忍受和忠诚的历史。用D·H·劳伦斯的话说，这是"一个实实在在的人间故事，却内含着地狱般的意义"。

海丝特·白兰和年轻的牧师丁梅斯代尔，他们的故事就像是亚当和夏娃的故事，在勾引和上勾之后，或者说是在瞬间的相爱之后，就有了人类起源的神话同时也有了罪恶的神话。出于同样的理由，《红字》的故事里有了珠儿，一个精灵般的女孩，她成为两个人短暂的幸福和长时期痛苦的根源。故事开始时已经是木已成舟，在清教盛行的新英格兰地区，海丝特·白兰没有丈夫存在的怀孕，使她进入了监狱，她在狱中生下了珠儿。这一天早晨——霍桑的叙述开始了——监狱外的市场上挤满了人，等待着海丝特·白兰——这个教区的败类和荡妇如何从监狱里走出来，人们议论纷纷，海丝特·白兰从此将在胸口戴上一个红色的A字，这是英文里"通奸"的第一个字母，她将在耻辱和罪恶中度过一生。然后，"身材修长，容姿完整优美到堂皇程度"的海丝特，怀抱着只有三个月的珠儿光彩照人地走出了监狱，全然不是"会在灾难的云雾里黯然失色的人"，而胸口的红字是"精美的红布制成的，四周有金线织成的细工刺绣和奇巧花样"。手握警棍的狱吏将海丝特带到了市场西侧的绞刑台，他要海丝特站在上面展览她的红字，直到午后一点钟为止。人们辱骂她，逼她说出谁是孩子的父亲，甚至让孩子真正的父亲——受人爱戴的丁梅斯代尔牧师上前劝说她说出真话来，她仍然回答："我不愿意说。"然后她面色变成死灰，因为她看着自己深爱的人，她说："我的孩子必要寻求一个天上的父亲；她永远也不会认识一个世上的父亲！"

这只是忍受的开始，在此后两百多页叙述的岁月里，海丝特经历着越来越残忍的自我折磨，而海丝特耻辱的同谋丁梅斯代尔，这位深怀宗教热情又极善辞令的年轻牧师也同样如此。在两个人的中间，纳撒尼尔·霍桑将罗格·齐灵窝斯插了进去，这位精通炼金术和医术的老人是海丝特真正的丈夫，他在失踪之后又突然回来了。霍桑的叙述使罗格·齐灵窝斯精通的似乎是心术，而不是炼金术。罗格·齐灵窝斯十分轻松地制服了海丝特，让海丝特发誓绝不泄露出他的真实身份。然后罗格·齐灵窝斯不断地去刺探丁梅斯代尔越来越脆弱的内心，折磨他，使他奄奄一息。从海丝特怀抱珠儿第一次走上绞刑台以后，霍桑的叙述开始了奇妙的内心历程，他让海丝特忍受的折磨和丁梅斯代尔忍受的折磨逐渐接近，最后重叠到了一起。霍桑的叙述和肖斯塔科维奇那个侵略插部的叙述，或者和拉威尔的《波莱罗》不谋而合，它们都是一个很长的，没有对比的，逐步增强的叙述。这是纳撒尼尔才华横溢的美好时光，他的叙述就像沉思中的形象，宁静和温柔，然而在这形象内部的动脉里，鲜血正在不断地冲击着心脏。如同肖斯塔科维奇的侵略插部和拉威尔的《波莱罗》都只有一个高潮，霍桑长达二百多页的《红字》也只有一个高潮，这似乎是所有渐强方式完成的叙述作品的命运，逐步增强的叙述就像是向上的山坡，一寸一寸的连接使它抵达顶峰。

《红字》的顶峰是在第二十三章，这一章的标题是"红字的显露"。事实上，叙述的高潮在第二十一章"新英格兰的节日"就开始了。在这里，纳撒尼尔·霍桑开始显示他驾驭大场面时从容不迫的才能。这一天，新来的州长将要上任，盛大的仪式成为新英格兰地区的节日，霍桑让海丝特带着珠儿来到了市场，然后他的笔开始了不断的延伸，将市场上欢乐的气氛和杂乱的人群交叉起来，人们的服装显示了他们来自不同的地方，使市场的欢乐显得色彩斑驳。在此背景下，霍桑让海丝特的内心洋溢着隐秘的欢乐，她看到了自己胸前的红字，她的神情里流露出了高傲，她在心里对所有的人说："你们最后再看一次这个红字和佩戴红字的人吧！"因为她悄悄地在明天起航的船上预订了铺位，给自己和珠儿，也给年轻的牧师丁梅斯代尔。这位内心纯洁的人已经被阴暗的罗格·齐灵窝斯折磨得"又憔悴又孱弱"，海丝特感到他的生命似乎所剩无几了，于是她违背了自己的诺言，告诉他和他同住一个屋檐下的老医生是什么人。然后，害怕和绝望的牧师在海丝特爱的力量感召下，终于有了逃离这个殖民地和彻底摆脱罗格·齐灵窝斯的勇气，他们想到了"海上广大的途径"，他们就是这样而来，明天他们也将这样离去，回到他们的故乡英格兰，或者去法国和德国，还有"令人愉快的意大利"，去开始他们真正的生活。

在市场上人群盲目的欢乐里，海丝特的欢乐才是真正的欢乐，纳撒尼尔·霍桑的叙述让其脱颖而出，犹如一个胜利的钢琴主题凌驾于众多的协奏之上。① 可是一个不谐和的音符出现了，海丝特看到那位衣服上佩戴着各色丝带的船长正和罗格·齐灵窝斯亲密地交谈，交谈结束之后船长走到了海丝特面前，告诉她罗格·齐灵窝斯也在船上预订了铺位。"海丝特虽然心里非常惊慌，却露出一种镇静的态度"，随后她看到她的丈夫站在远处向她微笑，这位阴险的医生"越过了那广大嘈杂的广场，透过人群的谈笑、各种思想、心情和兴致——把一种秘密的、可怕的用意传送过来"。

这时候，霍桑的叙述进入了第二十二章——"游行"。协奏曲轰然奏响，淹没了属于海丝特的钢琴主题。市场上欢声四起，在邻近的街道上，走来了军乐队和知事们与市民们的队伍，丁梅斯代尔牧师走在护卫队的后面，走在最为显赫的人中间，这一天

---

① 可以作为对比的是作者前面写道：肖斯塔科维奇证明了小段的抒情有能力覆盖任何巨大的旋律和任何激昂的节奏。

他神采飞扬,"从来没有见过他步伐态度像现在随着队伍行进时那么有精神",他们走向会议厅,年轻的牧师将要宣读一篇选举说教。海丝特看着他从自己前面走过。

霍桑的叙述出现了不安,不安的主题缠绕着海丝特,另一个阴暗的人物西宾斯夫人,这个丑陋的老妇人开始了对海丝特精神的压迫,她虽然不是罗格·齐灵窝斯的同谋,可是她一样给予了海丝特惊慌的折磨。在西宾斯夫人尖锐的大笑里,不安的叙述消散了。

欢乐又开始了,显赫的人已经走进了教堂,市民们也挤满了大堂,神圣的丁梅斯代尔牧师演讲的声音响了起来,"一种不可抵抗的情感"使海丝特靠近过去,可是到处站满了人,她只能在绞刑台旁得到自己的位置。牧师的声音"像音乐一般,传达出热情和激动,传达出激昂或温柔的情绪",海丝特"那么热烈地倾听着","她捉到了那低低的音调,宛若向下沉落准备静息的风声一样;接着,当那声调逐渐增加甜蜜和力量上升起来的时候,她也随着上升,一直到那音量用一种严肃宏伟的氛围将她全身包裹住。"

霍桑将叙述的欢乐变成了叙述的神圣,一切都寂静了下来,只有丁梅斯代尔的声音雄辩地回响着,使所有的倾听者都感到"灵魂像浮在汹涌的海浪上一般升腾着"。这位遭受了七年的内心折磨,正在奄奄一息的年轻牧师,此刻仿佛将毕生的精力凝聚了起来,他开始经历起回光返照的短暂时光。而在他对面不远处的绞刑台旁,在这寂静的时刻,在牧师神圣的说教笼罩下的市场上,海丝特再次听到那个不谐和的音符,使叙述的神圣被迫中断。那位一无所知的船长,再一次成为罗格·齐灵窝斯阴谋的传达者,而且他是通过另一位无知者珠儿完成了传达。海丝特"心里发生一种可怕的苦恼",七年的痛苦、折磨和煎熬所换来的唯一希望,那个属于明天"海上广大的途径"的希望,正在可怕地消失,罗格·齐灵窝斯的罪恶将会永久占有他们。此刻沉浸在自己神圣声音中的丁梅斯代尔,对此一无所知。

然后,叙述中高潮的章节"红字的显露"来到了。丁梅斯代尔的声音终于停止了,叙述恢复了欢乐的协奏,"街道和市场上,四面八方都有人在赞美牧师。他的听众,每一个人都要把自己认为强过于旁人的见解尽情吐露之后，才得安静。他们一致保证，从来没有过一个演讲的人像他今天这样，有过如此明智，如此崇高，如此神圣的精神"。接下去，在音乐的鸣响和护卫队整齐的步伐里，丁梅斯代尔和州长、知事，还有一切有地位有名望的人，从教堂里走了出来，走向市政厅盛大的晚宴。霍桑此刻的叙述成为华彩的段落，他似乎忘记了叙述中原有的节拍，开始了尽情的渲染，让"狂风的呼啸，霹雳的雷鸣，海洋的怒吼"这些奢侈的比喻接踵而来，随后又让"新英格兰的土地上"这样的句式排比着出现，于是欢乐的气氛在市场上茁壮成长和生生不息。

随即一个不安的乐句轻轻出现了，人们看到牧师的脸上有"一种死灰颜色，几乎不像是一个活人的面孔"，牧师踉跄地走着，随时都会倒地似的。尽管如此，这位"智力和情感退潮后"的牧师，仍然颤抖着断然推开老牧师威尔逊的搀扶，他脸上流露出的神色使新任的州长深感不安，使他不敢上前去扶持。这个"肉体衰弱"的不安乐句缓慢地前行着，来到了绞刑台前，海丝特和珠儿的出现使它立刻激昂了起来。丁梅斯代尔向她们伸出了双臂，轻声叫出她们的名字，他的脸上出现了"温柔和奇异的胜利表情"，他刚才推开老牧师威尔逊的颤抖的手，此刻向海丝特发出了救援的呼叫。海丝特"像被不可避免的命运推动着"走向了年轻的牧师，"伸出胳膊来搀扶他，走近刑台，踏上阶梯"。

就在这高高的刑台上，霍桑的叙述走到了高潮。在死一般的寂静里，属于丁梅斯代尔的乐句尖锐地刺向了空中。他说："感谢领我到此地来的上帝！"然后他悄悄对海丝特说："这不是更好吗？"纳撒尼尔·霍桑的叙述让丁梅斯代尔做出了勇敢的选择，不是通过"海上广大的途径"逃走，而是站到了七年前海丝特怀抱珠儿最初忍受耻辱的刑台之上，七年来他在自己的内心里遭受着同样的耻辱，现在他要释放它们，于是火山爆发了。他让市场上目瞪口呆的人们明白，七年前他们在这里逼迫海丝特说出的那个人就是他。此刻，丁梅斯代尔的乐句已经没有了不安，它变得异常地强大和尖锐，将属于市场上人群的协奏彻底驱赶，以王者的姿态孤独地回旋着。丁梅斯代尔用他生命里最后的声音告诉人们：海丝特胸前的红字只是他自己胸口红字的一个影子。接着，

"他痉挛地用着力,扯开了他胸前的牧师的饰带",让人们看清楚了,在他胸口的皮肉上烙着一个红色的 A 字。随后他倒了下去。叙述的高潮来到了顶峰,一切事物都被推到了极端,一切情感也都开始走投无路。

这时候,纳撒尼尔·霍桑显示出了和肖斯塔科维奇同样的体验,如同"侵略插部"中小段的抒情覆盖了巨大的旋律,建立了高潮之上的高潮那样,霍桑在此后的叙述突然显得极其安详。他让海丝特俯下面孔,靠近丁梅斯代尔的脸,在年轻的牧师告别人世之际,完成了他们最后的语言。海丝特和丁梅斯代尔最后的对话是如此感人,里面没有痛苦、没有悲伤,也没有怨恨,只有短暂的琴声如诉般的安详。因为就在刚才的高潮段落叙述里,《红字》中所有的痛苦、悲伤和怨恨都得到了凝聚,已经成为强大的压迫,压迫着霍桑全部的叙述。可是纳撒尼尔让叙述继续前进,因为还有着难以言传的温柔没有表达,这样的温柔紧接着刚才的激昂,同时也覆盖了刚才的激昂。在这安详和温柔的小小段落里,霍桑让前面二百多页逐渐聚集起来的情感,那些使叙述已经不堪重负的巨大情感,在瞬间获得了释放。这就是纳撒尼尔·霍桑,也是肖斯塔科维奇为什么要用一个短暂的抒情段落来结束强大的高潮段落,因为他们需要获得拯救,需要在越来越沉重或者越来越激烈的叙述里得到解脱。同时,这高潮之上的高潮,也是对整个叙述的酬谢,就像死对生的酬谢。

导读

用渐强的方式将叙述进行下去

余华是读者面非常广的华语作家,他的小说拥有广泛的读者群。但在这种广泛的阅读中,余华也常常遭受到各种误解与批判,几乎他的每一部新作出版,都伴随着猛烈的争议。理解一位优秀作家的最合适方式是直接阅读他的作品。

《高潮》是余华为《收获》杂志专栏撰写的文章,那时他正迷恋音乐,把音乐和文学作品放在一起对比，对音乐有着非常奇特的感受。

把音乐和文学、把音乐家和文学家放在一起来阅读，这是《高潮》的特殊灵感，也是典型的"跨界思维"。用一个历史细节开头，切入音乐家的人生经历和精神状态，信息量足够丰富，能引起读者的关注。这是写人物分析文章的惯用手法。

在苏联斯大林执政的特殊时期，伟大的音乐家肖斯塔科维奇用装疯卖傻的奇特方式延续了自己的生命，让自己得以完成"命运赋予他的一百四十七首音乐作品"。那么，他是怎么做到的呢？在他的自传里，有很详细的介绍。余华在肖斯塔科维奇的自传里，发现很多独特的资料。

肖斯塔科维奇以自我毁誉的方式艰难地生存，良知又让他无法坦然地接受这种身心的分裂。他通过"装疯卖傻"来隐藏自己的音乐天赋，延续创作生命，但又不能昧着良心。这是现实和艺术的双重精神分裂。

让肖斯塔科维奇达到人生巅峰的名作《列宁格勒交响曲》写于战火纷飞的列宁格勒。这首曲作完后，首演于后方的古比雪夫，之后立即大获成功。在微型胶卷被飞机运出俄罗斯，来到美国之后，大指挥家托斯卡尼尼在纽约指挥，让这首《第七交响曲》传遍全世界。

余华写道："这几乎是一切叙述作品的命运，它们需要获得某一个时代的青睐，才能使自己得到成功的位置，然后一劳永逸地坐下去。"然而，在音乐里面有更深刻的内涵，肖斯塔科维奇写下的"仅仅是个人的情感和个人的关怀"。这是名声与内心的分裂。

然后，以"高潮"为主题，余华轻松地嫁接到了美国早期浪漫主义大作家纳撒尼尔·霍桑身上。不幸的家庭遭遇，让霍桑过早地失去了童年的乐趣和青春的激情。这让他的作品蒙上了神秘的阴郁和忧伤。在快速地写了俄国大音乐家肖斯塔科维奇之后，作者跳到了文学家霍桑这里。他想要找到什么共通之处呢？

文学大师纳撒尼尔·霍桑的一生都在阴郁的气氛中度过，他写的鬼故事、神奇故事都是那个时代特有的，而长篇小说《红字》却有着一种令人无法不动容的"同情和怜悯""忠诚和眼泪"。那是他的妻子索菲亚给他带来的情感，如一道细线般的溪水，融化了他内心的雪地。一位音乐家、一位文学家,两位大师的人生和时代如此不同,为何作者要把他们写到一起呢?什么样的一致性,把纳撒尼尔·霍桑和肖斯塔科维奇这两位相差一个世纪的大师联系到了一起?——他们对内心的坚持。那么,这又是什么样的内心呢?坚毅的内心?敏感的内心?脆弱的内心?丰富的内心?

《第七交响曲》和《红字》所共有的一致性:不是用复杂的对比叙述,而是正面强硬地推进,"用渐强的方式将叙事进行下去"。

余华把自己毕生的最精华的理解写在了这里。他发现了音乐家和小说家处理艺术作品中"高潮"的方式,以同样的"渐强方式"完成叙事,而且能够一直抓着人的心,反复不断地推进。

例如:小说中的"不谐和的音符出现了",当海丝特预订了船票要与秘密的爱人逃离这片土地时,她发现一直控制着她的齐灵窝斯也出现在了人群中,齐灵窝斯魔鬼一般,如影随形。小说如此自然而直接地加入了令人紧张的"音符"。

虽然《红字》是由余华转述的,但我们仍能感受到它那惊心动魄的叙述所带来的非凡力量。高潮就这样诞生了:丁梅斯代尔神父在身体最孱弱的时刻,不是选择逃离,而是选择直面真实的世界,并让他的灵魂高高地扬起。

叙事作品的高潮部分如何出现,高潮出现之后又如何结束?余华在这里进行了极精妙的分析。让人觉得,不再次重读一下《红字》,都难以消化他的这番神奇的评述。

余华是一位热爱古典音乐的作家。他在 20 世纪 90 年代曾经疯狂地买碟。他在上海格非家亲口跟我们说,有一次,他拿到了一笔稿费,到店里一口气买了三百多张 CD(光盘)。格非也是古典音乐发烧友,而且他的发烧还延伸到了器材上。曾经为了买一个英国产的旧音箱,他一直追踪着那个音箱的去向,发现那个音箱到了香港,立即赶到香港把那个音箱买下。

格非把自己掌握的音乐和器材知识运用到了长篇小说《春尽江南》和中篇小说《隐身衣》里。同样被封为"先锋小说"代表作家的余华,曾在《收获》杂志上开设专栏,写了很多篇关于音乐与文学打通理解的精妙文字。

《高潮》这篇文章可以说是优秀的文学教材。用最直接的对比手法，余华通过写音乐家肖斯塔科维奇和文学家纳撒尼尔·霍桑，通过对比他们创作的两部杰出作品《第七交响曲》和《红字》，把自己对艺术作品中"高潮"的体会，高超地表达出来。

余华对《红字》的分析极其精妙，我再次阅读这篇文章，仍然大有感触，恨不得再次读一遍《红字》。好的文字能打动人，也让人敬佩。余华写《红字》的这部分，放在任何一篇评论文章里都是杰出的。

这篇文章值得细细体味的地方很多，文章中很多精彩段落也极有启发。

一位优秀作家一定是一位杰出读者，这点无论中外，不分古今。优秀作家对作品的阅读感受，更加直接、新鲜、自然。我一直爱读优秀作家写的评论文章，古今中外的都好。例如，余华文中提到的阿根廷文学大师豪尔赫·博尔赫斯写的评论文章、法国小说大师马塞尔·普鲁斯特写的评论文章，国内很多优秀作家也都写过精彩的评论。

思考

这篇文章具有典型的"跨界思维"，很符合目前流行的新教育理论。从写作的角度来说，"跨界思维"更具有举足轻重的重要性。音乐和文学之间，到底在哪里拥有共通性，这篇文章做了一个非常精妙的示范。读完这篇文章，你也可以尝试一下类似的写作。

延伸阅读

余华《温暖和百感交集的旅程》《音乐影响了我的写作》《没有一条道路是重复的》。

诗是空气　诗是呼吸

潘向黎

作者简介

潘向黎，女，小说家、散文家，文学博士。1966年生于福建泉州，小学毕业后移居上海至今。20世纪80年代末开始写作。曾担任《上海文学》编辑，《文汇报》特聘首席编辑，现为上海市作家协会副主席，专业作家。著有小说集《无梦相随》《十年杯》《轻触微温》《我爱小丸子》《白水青菜》等，散文集《纯真年代》《局部有时有完美》等，专题随笔集《茶可道》《看诗不分明》等。

上

读关于唐诗的各色文字，常常惊讶于诗歌在当时生活中的地位。

虽然早就记取了这样的"梗概"：当时科举举士，李世民在端门"见新进士缀行而出"，高兴地说，"天下英雄入吾彀[①]中矣"，加上以诗取士，使得整个知识分子阶层几乎都是诗歌作者。诗歌作者群空前广大，上至帝王将相，下至贩夫走卒、和尚、道士、妓女。诗歌影响遍及社会各阶层，元（稹）白（居易）之诗传诵于"牛童、马走之口""炫卖于市井"之中，写在"观寺、邮候墙壁之上"，歌妓演唱，村童竞

[①] gòu，罗网。

习（参见余冠英、王水照《唐诗发展的几个问题》及章培恒、骆玉明主编《中国文学史》）。

但是在和一些"情节"相遇和重逢时，仍然感到吃惊，才知道自己的想象和事实相比是何等苍白。怀着这种愉快地"受刺激"的心情，一路追寻，终于发现，在那个时代，诗歌是空气，无处不在，无时不在。诗歌是呼吸，所有的人每时每刻都不能停息。

看"每到驿亭先下马，循墙绕柱觅君诗"这句。诗本身质朴无华，谈不上出色，但是它所揭示的历史真实却让我惊叹。

这出自白居易的《蓝桥驿见元九诗》。元和十年，白居易从长安贬江州，经过蓝桥驿，看到了八个月前元稹自唐州奉诏回长安路过这里时，在墙上留给他的诗。白居易出长安和元稹回长安，有一段道路是一致的，所以既然在一处看到了元稹留给他的诗，后面沿途的许多驿站，可能还有元稹的题诗，白居易就每到一处格外留心。让我惊叹的不是这两位诗人间的友谊，不是他们命运的沉浮，而是当时那种交流的方式和诗作发表的自由度。试想：长路迢迢，一路行去，每个驿亭都有诗，墨痕历历，诗韵淋漓，在墙上，在柱子上，在你目光所及的每个角落。其中有你的朋友的作品，甚至就是留给你的。这是多么激动人心的事情！

而白居易到了江州之后，还有新的发现。他在给好友元稹的信里说：这次我从长安到江州，走了三四千里地，一路上经过许多小旅店、乡村学校、寺庙，还坐了客船。这些建筑，这些船只，到处都题着我的诗。（这就不是作者自己题上去的，而是别人将白居易的诗写到墙上和柱子上了。）他还说：路上遇到的人，不论男女老少，有的是体力劳动者，有的是出家人，他们都能背诵我的诗。诗歌在社会上就是这样受欢迎，这样朝野传颂，无远弗届。

诗的太阳照彻，诗人之间容不下任何"相轻"的阴暗，他们是那样光明地互相欣赏和敬慕。李白是这样看孟浩然的："吾爱孟夫子，风流天下闻。……高山安可仰，徒此揖清芬。"杜甫是这样看李白的："白也诗无敌，飘然思不群。""世人皆欲杀，我意独怜才。"而杜甫自己拥有众多铁杆"粉丝",其中诗人张籍爱得别出心裁,唐《云仙杂记》中说他居然将杜诗当药喝。具体"制法"是:拿来一卷杜诗,烧成灰烬,然后调了蜜制成蜜膏,经常冲来喝,他说这是为了"令吾肝肠,从此改易"。真是痴得可爱。

离风雅、教化最遥远的阶层呢?那就看看强盗吧。

诗人李涉有一首《井栏砂宿遇夜客》:"暮雨潇潇江上村,绿林豪客夜知闻。他时不用逃名姓,世上如今半是君。"这首诗是献给强盗的。

《唐诗纪事》记载:李涉曾到九江,在一个渡口遇到强盗,问他是谁,随从报了他的名字,强盗首领说:"若是李涉博士,我们就不抢他的财物了,久闻他的诗名,给我写一首诗就可以了。"李涉就写了这首诙谐的诗,说:"看来我也不必想隐姓埋名了,连你们都知道我的名字,何况如今世上一半是你们这样的人了。"当时那个强盗首领很高兴,反而送了许多东西给李涉。

无法无天、杀人越货的"绿林豪客"尚且如此尊重诗人,诗人在当时的影响力可想而知。

下

不要说满朝文武和"天下英雄"(所有读书人),就是出家人,也和诗割不断缘分。

因为不可能以之换取功名、博取前程,所以僧人作诗便多了"为艺术而艺术"的非功利色彩。

诗人骆宾王跟着徐敬业反武则天,还写了著名的《讨武曌①檄》,武则天读了吃惊地问:"谁写的?"然后说:"宰相怎么会错过这样的人才?"后来敬业兵败,他不知所

---

① zhào。

终。传说他隐于灵隐寺了。宋之问游灵隐寺，得诗两句："鹫①岭郁岧峣②，龙宫锁寂寥"，两句之后卡壳了，这时有位老僧续道："楼观沧海日，门对浙江潮。"气势磅礴，点石成金。宋之问大吃一惊，到第二天早上再去找他，已经不知去向。有知情的僧人说破："那是骆宾王。"这位大诗人一时技痒，就暴露了行藏，只得又去别处藏身了。

比半路出家的骆宾王纯正的僧人，写诗的也大有人在。皎然、贯休、齐己是其中的代表。《四库全书总目提要》卷一五一这样评价唐代的诗僧群落："其有集传于今者，惟皎然、贯休及齐己。皎然清而弱，贯休粗而豪，齐己……风格独造③。"清人则列出了这样的名单："唐释子以诗传者数十家，然自皎然外，应推无可、清塞、齐己、贯休数人为最，以此数人诗无钵盂④气也。"（贺贻孙《诗筏》）这数十家中应该还包括寒山、景云。

皎然是南朝诗人谢灵运的十世孙，在当时诗坛影响很大，韦应物、刘禹锡、陆羽等都和他结交。贯休因为"一瓶一钵垂垂老，千水千山得得来"之句，被人呼作"得得和尚"，他不畏权势，屡招怨恨。齐己的《早梅》是名作，不过这位诗僧更难得的是对诗的价值的自觉："自知清兴来无尽，谁道淳风去不还？三百正声传世后，五千真理在人间。"（《咏诗寄知己》）

不要说人，就是唐代的鬼都对诗念念不忘。

"大历十才子"之一的钱起在省试（各州县贡士到京师参加的由尚书省的礼部主持的考试）时面对"湘灵鼓瑟"这个命题，写了一首诗，最后两句是"曲终人不见，江上数峰青"。深得试官嘉许，赞为"绝唱"，被擢⑤为高第。但这两句的原创者不是他，而是鬼。这是钱起在一个月夜听见的"鬼谣"，在考试时看到诗题里有一个"青"字，

---

① jiù。
② tiáo yáo，高峻。
③ qiú。
④ yú。
⑤ zhuó，举拔。

想起了这两句，就把它写进诗中，果然不同"凡"响。这鬼，真正是才华过"人"啊。这在《旧唐书·钱徽①传》有记载。

说到鬼神不免凄清，那就说个热闹的吧。李白沉香亭奉旨作诗实在太烂熟了，我更爱这一则：旗亭唱诗画壁。

薛用弱《集异记》记载：开元中，诗人王昌龄、高适、王之涣齐名。一日天寒微雪，三诗人来到旗亭（酒楼），一起小饮。后来来了一群梨园伶官在这里举行宴会，然后是几个正当妙龄、打扮奢华的歌女出场，她们唱起了当时流行的诗歌名作。王昌龄等人就偷偷约定："我辈各擅诗名，一直难分胜负。今天可以暗中听她们唱什么，谁的诗被唱得多，就算赢。"第一个歌女唱了，是："寒雨连江夜入吴，平明送客楚山孤。洛阳亲友如相问，一片冰心在玉壶。"王昌龄就在墙上画了一痕说："一绝句。"一会儿有人唱："开箧②泪沾臆，见君前日书。夜台何寂寞，犹是子云居。"高适就画一痕说："一绝句。"接着又一个唱道："奉帚平明金殿开，且将团扇共徘徊。玉颜不及寒鸦色，犹带昭阳日影来。"昌龄就又画一道说："二绝句。"王之涣并不着急，就说："这几个都是没品位的，所以唱这种下里巴人的货色。"他指着其中最漂亮的，说："等这个唱来，如果不是我的诗，我就终身不敢与你们争衡；若是我的诗，你们就该奉我为师。"大家笑着等下去。那个最漂亮的歌女终于唱了，轻启朱唇，莺声呖呖，唱的不是别的，正是："黄河远上白云间，一片孤城万仞山。羌笛何须怨杨柳，春风不度玉门关。"果然是王之涣的名作《凉州词》。王之涣扬眉吐气地说："看，你们两个乡巴佬，我难道是瞎说的吗？"三位诗人不禁一起大笑起来。

多么奇妙的聚会，多么辉煌的墙壁，多么幸福的诗人。

诗是哭，诗是笑，诗是空气，诗是呼吸。这一切确实发生过，那个朝代，叫唐朝。

---

① 钱起之子，晚唐著名诗人。
② qiè，箱子。

导读
唐诗如空气一样无处不在

诗歌在唐朝就如空气一样无所不在，是生活中不可分割的一部分，就像我们现在使用互联网和使用手机一样。在那样的环境中生存，你不会随口吟诵两首诗，都不好意思说自己是唐朝人。

在诗歌是生活是空气的时代，诗人们彼此相知、相重，李白和杜甫两位大诗人之间的友情更是被千古传颂。诗人最知道诗人的价值，最能品味好作品的好。

杜甫评论李白的诗无敌，说他"清新庾开府，俊逸鲍参军"，用当时人们十分景仰的前代大诗人庾信和鲍照来比喻李白，并且李白兼有两人之长，开一代之新风。后辈诗人张籍把杜甫的诗当药来服用，更为有趣。

那个时代，连强盗都尊敬、爱惜诗人！为什么唐代文化如此辉煌灿烂？与这种尊重、敬惜有莫大关系吧！

天才诗人骆宾王七岁写的《咏鹅》，至今还在教材里供千百万学生诵读。他跟着徐敬业反武则天失败后，踪迹全无。一说他出家当和尚了，却技痒难耐，续了宋之问的两句诗，暴露了行踪，不得不继续出逃。一个独特的诗僧群体是唐朝"诗生活"的具体体现。

薛用弱《集异记》中写王之涣、高适等人听伶人唱诗的故事，流传甚广。我在《这才是我要的语文书：当代小说分册》里选用的著名作家格非的短篇小说《凉州词》，就是以这个故事为线索。

《看诗不分明》是潘向黎为《新民晚报》"夜光杯"专栏所写的文章结集。这些文章从中国古代诗歌的各个侧面来写诗、诗人、诗事，往往让人有特殊的感悟，很受读者欢迎。我常向中小学学生和家长推荐这本书，并多次在报社邀请我开列推荐阅读书目时列入这本书。

现在的中小学学生对古典诗歌、散文、小说的学习尚欠系统化。在十二年的学习中，他们只学习了两百多首古诗。在小学阶段，不是所有古诗都要求背诵，有些懒惰的或者认识不足的教师，干脆就不教那些不需要背诵的古诗。因此我推荐学生阅读潘向黎的这本随笔集，这本随笔集是语文教材之外最佳的诗歌营养补充剂。在千字左右的短小文章里，潘向黎论及了几百首古代名诗，清晰有趣的感悟分析，可读性很强。

思考

写评论文章，如诗评等，也是学习写作并让自己的阅读更有效率的好方法。文章可长可短，刚开始可以发表在公众号里，可以发表在豆瓣网上，写得好以后还可以向一些报纸杂志投稿。

延伸阅读

潘向黎随笔集《看诗不分明》。

编末后记

本编选入的四篇文章有长有短，各具特色，都是"书评"类的作品，可以归为随感、杂谈，也算是散文的一类。

这编选入的文章大多数都强调言之有物，写作有对象。言之有物，有研究对象，有阅读的作品，这样可以有的放矢，表达自己的思想和观点。这样的作品必须要有一个具体的、特定的研究对象，最典型的代表便是钱锺书先生的《诗可以怨》。其后如叶兆言研究的"吴宓"，余华研究的肖斯塔科维奇和纳撒尼尔·霍桑，潘向黎研究的"唐诗"，对象都非常明确，论述也紧扣着这个对象来进行。

在这些作品中，钱锺书先生的演讲稿是阐发一个问题的历史并最终得出自己的结论：快乐也能写出好作品，悲伤更能写出好作品，不能为了写出好作品而弄虚作假。

相比之下，叶兆言的文章稍微偏向研究论文一点，关于吴宓的研究材料要尽量多阅读，多获得，多对比，多思考，这样才能以更加合理的材料来证实自己的观点——把吴宓挖出来，封为国学大师是言过其实了。

余华写的音乐和文学的对比阅读感受，更多的是一名优秀作家的感悟。这种感悟是对音乐的深入体会和对文学作品的深入研读而生发的，不是"无本之木"或"无源之水"。他这篇文章是细读文本而进行独特思考分析的好文章。

潘向黎的文章偏向于性灵、感悟，因为她对写作对象"滚瓜烂熟"，所以"手到拈来"——唐诗四万八千首（泛指），对此欲倒东南倾（瞎掰的）。要在林林总总、数量庞大的唐诗中沉淀出一个"主题"，殊为不易。而潘向黎却看到了"诗"在唐代独一无二的重要地位：如空气一样无处不在，也如空气一样重要。

因此，广泛地"深阅读"、独特地自由思考是提高写作水平的最佳方式。

2020 年 6 月 13 日于多伦多

第三编 人在旅途

中国正处在微妙的社会转型期，前四十年经济改革，高速发展，积累了相对丰富的物质基础，同时，也带来了更多的人生思考。人们开始追求更丰富的精神，更仁智的人生。

未来，旅游、教育、医疗是最重要的三个行业。

古谚云：行万里路，读万卷书。从古至今，游历对一个人的成长有重大影响。唐代的士子，成年之后，都有一个"宦游"阶段，拜访更多的人，积累更丰富的人生经验，为日后科举仕进打基础。

欧美大学，通常规定大学四年有一年必须是海外游学。在这一年游学期间，他们可以选择任何一个国家和地区去学习，亲自参与到当地的文化生活中，实际了解当地文化和风土人情。为期一年的游历，对丰富大学生的人生经验，锻炼他们的实际交流能力、应变能力和生存能力，都有重大的意义。

中国已成为全球旅游大国，每年数以亿计的中国游客到世界各地游玩，巨大的购买力给当地经济带来了实际的提升。中国游客已经成了世界旅游市场中不可忽视的一股力量。这种广泛而普遍的旅游热潮，在一百年前是不可想象的。

现在可见的最早的现代游记，是清末外交家、学者、诗人黄遵宪写成的。黄遵宪的《人境庐诗草》《日本国志》等作品，在当时有很大的影响。作为外交使节，黄遵宪曾去日本任职，还搭乘远洋轮船前往英国任职，后来担任清政府驻新加坡总领事，被称为"近代中国走向世界第一人"。

第一次世界大战结束后，1918年，大学者梁启超以个人身份，与政治学家张君劢等结伴去欧洲，参加"巴黎和会"，并作会外游说成员。在欧游过程中，梁启超参观了欧洲许多名胜古迹，还获准旁听英国议会开会。回国后，梁启超出版了自己的第一部白话文散文游记《欧游心影录》。该书角度新颖，观察独特，介绍了欧洲先进国家的政治制度和文明结构，其中包含着这位思想敏锐、目光深邃的中国大学者的独特见解。该书出版后，在国内知识界产生了强烈反响，很多人在他的感召下，沿着同样的海路前往欧洲，去学习欧洲的先进文化和文明，希望寻找到一条脱胎换骨的道路。

梁启超之后，前往欧洲的中国青年学生络绎不绝。他们沿着黄遵宪和梁启超的欧游航线，继续前往欧洲——从上海、广州、香港，直通新加坡，稍做休整；过马六甲海峡到斯里兰卡，再做休整；然后花一个星期时间横渡茫茫无涯的印度洋，到达东非海岸，再从东非海岸进入红海北上，穿越苏伊士运河来到地中海。到地中海，就进入了古老的欧洲文明圈，可以去意大利、去法国、去西班牙，或从直布罗陀海峡穿出地中海，到英吉利海峡，到文明的中心伦敦，并继续前往北部欧洲各国，比利时、荷兰、德国、丹麦、瑞典、挪威。这个漫长的旅途，需要一个半月才能到达伦敦，要更多的时间，才能到达汉堡或斯德哥尔摩。

大作家巴金先生于1927年搭乘法国邮轮"昂热"号前往欧洲留学，途中不断地给自己的三哥写信，谈及旅途见闻、个人经历和所思所感。这些信，又由他的三哥寄给成都的大哥。五年后，巴金回国，一生悲苦的大哥已经去世，这些信，也寄回到他的手里，结集为《海行杂记》出版。巴金说这些信的前半部分是在邮轮的三等餐厅的餐桌上写的，后半部分是在法国巴黎拉丁区（第五区）的一家旅馆里完成的。《海行杂记》中的《海上日出》《繁星》被选入语文教材，但有删节。这本游记生动地记述了巴金趁着轮船停靠沿途各港口时，迅速上岸游览时的见闻和感受。

黄遵宪、梁启超、巴金，搭乘轮船都要经过斯里兰卡首都科伦坡，都写了文章。梁启超一行玩得最久、最充分，足足三天，也写得最详尽、最有趣味。

大学者钱锺书先生的著名长篇小说《围城》，在第一章就描写了男主人公方鸿渐在漫长的海航旅途中遇到的种种趣事。

现代作家写的游记，除了欧美游记，还有大量的国内旅行见闻。因当时交通工具落后，旅行远不如现在方便。跋山涉水之苦，不是现在人所能体会的。

本编选入的郁达夫先生的《雁荡山的秋月》、朱自清先生的《重庆行记》、叶紫的《南行杂记》和胡也频的《小小的旅途》四篇文章，都是写国内旅行见闻的；梁启超先生的《南洋所感》和徐志摩先生的《西伯利亚》是海国见闻录。

现在搭乘喷气式飞机旅行的游客，已无法体会梁启超他们那时从亚洲到欧洲漫长海航旅途的感受。现在，一天之内，大型喷气式飞机几乎可以把我们送到地球的每一个角落。去伦敦、去巴黎、去罗马、去柏林，不再是漫长的旅程。旅行社组团，十四天可以游欧洲七八个国家，不过他们大都是：走马观花，拍照留念，购物回家。

我曾在上海外国语大学附属双语学校给四年级的小学生上过一次公开课，讲巴金先生的《鸟的天堂》，上海《新闻晨报》做了一个大特写报道。

课堂上，我主要跟学生们探讨、交流，而非典型的滔滔不绝地讲知识，划重点，PPT（幻灯片）一张接一张。我问学生们：20世纪30年代，上海到广州还没有通火车，更没有飞机直达，巴金先生从上海去广州，再去新会参观"鸟的天堂"，他会怎么去呢？同学们的回答充满了奇思妙想。有同学说乘热气球，有同学说开潜艇，有同学说骑自行车……我谈自己的观点，说，那时要坐轮船从上海到广州，再换车到新会，几天几夜才能到。现在乘飞机从上海到广州只需要两个半小时，再花一个多小时就到新会了。要注意到，交通工具的革命性发展，不仅改变了空间的距离感，也改变了人们的时间感受。今天的人，不具体谈空间距离，而换成时间来表达：两个半小时的飞行距离。天文学家在表达宇宙空间的大尺度距离时，不用多少亿万公里，而是多少光年、多少秒差距——用时间的尺度衡量空间的距离，是时空转换的最典型例子。

互联网+数码相机+智能手机时代，旅游时，人们尽情拍摄各种照片，顺手发在朋友圈，与朋友们分享自己的见闻和心得。过去，在各大网站，包括专业的旅游网站，有很多旅游达人写的关于旅游的文章，有些文章点击量超高，从而形成一个新的发表和分享模式。后来微信公众号崛起，人们又在公众号上发表各种游记文章。

旅游，成了人们了解世界、理解世界，并打破个人狭隘和局限的一种重要方式。

我小时候，生活在中国大陆最南端的广东省雷州半岛的乡村。考上大学之前，几乎没有出过远门。最远只到过五十公里外的一个农场，去过的最大的城市是湛江市，见到的最新奇的事物是湛江动物园里的几只猴子和几面哈哈镜。我知道的最高的山峰是县城远郊位于河唇镇境内的海拔三百八十二米的山祖嶂，我见到的最大的湖泊是我们家旁边的鹤地水库——当时鹤地水库位列全国十大水库之一，碧波荡漾，烟波浩渺，横无际涯。放学路上，我常常扛着自行车翻过堤坝，脱光衣服跃入湖中，仰躺在水面上，眺望着天空流云。少年的内心里，各种情感交织，辽远、丰富而杂乱。我从来没有到过水车另一边，那大概就是天边，世界尽头了。

那时，作为小猴孩，我爱上树掏鸟蛋，下水摸鱼虾。漫长而闷热的少年时代，我常常倒挂在树枝上，像丝瓜一样不知不觉地长大了。哪里想得到，日后会离开家乡，到遥远的城市上大学，又到遥远的欧洲访学，住在距离老家两万里的欧洲乡村，每天散步行进在完全不同于我少年世界的异域之中。

现在是2020年，修订这篇七年前写下的序文时，我又身处北美的多伦多。眺望窗外的城市天际线，看到六月初夏繁盛的树木。疫情改变了我们每天去散步的习惯，现在难以跟那些花草树木近距离接触。但是，春天毕竟还是来了，夏天也毕竟来了。这时思绪万千，一时有了今夕何夕之感。

九年前，2011年，当我住在德国科隆西部远郊埃菲尔国家森林公园附近的一个小村——朗恩博贺村里时，每天一有空就到山林中行走，常常会在小道上碰到其他村民。那些外国人，不是清代李汝珍所作的长篇小说《镜花缘》里描写的那种青面獠牙的吃人生番，而是彬彬有礼、见面微笑、点头打招呼的现代文明人。他们并非眼若铜铃，青面獠牙，口出鸟语；而是跟我们一样的直立行走的文明人类。语言上虽然有差别，但一些基本的问候语，很容易学会，能友好地沟通。

眼界，因为旅游而宽阔；阅历，因为旅游而丰富；世界，因为旅游而慢慢学会彼此理解和宽容。

虽然人类还有很多问题没有解决，有些地方还有局部冲突，东西方文明、意识形态的差异也带来了一些难以解决的问题，但是人类社会最终还是会走向互通、交流、宽容、理解的新一种文明中去。

一百多年前梁启超先生搭乘英国轮船前往伦敦时，除了交通工具没有现在迅速，各国习俗、人际交往，与现在相差并不巨大。

让我们看看前辈们是怎么旅游的吧。我们坐飞机旅行，快是快了，但前辈们搭乘轮船旅游时，所到之处上岸游览的乐趣，我们却没有了。甚至，因为时间紧凑，行程匆忙，连写一篇文章的心情和灵感都没有了。

所谓有得有失，就是这个意思吧。

虽然拍照、发图是很直观的一种旅游体现，但是写游记能更充分地表达一个人的思考和见解。这个时候，可能不用太详细地介绍某个国家、某个经典的具体情况，而是要更多地反思自己，思考现在社会的种种问题，反观内心，从而总结出自己对于所游历的、所参观的这些景点名胜的感受。

这种综合的感受，一并写下来，就是每个人的人生中，最有价值的记忆。

2020 年 6 月 3 日修改于多伦多

南洋所感

梁启超

　　船开了。经过香港、新加坡、槟榔屿，一天一天的热起来。十日以前，走津浦路线，正遇着大雪。燕齐平陆，一白千里。十日以后，在槟榔屿植物园赏起荷来了。我们的衣服，就好像剥竹笋，一层一层的褪，到后来穿一件白袷①，还是汗下如雨。想起来人类受环境的支配，真是利害，你不顺应他，你能够存活吗？现时国内大多数人所说的话，所做的事，所怀的思想，岂不都是穿着大毛游历新加坡吗？

　　我们离开国境已经十多日，却是到的地方，还是和内地旅行一样。新加坡、槟榔屿一带，除了一面英国国旗外，简直和广东、福建的热闹市镇毫无差别。开大矿的么，中国人；种大橡皮园的么，中国人；大行号么，中国人；杂货小贩么，中国人；苦力么，中国人；乞丐么，中国人。计英属海峡殖民地三州，中国人二十六七万，欧洲各国白人合计，不过六千八百。再就南洋华侨全体约计，英属（殖民地三州，保护地四州合计）二百万，荷属三百万，暹罗、安南等处三百五十万，总数八百五十万。和南斯拉夫、比利时两国的人口大略相等，比匈牙利、罗马尼亚略少些，比荷兰略多些，比瑞士、希腊约多一倍。唉，他们都是和英、法、德、美分庭抗礼的一个国家了。再者美国十三州联合建国时，人数也不过几百万。他们当初也不过因为在家乡觅食艰难，出外别谋生路，那动机正和我们去南洋的一样。如今是怎么一个局面了呢？比起来正是

---

① qiā，汗衣。

羞得死人。我们在船上讨论到这些情形，张君劢[1]就做了一篇文章——《论中华民族南洋建国问题》。我想我们中国人，直到如今，从没有打过主意要建设自己的国家，不然，何至把本国糟到这般田地？四万万人尚且不成一个国，七八百万人更何足道！我从前说的一个原则，所谓"我住在这地方就要管这地方的事。为什么呢？因为和我有利害关系"。我们中国人就向来没有认得这个原则，倘使认得，我们不知建了多少国了。我从前又说的，"我们能够建设北京市会丰台村会，才能建设中华民国"。我如今再说一句，我们能够建设广州、汕头、厦门市会，自然能建设南洋新国。如其不然，甚么话都是白说。好在我国民也渐渐自觉了，我敢信我们中华民国，不久定要建设起来。至于南洋新国，也是民族自决的一条正路。海外侨民，文化较稚，还须内地人助他开发。从前也有过些人设法劝导华侨赞助国内运动，这个固然是好，但国内的事，还应该国内人多负些义务，华侨却有他自己应做的事。什么事呢？还是那句老话，"我住在这地方，就要管这地方的事，因为和我有利害关系"。我想我们青年，若是哪位有兴致，去传播这种思想，拿来做终身事业，倒是男儿报国一件大事哩。

好几年没有航海，这次远游，在舟中日日和那无限的空际相对。几片白云，自由舒卷，找不出他的来由和去处。晚上满天的星，在极静的境界里头，兀自不歇的闪动。天风海涛，奏那微妙的音乐，侑[2]我清睡，日子很易过，不知不觉到了哥伦波[3]了。哥伦波在楞伽[4]岛，这岛上人叫他做锡兰[5]。我佛世尊，曾经三度来这岛度人，第三次就在岛中最高峰顶上，说了一部《楞伽》大经。相传有许多众生，天咧、人咧、神咧、

---

[1] 中国政治家、哲学家，原属江苏、今属上海的嘉定人，近现代政治学者，新儒家早期代表之一。

[2] yòu，相助。

[3] 今译"科伦坡"，斯里兰卡首都。

[4] 中国古代对斯里兰卡的称呼。

[5] 亦为旧称。

鬼咧、龙咧、夜叉咧、阿乾闼①咧、阿修罗②咧，都跟着各位菩萨、阿罗汉在那里围绕敬听。大慧菩萨问了一百零八句偈③，世尊句句都把一个非字答了，然后阐发识流性海的真理。后来这部经入中国，便成了禅宗宝典。

我们上岸游山，一眼望见对面一个峰，好像四方城子，土人都是四更天拿着火把爬上去礼拜。那就是世尊说经处了。山里头有一所名胜，叫作坎第。我们雇辆汽车出游。一路上椰子、槟榔，漫山遍谷。那叶子就像无数的绿凤，迎风振翼。还有许多大树，都是蟠着龙蛇偃蹇④的怪藤。上面有些琐碎的高花，红如猩血。经过好几处的千寻大壑，树都满了，望下去就像汪洋无际的绿海。沿路常常碰着些大象，像位年高德劭的老先生规行矩步的从树林里大摇大摆出来。我们渴了，看见路旁小瀑布，就去舀水吃。却有几位黝泽可鉴的美人，捧着椰子，当场剖开，翠袖殷勤，劝我们受椰乳。刘子楷⑤新学会照相，不由分说，把我们和这张黑女碑照在一个镜子里了，他自己却逍遥法外。走了差不多四点钟，到坎第了。原来这里拔海已经三千尺，在万山环绕之中，潴⑥出一个大湖。湖边有个从前锡兰土酋的故宫，宫外便是卧佛寺。黄公度⑦有名的《锡兰岛卧佛》诗，咏的就是这处。从前我们在日本游过箱根日光的湖，后来在瑞士游过勒蒙四林城的湖。日本的太素，瑞士的太丽。说到湖景之美，我还是推坎第。他还有别的缘故，助长起我们美感。第一件：他是热带里头的清凉世界。我们在山下，挥汗如雨，一到湖畔，忽然变了春秋佳日。第二件：那古貌古心的荒殿丛祠，唤起我们意识上一种神秘作用，像是到了灵境了。我们就在湖畔宿了一宵。那天正是旧历腊月十四，差

---

① qián tà，又叫"乾闼婆"，佛经里称乐人，源自中国古代西域的称呼。
② 古印度神话中的一种鬼神，名为无酒神，又称无善神，说这类鬼神酿酒不成，而不能成为天帝。
③ jì，佛经中的唱词。
④ yǎn jǎn，委曲盘绕状。
⑤ 民国初年外交家。
⑥ zhū，水积聚在一起。
⑦ 清末外交家黄遵宪。

一两分未圆的月浸在湖心，天上水底两面镜子对照，越显出中边莹澈。我们费了两点多钟，联步绕湖一匝。蒋百里说道："今晚的境界，是永远不能忘记的。"我想真是哩。我后来到欧洲，也看了许多好风景，只是脑里的影子，已渐渐模糊起来，坎第却是时时刻刻整个活现哩。中间有一个笑话：我们步月，张君劢碰着一个土人，就和他攀谈。谈甚么呢？他问那人，你们为甚么不革命？闹得那人瞠目不知所对。诸君评一评，在这种潇洒出尘的境界，脑子还是装满了政治问题，天下有这种杀风景的人吗？

闲话休题。那晚上三更，大众归寝，我便独自一个，倚阑对月，坐到通宵，把那记得的《楞伽经》默诵几段，心境的莹澄开旷，真是得未曾有。天亮了，白云盖满一湖。太阳出来，那云变了一条组练。界破山色，真个是"只可自怡悦，不堪持寄君"①哩。程期煎迫，匆匆出山，上得船来，离拔锚只得五分钟了。

我们在船上，好像学生旅行，通英文的学法文，通法文的学英文，每朝八点钟，各地抱一本书在船面高声朗诵，到十二点止，彼此交换着当教习。别的功课，照例是散三躺步，睡一躺午觉，打三两躺球。我和百里，还每日下三盘棋。余外的日子，都是各人自由行动了。我就趁空做几篇文章，预备翻译出来，在巴黎鼓吹舆论。有三两篇替中国瞎吹，看起来有点肉麻，连稿也没有存了。内中一篇，题目叫做《世界和平与中国》，算是表示我们国民对于平和会议的希望。后来译印英法文，散布了好几千本。

冬春之交，印度洋风色最好，我们走了二十多日，真是江船一样。听说红海热得了不得，我们都有戒心。到红海了，走了三日，还和印度洋差不多。有一天清早，杨鼎甫看日出回来说："好冷呀。"我们就得了一句妙语，说是"红海号寒"。又一天我们晚上看日落，算是生平未见的奇景。那云想是从沙漠里倒蒸上来，红得诡怪，我着实没有法子把他形容出来。那形态异常复杂，而且变化得极快。韩昌黎《南山》《陆

---

① 南朝陶弘景《咏白云》的诗句。

浑山》①两首诗所描拟的奇特事象，按起来件件都有，却还写不到百分之一。倒影照到海里来，就像几千万尾赪②色鲤鱼，在那里鳞鳞游泳。我直到那日，才晓得红海所以得名——海真算整个是红了。

我们到苏彝士③了，算是头一回看见战场。原来一九一七年，土耳其要袭取运河，逼到边界，离此地仅七十英里。后来英军把他击退了。运河两旁，密布着层层铁网，岸上一堆一堆的帐棚，戍兵还未撤呢。我们过河，那边一艘英国运兵船下来，两船上的人，彼此欢呼万岁，那一阵声音真似山崩地裂。听说停战后通航苏彝士的船，我们才算第二号哩。

第二日便到坡赛④。我们半个月未踏陆地了，上岸散步，分外神旺。看见些阿剌伯女人个个戴着条一尺多长的黑面巾，连头带面盖着，只露出一双眼睛，想着他们不知到几时才有解放的自觉哩。市上法人颇多，商店招牌，多用法文。这地方政治势力虽然属英，经济势力法人却还不弱。我们到海滨一家旅馆午饭，随即往观利涉⑤铜像：眼望地中海，左手挟一张运河图，右手指着红海，神采奕奕动人。据史家说，这运河当埃及王朝，曾经掘过，后来淤塞了。直到四千年后，才出这位利涉。据此说来，科学到底有多少进步，却成疑问了。

船到地中海，没有那么舒服了。有一两天，那船竟像劣马，跄跟跳掷起来。天气也渐冷了。子楷躲在舱里，好像冬虫入蛰。我们几个人，一切功课，还是照常。同船有位波兰人，也和子楷同病。他羡慕我们到了不得，便上了一个尊号，叫做"善航海的国民"。我们真受宠若惊了。

---

① 唐代大诗人韩愈的两首长诗：《南山》写唐都城长安南部的终南山胜景，《陆浑山》写山林着火的景象。
② chēng。
③ 指苏伊士运河。
④ 指埃及塞得港。
⑤ 今译"勒塞普斯"，法国外交家，被称为苏伊士运河之父。

我们的船，直航英国，志那亚①、拿波里②、马赛等处，都不经过。横断地中海西行，南欧风景，一点看不着。行了七日，过直布罗陀海峡：真是一夫当关，万夫莫开。西班牙自从失了这个地方，他的海权，便和英国办交代了。从上海到伦敦，走了一个半月，巡了半边地球，看见的就只一个英国。唉，这天之骄子，从哪里得来呀。

导读
海上日出日落，一片岛屿一片海

梁启超先生是清末举人出身，自小熟读、精通经典，他的写作是从文言文转到白话文的。这篇游记前的一些名作，如《少年中国说》，及鼓吹小说救国的《论小说与群治之关系》，都以文言文写作，逻辑清晰，笔力宏健，真有万夫不当之勇。

现在的读者，很难想象梁启超先生当年文章一出，洛阳纸贵的盛况。作为清末民初的跨时代通人、大学者，梁启超先生由文言文写作改为白话文写作，没有一点阻塞感，语言自然流畅，比喻精妙，此文是20世纪早期白话文萌芽期的绝好文章。

梁启超先生以个人身份远游欧洲，同行者有军事家蒋百里、外交家刘子楷、政治家张君劢，都是当时的著名人物。他们从上海搭乘英国邮轮到伦敦，海行万里，从东海、南中国海到新加坡，穿越马六甲海峡到印度洋，到斯里兰卡的世尊说经处游历，看最美的坎第湖；然后下山搭乘邮轮横渡印度洋到东非海岸，再沿着红海北上，穿越苏伊士运河到地中海，再穿越直布罗陀海峡到大西洋。其中停靠好几处交通必经港口，补给燃油、用水和食品，而旅人也能短暂上岸观光。所经之处，风景、气候差别之大，民风、世情相异之广，都是极其令人开眼界的。如果不是梁启超先生记载下来，我们

---

① 今译"热那亚"。
② 今译"那不勒斯"。

不会知道那个时候欧游一路的景色和民情。而且，他们一行，都是文化精英，懂英文的学法语，懂法语的学英文，互为人师，彼此学习。虽然旅行时间漫长，人会辛苦，但是游历给人带来的知识和感受的提升很大。

梁启超先生是跨界大学者，文史哲、社科、政治都通，看问题有高屋建瓴之视野。例如他谈到东南亚的侨民有七八百万人，比美国十三个州独立革命时期人口还多；在欧洲，南斯拉夫、比利时、匈牙利和罗马尼亚人口差不多，这些都是独立国家。而人口近千万的华侨，却从来没有建立国家的念头，连基本愿望似乎都没有。这到底是为什么呢？梁启超先生认为，这是因为中国"直到如今，从没有打过主意要建设自己的国家，不然，何至把本国糟到这般田地？"。他开了一个"药方"，认为要改变，首先要有"我住在这地方就要管这地方的事"的态度，并且要切切实实从基础做起，即"我们能够建设北京市会丰台村会，才能建设中华民国"。

由此可见，梁启超先生的胸怀是很广大的，他甚至认为应该有人到南洋鼓吹一下这种"立国"意识。与他同船去欧洲的政治学家张君劢先生还写了一篇文章《论中华民族南洋建国问题》。不知后来新加坡独立建国，与梁启超、张君劢两位先贤的思想流播有无关系。

从这篇文章中，可以看到梁启超先生去欧洲，并不是纯粹游玩的。除了要参加巴黎和会，发出自己的声音，为中国争取一些利益，他还存心考察和学习西方文化。他在《欧游心影录》中，还详细描写了游览英国著名的大教堂威斯敏斯特，旁听英国议会开会的过程与感悟，行文中的议论，每每切中时弊。

这篇游记中，梁启超详细地写了与友人在科伦坡上岸，游览世尊曾经宣讲佛法普度众生的坎第等处，写到了路上碰见的善良女子，写到了坎第的美丽湖泊，文笔极其优美。后来巴金先生到法国留学，搭乘法国邮轮去马赛，也写成了《海行杂记》一书，其中在科伦坡一节，专门提到了梁启超先生的文章内容。

写游记并无特别的技法，但要真情实感，条理清晰，地理和文史结合，并能跳出一般的平淡乏味叙事，这样的就是好文章。通常来说，文章叙事的逻辑跟旅游的线路该是同步的，这样，前后裁剪也容易，读者也可以感同身受。有些写特别名胜的文章，如朱自清《桨声灯影里的秦淮河》、巴金的《鸟的天堂》等，还能成为相关景点的重要文献。

> **思考**
>
> 游记如何摆脱平铺直叙和平淡乏味？

> **延伸阅读**
>
> 巴金《海行杂记》。

西伯利亚

徐志摩

作者简介

徐志摩（1896—1931），原名章垿，初字槱森，后改字志摩。浙江海宁人，中国著名新月派诗人、散文家。徐志摩出生于富裕家庭，1918年8月赴美留学，就读于克拉克大学历史系；1919年9月转入哥伦比亚大学政治学系；1920年3月转至英国，就读于伦敦政治经济学院，在此期间认识了林徽因；1922年3月，转入剑桥大学国王学院学习；1922年10月回国。徐志摩极有文学天赋，在美国、英国留学期间，深受西方教育的熏陶及欧美浪漫主义和唯美派诗人的影响，代表作品有《再别康桥》《翡冷翠的一夜》等诗作，他的散文创作也得到很高的评价。回国后，徐志摩于1924年任北京大学教授，1926年任光华大学、大夏大学和中央大学教授。1930年辞去了上海和南京的教授职务，应胡适之先生的邀请，再度任北京大学教授，兼北京女子师范大学教授。1931年11月19日因飞机失事罹难。

一个人到一个不曾去过的地方不免有种种的揣测，有时甚至害怕，我们不很敢到死的境界去旅行也就如此。西伯利亚，这个地名本来就容易使人生荒凉的联想，何况现在又变了有色彩的去处，再加谣传，附会，外国存心诬蔑苏俄的报告，结果在一般人的心目中这条平坦的通道竟变了不可测的畏途。其实这都是没有根据的。西伯利亚的交通照我这次的经验看并不怎样比旁的地方麻烦，实际上那边每星期五从赤塔开到莫斯科（每星期三自莫至赤）的特快虽则是七八天的长途车，竟不曾耽误时刻，那在中国就是很难得的了。你们从北京到满洲里，从满洲里到赤塔，尽可以坐二等车，但从赤塔到俄京那一星期的路程，我劝你们不必省这几十块钱（不到五十），因为那国际车真是舒服，听说战前连洗澡都有设备的，比普通车位差太远了。坐长途火车是顶累人不过的，像我自己就有些晕车，所以有可以节省精力的地方还是多破费些钱来得上算，固然坐上了国际车你的同道只是体面的英，美，德，法人；你如其要参与俄国人的生活时不妨去坐普通车，那就热闹了，男女不分的，小孩是常有的，车间里四张床位，除各人的行李以外，有的是你意想不到的布置。我说给你们听听：洋瓷面盆，小木坐凳，小孩坐车，各式药瓶，洋油锅子，煎咖啡铁罐，牛奶瓶，酒瓶，小儿玩具，晾湿衣服绳子，满地的报纸，乱纸，花生壳，向日葵子壳，痰唾，果子皮，鸡子壳，面包屑……房间里的味道也就不消细说。你们自己可以想象，老实说我有点受不住，但是俄国人自会作他们的乐，往往在一团氤氲（当然大家都吸烟）的中间，说笑的自说笑，唱歌的自唱歌，看书的看书，瞌睡的瞌睡，同时玻璃上的蒸气全结成了冰屑，车外只是白茫茫的一片，静悄悄的莫有声息，偶尔在树林的边沿看得见几处木板造成的小屋，屋顶透露着一缕青灰色的烟痕，报告这荒凉境地里的人迹。

吃饭一路上都有餐车，但不见佳而且贵，愿意省钱的可以到站时下去随便买些食物充饥，这一路每站上都有一两间小木屋（要不然就是几位老太太站在露天提着篮端着瓶子做生意）卖杂物的：面包，牛奶，生鸡蛋，熏鱼，苹果都是平常买得到的（记着我过路的时候是三月，满地还是冰雪，解冻的时候东西一定更多）。

我动身前有人警告我说："苏俄的忌讳多的很，你得留神；上次有几个美国人在餐车里大声叫仆欧（应得叫 comrade 康姆拉特，意思是朋友、同志或伙计）叫他们一脚踢下车去死活不知下落，你这回可小心！"那是不是神话我不曾有工夫去考虑；但为叫一声仆欧就得受死刑（苏州人说的"路倒尸"）我看来有些不像，实际上出门莫谈政治，倒是真的。尤其在革命未定的国家，关于苏俄我下面再讲。我们餐车的几位康姆拉特都是顶年轻的，其中有一位实在不很讲究礼节，他每回来招呼吃饭，就像是上官发命令，斜瞟着一双眼，使动着一个不耐烦的指头，舌尖上滚出几个铁质的字音，嘭的阖上你的房门，他又到间壁去发命令了！他是中等身材，胸背是顶宽的，穿一身水色的制服，肩上放一块擦桌白布，走路像疾风似的有劲；但最有意思的是他的脑袋，椭圆的脸盘，扁平的前额上斜撩着一两卷短发，眼睛不大但显示异常的决断力，颧骨也长得高，像一个有威权的人；他每回来伺候你的神情简直要你发抖；他不是来伺候他是来试你的胆量（我想胆子小些的客人见了他真会哭的）！他手里的杯盘，刀，叉就像是半空里下冰雪一片片直削到你的面前，叫你如何不心寒；他也不知怎的有那么大气，绷紧着一张脸我始终不曾见他露过些微的笑容；我也曾故意比着可笑的手势想博他一个和善些的顾盼，谁知不行，他的脸上笼罩着西伯利亚一冬的严霜，轻易如何消得；真的，他那肃杀的气概不仅是为威吓外来的过客，因为他对他的同僚我留神观察也并没有更温和的嘴脸；顶叫人不舒服的是他那口角边总是紧紧的咬着一枝半焦的俄国纸烟，端菜时也在那里，说话时也在那里，仿佛他一腔的愤慨只有永远咬紧着牙关方可以勉强的耐着！后来看惯了倒也不觉得什么，我可是替他题上一个确切不过的徽号，叫他做"饭车里的拿破仑"，我那意大利朋友十二分的称赞我，因为他那体魄，他那神气，他的坚决，尤其是他前额上斜着的几根小发，有时他悻悻的独自在餐车那一头站着，紧攒着眉头，一只手贴着前胸，谁说这不是拿翁再世的相儿？

西伯利亚只是人少，并不荒凉。天然的景色亦自有特色，并不单调；贝加尔湖周围最美，乌拉尔一带连绵的森林亦不可忘。天气晴爽时空气竟像是透明的，亮极了，再加地面上雪光的反映，真叫你耀眼。你们住惯城里的难得有机会饱尝清洁的空气；下回你们要是路过西伯利亚或是同样地方，千万不要躲懒，逢站停车时，不论天气怎样冷，总是下去散步，借冰清尖锐的气流洗净你恶浊的肺胃；那真是一个快乐。不仅你的鼻孔，就是你面上与颈上露在外面的毛孔，都受着最甜美的洗礼，给你倦懒的性灵一剂绝烈的刺激，给你松散的筋肉一个有力的约束，激荡你的志气，加添你的生命。

再有你们过西伯利亚时记着，不要忙吃晚饭，牺牲最柔媚的晚景，雪地上的阳光有时幻成最娇嫩的彩色，尤其是夕阳西渐时，最普通是银红，有时鹅黄稍带绿晕。四年前我游小瑞士时初次发现雪地里光彩的变幻，这回过西伯利亚看得更满意；你们试想象晚风静定时在一片雪白平原上，疏伶伶的大树间，斜刺里平添出几大条鲜艳的彩带，是幻是真，是真是幻，那妙趣到你亲身经历时从容的辨认罢。

但我此时却不来复写我当时的印象，那太吃苦了，你们知道这逼紧了你的记忆召回早已消散了的景色，再得应用想象的光辉照出他们颜色的深浅，是一件极伤身的工作，比发寒热时出汗还凶。并且这来碰着记不清的地方你就得凭空造，那你们又不愿意了是不是？好，我想出了一个简便的办法；我这本记事册的前面有几页当时随兴涂下的杂记，我就借用不是省事，就可惜我做事总没有常性，什么都只是片断，那几段琐记又是在车上用铅笔写的英文，十个字里至少有五个字不认识，现在要来对号，真不易！我来试试。

（1）西伯利亚并不坏，天是蓝的，日光是鲜明的，暖和的，地上薄薄的铺着白雪，矮树、甘草、白皮松，到处看得见。稀稀的住人的木房子。

（2）方才过一站，下去走了一走，顶暖和。一个十岁左右卖牛奶的小姑娘手里拿瓶子卖鲜牛奶给我们。她有一只小圆脸，一双聪明的蓝眼，白净的皮肤，清秀有表情的面目。她脚上的套鞋像是一对张着大口的黄鱼，她的裙子也是古怪的样子，我的朋友给她一个半卢布的银币；她的小眼睛滚上几滚，接了过去仔细的查看，她开口问了，她要知道这钱是不是真的通用的银币；"好的，好的，自然好的！"旁边站着看的人（俄国车站上多的是闲人）一齐喊了。她露出一点子的笑容，把钱放进了口袋，一瓶牛奶交给客人，翻着小眼对我们望望，转身快快的跑了去。

（3）入境愈深，当地人民的苦况益发的明显。今天我在赤塔站上留心的看。褴褛的小孩子，从三四岁到五六岁，在站上问客人讨钱，并且也不是客气的讨法，似乎他们的手伸了出来决不肯空了回去的。不但在月台上，连站上的饭馆里都有，无数成年的男女，也不知做什么来的，全靠着我们吃饭处的木栏，斜着他们呆钝的不移动的注视看着你蒸气的热汤或是你肘子边长条的面包。他们的样子并不恶，也不凶，可是晦塞而且阴沉，看见他们的面貌你不由得不疑问这里的人民知不知道什么是自然的喜悦的笑容。笑他们当然是会得的，尤其是狂笑，当他们受足了 vodka[①] 的影响，但那时

[①] 伏特加，一种烈酒。

的笑是不自然的，表示他们的变态，不是上帝给我们的喜悦……

（4）在 Irkutsk[①] 车停时许，他们全下去走路，天早已黑了，站内的光亮只是几只贴壁的油灯，我们本想出站，却反经过一条夹道走进了那普通待车室，在昏迷的灯光下辨认出一屋子黑魆魆的人群，那景象我再也忘不了，尤其是那气味！悲悯心禁止我尽情的描写；丹德[②] 假如到此地来过，他的地狱里一定另添一番色彩！

对面街上有一山东人开着一家小烟铺，他说他来二十年，积下的钱还不够他回家。

（5）俄国人的生活我还是懂不得。店铺子窗户里放着的各式物品是容易认识的，但管铺子做生意的那个人，头上戴着厚毡帽，脸上满长着黄色的细毛，是一个不可捉摸的生灵；拉车的马甚至那奇形的雪橇是可以领会的，但那赶车的紧裹在他那异样的袍服里，一只戴皮套的手扬着一根古旧的皮鞭，是一个不可思议的现象。

我怎样来形容西伯利亚天然的美景？气氛是晶澈的，天气澄爽时的天蓝是我们在灰沙里过日子的所不能想象的异景。森林是这里的特色：连绵，深厚，严肃，有宗教的意味。西伯利亚的林木都是直干的；不论是松，是白杨，是青松或是灌木类的矮树丛，每株树的尖顶总是正对着天心。白杨林最多，像是带旗帜的军队，各式的军徽奕奕的闪亮着；兵士们屏息的排列着，仿佛等候什么严重的命令。松树林也多茂盛的：干子不大，也不高，像是稚松，但长得极匀净，像是园丁早晚修饰的盆景。不错，这些树的倔强的不曲性是西伯利亚，或许是俄罗斯，最明显的特性。

——我窗外的景色极美，夕阳正从西北方斜照过来，天空，嫩蓝色的，是轻敷着一层织薄的云气，平望去都是齐整的树林，严青的松，白亮的杨，浅棕的笔竖的青松——在这雪白的平原上形成一幅彩色融和的静景。树林的顶尖尤其是美，他们在这肃静的晚景中正像是无数寺院的尖阁，排列着，对高高的蓝天默祷。在这无边的雪地里有时也看得见住人的小屋，普通是木板造屋顶铺瓦颇像中国房子，但也有黄或红色

[①] 伊尔库茨克，俄罗斯贝加尔湖边城市，被誉为"西伯利亚的心脏"。
[②] 意大利大诗人但丁。

砖砌的。人迹是难得看见的；这全部风景的情调是静极了，缄默极了，倒像是一切动性的事物在这里是不应得有位置的；你有时也看得见迟钝的牲口在雪地的走道上慢慢的动着，但这也不像是有生活的记认……

导读
西伯利亚大自然　人民表情不自然

　　这篇散文是徐志摩散文中的精品，不仅有精美的景色描摹，还有深刻的时局分析，更有细微的心理分析。

　　一位卓越诗人，在西伯利亚美丽的森林之中，看到了当时苏俄社会的真相。

　　20世纪初，中国留学生前往欧洲大陆，除了搭乘远洋轮船南下穿越马六甲海峡，横渡印度洋经红海、苏伊士运河而入地中海，还多了一条从哈尔滨出关经伊尔库萨克，绕行大贝加尔湖到莫斯科，再经波兰、柏林、科隆到巴黎的路上交通线。相比海上的一个半月，陆上交通只需半个月，免却了三十天在茫茫大海上的漂泊之苦。

　　1925年，徐志摩欧游便选择了这条路线。后来他写了《欧游漫录》一文，被选入《自剖集》中。这里选的《西伯利亚》是其中的一部分。

　　徐志摩经西伯利亚远行欧洲，在国际列车上，他以诗人的敏锐目光，观察侍者、闲人，以及车站里偶然遇见的普通人，发现了当时人们生活的状态。这些贫苦的百姓不知道什么是自然而然的快乐，但喝了伏特加之后，却会狂笑。

　　通过年轻的侍者同志（comrade）、车站卖牛奶的小姑娘、候车室里的乘客，徐志摩看到了俄罗斯人的内心；通过在伊尔库萨克偶遇的山东小贩二十年都挣不到返乡的钱的例子，透露了当时经济的衰败。

　　至于西伯利亚的风景，徐志摩巧妙地用"笔记"的方式，片段式地写了四个部分：

1. 那里的空气——"天气晴爽时空气竟像是透明的，亮极了，再加地面上雪光的反映，真叫你耀眼"。

2. 那里的雪地夕照——"雪地上的阳光有时幻成最娇嫩的彩色，尤其是夕阳西渐时，最普遍是银红，有时鹅黄稍带绿晕"。

3. 那里的天空——"气氛是晶澈的，天气澄爽时的天蓝是我们在灰沙里过日子的所不能想象的异景"。

4. 那里的森林——"齐整的树林，严青的松，白亮的杨，浅棕的笔竖的青松——在这雪白的平原上形成一幅彩色融和的静景。树林的顶尖尤其是美，他们在这肃静的晚景中正像是无数寺院的尖阁，排列着，对高高的蓝天默祷"。

这些美丽的景色，与苏俄人民晦塞而阴沉的表情，形成了强烈的对比。

1931年，著名作家、清华大学教授朱自清得到一个公派机会到英国伦敦留学，他与自己的学生——去法国留学的李健吾等结伴，也从北京去哈尔滨，经当时苏俄西伯利亚大铁路到莫斯科，再前往西欧各地。后来，在写给自己的好友叶圣陶的《西行通讯》第二则里，朱自清描写了西伯利亚的美丽景色，尤其是陆地上最大的淡水湖贝加尔湖的景象。不过，朱自清是纯粹写自然景色，并没有观察大地上的人民的"表情"。

思考

我们在旅行时，不仅要描写景色，还要观察当地的风土人情，了解当地的文化，观察那里的社会状态。你在旅行时，有没有想到这样的问题？写游记散文如融入文化元素，则会更加精彩。

延伸阅读

徐志摩《欧游漫录》、朱自清《西行通讯》。

雁荡山的秋月

郁达夫

作者简介

郁达夫（1896—1945），原名郁文，字达夫，浙江富阳人。中国现代著名小说家、散文家、诗人，与诗人徐志摩为同学。郁达夫有很高的语言天赋，精通日、英、马来西亚等语言。1921 年 6 月，郁达夫和郭沫若、成仿吾等人组织成立创造社，同年 10 月，出版我国现代文学史上第一部白话短篇小说集《沉沦》，由此奠定了他在新文学运动中的重要地位。1940 年郁达夫到达新加坡，与友人许云樵等创办南洋学会，后因太平洋战争爆发，日寇占领东南亚，郁达夫辗转至苏门答腊，为了安全生存化名"赵廉"。在此期间，郁达夫为保护当地侨民，曾给日本宪兵当翻译。1945 年，他的真实身份被日本人侦破，被带走后失踪。日本学者铃木正夫研究大量资料后，写了《苏门答腊的郁达夫》一书，认为郁达夫被日本宪兵秘密杀害了。1952 年，中华人民共和国中央人民政府追认郁达夫为革命烈士。代表作有《沉沦》《春风沉醉的晚上》《迟桂花》等，散文《故都的秋》《钓台的春昼》被选入中学语文教材。

古人并称上天台雁荡；而宋范成大序《桂海岩洞志》，亦以为天下同称的奇秀山峰，莫如池之九华，歙①之黄山，括之仙都，温之雁荡，夔②之巫峡。大约范成大，没有到

---

① xī。
② kuí。

过关中，故终南华山，不曾提及。我们南游三日，将天台东北部的高山飞瀑（西部寒岩、明岩未去），略一飞游——并非坐了飞机去游，是开特快车游山之意——之后，急欲去雁荡，一赏鬼工镂雕的怪石奇岩，与夫龙湫大瀑，十月二十七日在天台国清寺门前上车，早晨还只有七点。

自天台去雁荡山所在的乐清县北，要经过临海，黄岩，温岭等县。到临海（旧章安城）的东南角巾山山下，还要渡过灵江，汽车方能南驶，现在公路局筑桥未竣，过渡要候午潮；所以我们到了临海之后，倒得了两三个钟头的空，去东湖拜了忠逸樵夫之祠，上巾山的双塔下，看了华胥洞，黄华丹井——巾山之得名，盖因黄华升仙，落帻[①]于此——等古迹，到十二点钟左右，才乘潮渡过江去。临海的山容水貌，也很秀丽，不过还不及富春江的高山大水，可以令人悠然忘去了人世。自临海到黄岩，要经过括苍山脉东头的一条大岭，岭头有一个仙人桥站；自后徐经仙人桥至大道地的三站中间，汽车尽在山上曲折旋绕，路线有点像昱岭关外与仙霞岭南的样子；据开车的司机说，这一条岭共有八十四弯，形势的险峻，也可想而知。

黄岩县城北，也有一条永江要渡，桥也尚未筑成；不过此处水深，不必候潮，所以车子一到，就渡了过去。县城的东北，江水的那边，三江口上，更有一枝亭山在俯瞰县城；半山中有一簇树，一个白墙头的庙，在阳光里吐气，想来总又是黄岩县的名胜了，遥望而过。黄岩一县内，多橘子树园；树并不高，而金黄的橘实，都结得累累欲坠，在返射斜阳；车驰过处，风味倒也异样，很像我年轻的时候，在日本纪州各处旅行时的光景。

自黄岩经温岭到乐清县的离大荆城南五里路的地方，村名叫作水积（或名积水，不知是哪两个字？）。前临大海，海中有岛，后峙双旗冈峰，峰中也有叠嶂一排，在暗示着雁荡的奇峰怪石。游人到此，已经有点心痒难熬的样子了，因为隔一条溪，隔一重山，在夕阳下，早就看得出谢公岭外老僧送客之类的奇形怪状的石岩阴影；北来自

[①] zé。

大溪镇到此，约有三十余里的行程。

在雁荡第一重口外，再渡过那条自石门潭流下来的清溪，西驰七八里，过白溪，到响岭头，就是雁荡东外谷的口子，汽车路筑到此地为止，雁荡到了。

在口外下车，远望进去，只看见了几个巉屼的石峰尖。太阳已经快下山了，我们是由东向西而入谷的，所以初走进去的时候，一眼并不看见什么。但走了半里多上灵岩寺去的石砌路后，渡过石桥，忽而一变，千千万万的奇异石壁，都同天上刚掉下去似的，直立在我们的四周；一条很大很大的溪水，穿在这些绝壁的中间，在向东缓流出来。壁来得太高太陡，天只剩了狭狭的一条缝，日已下山，光线不似日间的充足。石壁的颜色，又都灰黑，壁缝里的树木，也生得屈曲有一种怪相；我们从东外谷走入内谷去的七八里地路上，举头向前后左右望望，几乎被胁得连口都不敢开了。山谷的奇突，大与寻常习见的样子不同，叫人不得不想起诗圣但丁的《神曲》，疑心我们已经跟了那位罗马诗人，入了别一个境界。

在龙王庙前折向了北去，头脑里对于一路上所见的峰嶂的名目，如猴披衣、蓼花嶂、响蒿门、霞嶂洞、听诗叟、双鲤峰之类，还没有整理得清楚，景色一变，眼前又呈出了一幅更清幽，更奇怪，更伟大的画本。原来这东内谷里的向北去灵岩寺谷里的一区，是雁荡的中心，也是雁荡山杰作里的顶点。初入是一条清溪，许多树木与竹林。再进，劈面就是一排很高很长，像罗马古迹似的展旗嶂，崛起在天边，直挂向地下，后方再高处又是一排屏霞嶂，这屏霞嶂前，左右环抱，尽是一枝一枝的千万丈高的大石柱，高可以不必说，面积之大周围也不知有多少里；而最奇的，是这些大柱的头和脚，大小是一样的，所以都是绝壁，都是圆柱。小龙湫瀑布，也就在灵岩寺西北的一大石峰上，从顶点直泻下来的奇景。灵岩寺，看过去很小很小，隐藏在这屏霞嶂脚，顶珠峰，展旗峰，石屏风（全在寺东）与天柱峰，双鸾峰，卷图峰，独秀峰，卓笔峰（全在寺西）等的中间；地位的好，峰岩的多而且奇，只有永康方岩的五峰书院，可以与它比比；但方岩只是伟大了一点，紧凑却还不及这里。

灵岩寺的开辟，在宋太平兴国四年，僧行亮神昭为其始祖，后屡废屡兴；现在的寺，却是数年前，由护法者蒋叔南、潘耀庭诸君所募建。蒋君今年夏季去世，潘君现任雁荡山风景区整理委员，住在寺中；当家僧名成圆，亦由蒋潘诸君自宁波去迎来者，人很能干，具有实际办事的手腕。

在灵岩寺的西楼住下之后，天已经黑了。先去请教也住在寺中，率领黄岩中学生来雁荡旅行的两位先生，问我们在雁荡，将如何的游法？因为他们已在灵岩寺住了三日，打算于明晨出发回黄岩去了。饭后又去请了潘委员来，打听了一番雁荡山大概的情形。

雁荡山的总括，可以约略的先在此地说一说：第一，山在乐清县东北九十里，系亘立东西的一排连山。东起石门潭，西迄白岩六十里；北自甸岭，南至斥竹涧口四十里；自东向西，历来分成东外谷，东内谷，西内谷，西外谷的四部，以马鞍岭为界而分东西。全山周围，合外境有四百二十里。雁山北部，更有南阁谷，北阁谷二区，以溪分界；南阁南至石柱北至北屏山二里，东至马屿，西至会仙峰十六里；北阁村南北二里，东西五里，西北极甸岭山，为雁荡北址。

雁山开山者相传为晋诺讵那尊者，凡百有二峰，六十一岩，四十六洞，十八刹，十六亭，十七潭，十三瀑。入游之路线，有四条。（一）东路从白溪经响岭头自东南入谷，就是我们所经之路线。（二）北路由大荆越谢公岭自东北入谷至岭峰。（三）南路由小芙蓉经四十九盘岭自南入谷至能仁寺，从乐清来者率由此。（四）西路从大芙蓉自西南经本觉寺至梅雨潭。

峰之最高者为百冈尖，高一万一千五百尺，雁湖在西外谷连霄岭上，高九千尺。

这雁荡山的梗概，是根据潘委员的口述，和《广雁荡山志》及《雁山全图》而摘录下来的。我们因为走马游山，前后只有三日的工夫好费，还要包括出发和到着的日期在内，所以许多风景，都只能割爱。晚上就和潘委员在灯下拟定明日只看西石梁的大瀑布，大龙湫瀑，梅雨潭，回至能仁寺午餐。略游斥竹涧就回灵岩寺宿；出发之日（即第三日），午前一游净名寺，至灵峰略看看观音洞北斗洞等，就出向头岭由原路出发回去。北部的绝景，中央的百冈尖当然是不能够去，就如显胜门，龙溜等处，一则因无时间，二则因无大路无宿处，也只能等下次再来了。这样拟定了游程之后，预期着明天的一天劳顿，我们就老早的爬上了床去。

约莫是午前的三四点钟，正梦见了许多岩壁，在四面移走拢来，几乎要把我的渺渺五尺之躯，压成碎粉的时候，忽而耳边一阵喇叭声，一阵嘈杂声起来了。先以为是山寺里起了火，急起披衣，踏上了西楼后面的露台去一看；既不见火，又不见人，周围上下，只是同海水似的月光，月光下又只是同神话中的巨人似的石壁，天色苍苍，但余一线，四围岑寂，远远地也听得见些继续的人声。奇异，神秘，幽寂，诡怪，当时的那一种感觉，我真不知道要用些什么字来才形容得出！起初我以为还在连续着做梦，这些月光，这些山影，仍旧是梦里的畸形；但摸摸石栏，看看那枝谁也要被它威胁压倒的天柱石峰与峰头的一片残月，觉得又太明晰，太正确，绝不像似梦里的神情。呆立了一会，对这雁荡山中的秋月顶礼了十来分钟，又是一阵喇叭声，一阵整队出发报名数的号令声传过来了，到此我才明白，原来我并不是在做梦，是那一批黄岩中学的学生要出发赶上大溪去坐轮船去了。这一批学生的叫唤，这一批青年的大胆的行为既救了我梦里的危急，又指示给我这一幅清极奇极的雁山夜月的好画图，我的心里，竟莫名其妙的感激起来了，跑下楼去，就对他们的两位临走的教师热烈地握了一回手；送他们出了寺门以后，我并且还在月光下立着，目送他们一个个小影子渐渐地被月光岩壁吞没了下去。

雁荡山中的秋月！天柱峰头的月亮！我想就是今天明天，一处也不游，便尔回去，也尽可以交代得过去，说一声"不虚此行"了，另外还更希望什么呢？所以等那些学生们走后，我竟像疯子一样一个人在后面楼外的露台上呆对着月光峰影，坐到了天明，坐到了日出，这一天正是旧历九月二十的晚上二十一的清晨。

等同去的文伯及偶然在路上遇着成一伙的奥伦斯登，科伯尔厂经理毕士敦Mr.H.H.Bernstein 与戴君起来，一齐上轿，到大龙湫的时候，太阳已经升得很高，似在巳午之间了。一路上经下灵岩村，三官殿，上灵岩村，过马鞍岭。在左右手看了些五指峰，纱帽峰，老鼠峰，猫峰，观音峰，莲台峰，祥云峰，小剪刀峰之类，形状都很像，峰头都很奇；但因为太多了，到后来几乎想向在说明的轿夫讨饶，请他不要再说，怕看得太多，眼睛里脑里要起消化不良之症。

大龙湫的瀑布，在江南瀑布当中真可以称霸，因为石壁的高，瀑身的大，潭影的清而且深，实在是江浙皖几省的瀑布中所少有的。我们到雁荡之先，已经是旱得很久了。故而一条瀑布，直喷下来，在上面就成了点点的珠玉。一幅真珠帘，自上至地，有三四千丈高，百余尺阔；岩头系突出的，帘后可以通人，立在与日光斜射之处，无论何时，都看得出一条虹影。凉风的飒爽，潭水的清澄，和四围山岭的重叠，是当然的事情了，在大龙湫瀑布近旁，这些点景的余文，都似乎丧失了它们的价值，瀑布近旁的摩崖石刻，很多很多，然而无一语，能写得出这大龙湫的真景。《广雁荡山志》上，虽则也载了不少的诗词歌赋，来咏叹此景，但是身到了此间，哪里还看得起这些秀才的文章呢？至于画画，我想也一定不能把它的全神传写出来的，因为画纸绝没有这么长，而溅珠也绝没有这样的匀而且细。

出大龙湫，经瑞鹿峰剪刀峰（侧看是一帆峰）下，沿大锦溪过华岩岭罗汉寺前，能在石壁的半空中看得出一座石刻的罗汉像。斧凿的工巧有艺术味，就是由我这不懂雕刻的野人看来，也觉得佩服之至。从此经竹林，过一条很高很长的东岭，遥望着芙蓉峰，观音岩等（雁湖的一峰是在东岭岭上可以看见的）。绕骆驼洞下面至西石梁的大瀑布。

西石梁是一块因风化而中空下坠的大石梁，下有一个老尼在住的庵，西面就是大瀑布。这瀑布的高大，与大龙湫瀑布等，但不同之处，是在它的自成一景，在石壁中流。一块数千丈的石壁，经过了几千万年的冲击，中间成了一个圆形大柱式的空洞，两面围抱突出，中间是一数丈宽数千丈高的圆洞，瀑布就从上面沿壁在这空圆洞里直泻下来。下面的潭，四壁的石，和草树清溪，都同大龙湫差仿不多。但西面连山，雁荡山的西尽头，差不多就快到了，而这瀑布之上，山顶平处，却又是一大村落；山上复有山，世外是桃源的情景，正和天台山的桐柏乡，曲异而工同。

从西石梁瀑布顺原路回来，路上又去看了梅雨潭及潭前的一座含珠峰，仍过东岭，到了自芙蓉南来经四十九盘岭可到的能仁寺里。

这能仁寺在西内谷丹芳岭下，系宋咸平二年僧全了所建。本来是雁荡山中的最大的丛林，有一宋时的大铁锅在可以作证，现在却萧条之至，大殿禅房，还都在准备建筑中。寺前有燕尾瀑，顺溪南流，成斤竹涧，绕四十九盘岭，可至小芙蓉；这一路路上风景的清幽绝俗，当为雁山全景之冠，可惜我们没有时间，只领略了一个大概，就赶回了灵岩寺来宿。

这一天的傍晚，本拟上寺右的天窗洞，寺左的龙鼻水去拜观灵岩寺的二奇的，但因白天跑了一天，太辛苦了，大家不想再动。我并且还忘不了今晨似的山中的残月，提议明朝也于三时起床，踏月东下，先去看了灵峰近旁的洞石，然后去响头岭就行出发，所以老早就吃了夜饭，老早就上了床。

然而胜地不常，盛筵难再，第二日早晨，虽则大家也忍着寒，抛着睡，于午前三点起了身，可是淡云蔽月，光线不明；我们真如在梦里似的走了七八里路，月亮才兹露面。而玩月光玩得不久，走到灵峰谷外朝阳洞下的时候，太阳却早已出了海，将月光的世界散文化了。

不过在残月下，晨曦里的灵峰山，景也着实可观，着实不错；比起灵岩的紧凑来，只稍稍觉得疏散一点而已。

灵峰寺是在东谷口内向北两三里地的地方，东越谢公岭可达大荆。近旁有五老峰，斗鸡峰，幞头峰，灵芝峰，犀角峰，果盒岩，船岩，观音洞，北斗洞，苦竹洞，将军洞，长春洞，响板洞诸名胜，顺鸣玉溪北上，三里可达真际寺。寺为宋天圣元年僧文吉所建，本在灵峰峰下，不知几百年前，这峰因风化倒了，寺屋尽毁。现在在这倒灵峰下的一块隙地上，方在构木新筑灵峰寺。我们先在果盒岩的溪亭上坐了一会，就攀缘上去，到观音洞去吃早餐。

两岩侧向，中成一洞，洞高二三百丈；最上一层，人迹所不能到，但洞中生有大树一株，系数百年物，枝叶茂盛，从远处望来，了了可见。下一层是观音洞的选物场，洞中宽广，建有大殿，并五百应真的石刻。东面一水下滴成池，叫作洗心泉，旁有明刻宋刻的题名记事碑无数。自此处一层一层的下去,有四五层楼三四百石级的高度;洞的高广,在雁荡山当中,以此为最。最奇怪的,是在第三层右手壁上的一个石佛,人立右手洞底,向东南洞口远望出去,俨然是一座地藏菩萨的侧面形,但跑近前去一看,则什么也没有了,只一块突出的方石。上一层的右手壁上还有一个一指物,形状也极像,不过小得很。

看了灵岩灵峰近边的峰势,看了观音洞(亦名合掌洞)里的建筑及大龙湫等,我们以为雁荡的山峰岩洞溪瀑等,也已经大略可以想象得出了,所以旁的地方,也不想再去走,只到北斗洞去打了一个电话,叫汽车的司机早点预备,等我们一出谷口,就好出发。

总之,雁荡本是海底的奇岩,出海年月,比黄山要新,所以峰岩峻削,还有一点锐气,如山东崂山的诸峰。今年春间,欲去黄山而未果,但看到了黄山前卫的齐云白岳,觉得神气也有点和灵峰一带的山岩相像。在迎着太阳走出谷来,上汽车去的路上,我和文伯,更在坚订后约,打算于明年以两个月的工夫,去歙县游遍黄山,北下太平,上青阳南面的九华。然后出长江,息匡庐,溯江而上,经巫峡,下峨嵋,再东下沿汉水而西入关中,登太华以笑韩愈,入终南而学长生,此行若果,那么我们的志愿也毕,可以永永老死在篷窗陋巷之中了。

1934 年 11 月 9 日

导读

登太华以笑韩愈,入终南而学长生

欢迎各位朋友读到这篇神妙散文的末尾:作者写到雁荡山的三日紧凑游兴未息,而与朋友约定畅望下一次更加宏伟的旅游——即便从现在看来,也算得上是真正的壮游——"打算于明年以两个月的工夫,去歙县游遍黄山,北下太平,上青阳南面的九华。

然后出长江，息匡庐，溯江而上，经巫峡，下峨嵋，再东下沿汉水而西入关中，登太华以笑韩愈，入终南而学长生，此行若果，那么我们的志愿也毕，可以永永老死在篷窗陋巷之中了。"

旅游于名山大川之中，不仅可以目睹自然造化之神工，开阔冥顽之心智，而且会激发我们更高更远的心愿。人于名胜中，对自然世界的鬼斧神工，贴身游历，目睹，会有直接的心灵感受。

郁达夫这篇文章，写了浙江很多地方，如他的老家富阳、钓台、西湖、天台山等地，以他的生花妙笔，为这些浙江名胜赋予了文学的灵性。

前一篇我们谈徐志摩的《西伯利亚》时说过，写游记，如果能于文化中入手，会让文章更加丰厚，更有吸引力。现代文学前辈都是学问通人，兼博中外，所以擅用古文古诗来起兴自己的文章。

现在的同学如果有心，也能做到这一点。如果去雁荡山，可在网上找相关诗文，引用起来，易如反掌。然而，要用得妥帖，符合情景和心情，不能为引用而引用。

郁达夫先生开篇引用南宋范成大序《桂海岩洞志》，我们则可以引用南朝宋代谢灵运的《从斤竹涧越岭溪行》，也可以引用徐霞客的《游雁荡山记》，更可以引用朱自清的《梅雨潭》，这些都是不同时期的名作——从网上随手搜来的题目，要真引用，还得细细读完，把有感受的段落合理地录入。而且，光引用还不足以构成一篇好文章，还需要仔细观察，独出异心，为山岭间的风月异景而惊叹，而称赞。

游记写作，与其他文章写作一样，要吐出衷肠，提炼核心。在这篇文章里，郁达夫先生写到很多景物、奇峰异石，都是点列其名一笔带过，但是"秋月"和"大龙湫"，却极其详细地写。这是"点面结合"的经典方式，运用起来，文章会详略得当、有条有理。因此，写文章时，需要突出重点，写细节。如作者被黄岩中学学生的集合声音唤醒，于是见到高悬于雁荡峰顶的秋月，皎洁如银，倾泻而下。其中的令人感动之神秘温婉，不置身其中，很难体会。

写游记之前读一下相关名胜古迹的诗文，自然增添文趣。另有一个技巧，是读地图和旅游手册，先泛知目的地情形，再去亲历，更有体会。

刘禹锡《陋室铭》云："山不在高，有仙则名；水不在深，有龙则灵。"中国文化历史悠久，名胜古迹，更是山水因名人诗文而名，结合在一起，才为名胜古迹。

思考

当我们写一篇名胜古迹游记时，如何更加有效地引用诗文？

延伸阅读

谢灵运《从斤竹涧越岭溪行》、徐霞客《游雁荡山记》、郁达夫《达夫游记》。

重庆行记

朱自清

作者简介

朱自清 (1898—1948)，原名自华，号秋实，后改名自清，字佩弦。1898 年 11 月 22 日生于江苏省海州（今江苏省东海县），原籍浙江绍兴。现代散文家、诗人、学者。因祖父、父亲长期定居扬州，故自称扬州人。1916 年考入北京大学预科，翌年升入本科哲学系，1920 年修完课程提前毕业。朱自清曾在浙江的临海、上虞等中学任教，写了很多语言清新的散文，是早期有成就的散文家。后受聘任教于清华大学中文系。1931 年夏天，朱自清和学生李健吾一起，从哈尔滨出境，搭乘火车从俄国远东大铁路去欧洲，到英国访学一年。一路上，他写了很多文章，寄回去给主编《中学生》杂志的至交好友叶圣陶，定期发表在杂志上。后出版有《欧游杂记》《伦敦杂记》二书，写作者在欧洲大陆和伦敦的见闻。抗战时任教于西南联大，1948 年因病逝世于北京，享年五十岁。主要作品有《背影》《经典常谈》《诗言志辨》《古诗十九首释》等。

这回暑假到成都看看家里人和一些朋友，路过陪都，停留了四日。每天真是东游西走，几乎车不停轮，脚不停步。重庆真忙，像我这个无事的过客，在那大热天里，也不由自主的好比在旋风里转，可见那忙的程度。这倒是现代生活现代都市该有的快拍子。忙中所见，自然有限，并且模糊而不真切。但是换了地方，换了眼界，自然总觉得新鲜些，这就乘兴记下了一点儿。

飞

　　我从昆明到重庆是飞的。人们总羡慕海阔天空，以为一片茫茫，无边无界，必然大有可观。因此以为坐海船坐飞机是"不亦快哉！"其实也未必然。晕船晕机之苦且不谈，就是不晕的人或不晕的时候，所见虽大，也未必可观。海洋上见的往往是一片汪洋，水，水，水。当然有浪，但是浪小了无可看，大了无法看——那时得躲进舱里去。船上看浪，远不如岸上，更不如高处。海洋里看浪，也不如江湖里，海洋里只是水，只是浪，显不出那大气力。江湖里有的是遮遮碍碍的，山哪，城哪，什么的，倒容易见出一股劲儿。"江间波浪兼云涌"为的是巫峡勒住了江水；"波撼岳阳城"，得有那岳阳城，并且得在那岳阳城楼上看。

　　不错，海洋里可以看日出和日落，但是得有运气。日出和日落全靠云霞烘托才有意思。不然，一轮呆呆的日头简直是个大傻瓜！云霞烘托虽也常有，但往往淡淡的，懒懒的，那还是没意思。得浓，得变，一眨眼一个花样，层出不穷，才有看头。这是可遇而不可求的。平生只见过两回的落日，都在陆上，不在水里。水里看见的，日出也罢，日落也罢，只是些傻瓜而已。这种奇观若是有意为之，大概白费气力居多。有一次大家在衡山上看日出，起了个大清早等着。出来了，出来了，有些人跳着嚷着。那时一丝云彩没有，日光直射，教人睁不开眼，不知那些人看到了些什么，那么跳跳嚷嚷。许是在自己催眠吧。自然，海洋上也有美丽的日落和日出，见于记载的也有。但是得有运气，而有运气的并不多。

　　赞叹海的文学，描摹海的艺术，创作者似乎是在船里的少，在岸上的多。海太大太单调，真正伟大的作家也许可以单刀直入，一般离了岸却掉不出枪花来，像变戏法的离开了道具一样。这些文学和艺术引起未曾航海的人许多幻想，也给予已经航海的人许多失望。天空跟海一样，也大也单调。日月星的，云霞的文学和艺术似乎不少，都是下之视上，说到整个儿天空的却不多。星空，夜空还见点儿，昼空除了"青天""明蓝的晴天"或"阴沉沉的天"一类词儿之外,好像再没有什么说的。但是初次坐飞机的人虽无多少文学艺术的背景帮助他的想象,却总还有那"天宽任鸟飞"的想象;加上别人的经验,上之视下,似乎不只是苍苍而已,也有那翻腾的云海,也有那平铺的锦绣。这就够揣摩的。

但是坐过飞机的人觉得也不过如此,云海飘飘拂拂的弥漫了上下四方,的确奇。可是高山上就可以看见;那可以是云海外看云海,似乎比飞机上云海中看云海还清切些。苏东坡说得好:"不识庐山真面目,只缘身在此山中。"飞机上看云,有时却只像一堆堆破碎的石头,虽也算得天上人间,可是我们还是愿看流云和停云,不愿看那死云,那荒原上的乱石堆。至于锦绣平铺,大概是有的,我却还未眼见。我只见那"亚洲第一大水扬子江"可怜得像条臭水沟似的。城市像地图模型,房屋像儿童玩具,也多少给人滑稽感。自己倒并不觉得怎样貌小,却只不明白自己是什么玩意儿。假如在海船里有时会觉得自己是傻子,在飞机上有时便会觉得自己是丑角吧。然而飞机快是真的,两点半钟,到重庆了,这倒真是个"不亦快哉"!

▲ 分析

一个"飞"的旅行,让作者产生了无穷的联想,从天上到地下,从大陆到大海,从大海到日出日落。这种联想从美学出发,认为观察事物,各个不同方位有不同的美学意义。有时近观好,有时远望更佳。这是不一样的,也看出作者的思考与众不同。

热

昆明虽然不见得四时皆春,可的确没有一般所谓夏天。今年直到七月初,晚上我还随时穿上衬绒袍。飞机在空中走,一直不觉得热,下了机过渡到岸上,太阳晒着，也还不觉得怎样热。在昆明听到重庆已经很热。记得两年前端午节在重庆一间屋里坐着，什么也不做，直出汗，那是一个时雨时晴的日子。想着一下机必然汗流浃背，可是过渡花了半点钟，满晒在太阳里，汗珠儿也没有沁出一个。后来知道前两天刚下了雨，天气的确清凉些，而感觉既远不如想象之甚，心里也的确清凉些。

滑竿沿着水边一线的泥路走，似乎随时可以滑下江去，然而毕竟上了坡。有一个坡很长，很宽，铺着大石板。来往的人很多，他们穿着各样的短衣，摇着各样的扇子，真够热闹的。片段的颜色和片段的动作混成一幅斑驳陆离的画面，像出于后期印象派之手。我赏识这幅画，可是好笑那些人，尤其是那些扇子。那些扇子似乎只是无所谓的机械的摇着，好像一些无事忙的人。当时我和那些人隔着一层扇子，和重庆也隔着一层扇子，也许是在滑竿儿上坐着，有人代为出力出汗，会那样心地清凉罢。

第二天上街一走，感觉果然不同，我分别了重庆的热了。扇子也买在手里了。穿着成套的西服在大太阳里等大汽车，等到了车，在车里挤着，实在受不住，只好脱了上装，折起挂在膀子上。有一两回勉强穿起上装站在车里，头上脸上直流汗，手帕子简直揩抹不及，眉毛上，眼镜架上常有汗偷偷的滴下。这偷偷滴下的汗最教人担心，担心它会滴在面前坐着的太太小姐的衣服上，头脸上，就不是太太小姐，而是绅士先生，也够那个的。再说若碰到那脾气躁的人，更是吃不了兜着走。曾在北平一家戏园里见某甲无意中碰翻了一碗茶，泼些在某乙的竹布长衫上，某甲直说好话，某乙却一声不响的拿起茶壶向某甲身上倒下去。碰到这种人，怕会大闹街车，而且是越闹越热，越热越闹，非到宪兵出面不止。

话虽如此，幸而倒没有出什么岔儿，不过为什么偏要白白的将上装挂在膀子上，甚至还要勉强穿上呢？大概是为的绷一手儿罢。在重庆人看来，这一手其实可笑，他们的夏威夷短裤儿照样绷得起，何必要多出汗呢？这儿重庆人和我到底还隔着一个心眼儿。再就说防空洞罢，重庆的防空洞，真是大大有名，死心眼儿的以为防空洞只能防空，想不到也能防热的，我看沿街的防空洞大半开着，洞口横七竖八的安些床铺、马札子、椅子、凳子，横七竖八的坐着、躺着各样衣着的男人、女人。在街心里走过，瞧着那懒散的样子，未免有点儿烦气。这自然是死心眼儿，但是多出汗又好烦气，我似乎倒比重庆人更感到重庆的热了。

♣ 分析

"热"是一种天气，也是一种感觉。重庆的热是著名的，与四季如春的昆明完全不同。但要写出热，不能光喊热啊热的，要写出不同的感觉，前后对比，以及相关的细节。作者在这里写了"当时我和那些人隔着一层扇子，和重庆也隔着一层扇子"，是刚到重庆的异样感受。其次，穿着正式西装挤公交车，汗滴如雨，又是一种感受。

行

衣食住行，为什么却从行说起呢？我是行客，写的是行记，自然以为行第一。到了重庆，得办事，得看人，非行不可，若是老在屋里坐着，压根儿我就不会上重庆来了。再说昆明市区小，可以走路；反正住在那儿，这回办不完的事，还可以留着下回办，不妨从从容容的，十分忙或十分懒的时候，才偶尔坐回黄包车、马车或公共汽车。来到重庆可不能这么办，路远、天热、日子少、事情多，只靠两腿怎么也办不了。

况这儿的车又相应、又方便，又何乐而不坐坐呢？

前几年到重庆，似乎坐滑竿最多，其次黄包车，其次才是公共汽车。那时重庆的朋友常劝我坐滑竿，因为重庆东到西长，有一圈儿马路，南到北短，中间却隔着无数层坡儿。滑竿可以爬坡，黄包车只能走马路，往往要兜大圈子。至于公共汽车，常常挤得水泄不通，半路要上下，得费出九牛二虎之力，所以那时我总是起点上终点下的多，回数自然就少。坐滑竿上下坡，一是脚朝天，一是头冲地，有些惊人，但不要紧，滑竿夫倒把得稳。从前黄包车下打铜街那个坡，却真有惊人的着儿，车夫身子向后微仰，两手紧压着车把，不拉车而让车子推着走，脚底下不由自主的忽紧忽慢，看去有时好像不点地似的，但是一个不小心，压不住车把，车子会翻过去，那时真的是脚不点地了，这够险的。所以后来黄包车禁止走那条街，滑竿现在也限制了，只准上坡时坐。可是公共汽车却大进步了。

　　这回坐公共汽车最多，滑竿最少。重庆的公用汽车分三类，一是特别快车，只停几个大站，一律廿五元，从哪儿坐到哪儿都一样，有些人常拣那候车人少的站口上车，兜个圈子回到原处，再向目的地坐；这样还比走路省时省力，比雇车省时省力省钱。二是专车，只来往政府区的上清寺和商业区的都邮街之间，也只停大站，廿五元。三是公共汽车，站口多，这回没有坐，好像一律十五元，这种车比较慢，行客要的是快，所以我没有坐。慢固然因停的多，更因为等的久。重庆汽车，现在很有秩序了，大家自动的排成单行，依次而进，座位满人，卖票人便宣布还可以挤几个，意思是还可以"站"几个。这时愿意站的可以上前去，不妨越次，但是还得一个跟一个"挤"满了，卖票宣布停止，叫等下次车，便关门吹哨子走了。公共汽车站多价贱，排班老是很长，在腰站上，一次车又往往上不了几个，因此一等就是二三十分钟，行客自然不能那么耐着性儿。

▲ 分析

　　写重庆的出行，有三种方式：黄包车、滑竿、公用汽车。公用汽车又有三种：特别快车、专车、公共汽车。作者说几年前到重庆，还主要乘滑竿，这次再来，公共汽车发展很快，很方便了。所以，写作上分类很重要。

衣

　　二十七年春初过桂林，看见满街都是穿灰布制服的，长衫极少，女子也只穿灰衣和裙子。那种整齐，利落，朴素的精神，叫人肃然起敬；这是有训练的公众。后来听说外面人去得多了，长衫又多起来了。国民革命以来，中山服渐渐流行，短衣日见其多，抗战后更其盛行。从前看不起军人，看不惯洋人，短衣不愿穿，只有女人才穿两截衣，哪有堂堂男子汉去穿两截衣的。可是时世不同了，男子倒以短装为主，女子反而穿一截衣了。桂林长衫增多，增多的大概是些旧长衫，只算是回光返照。可是这两三年各处却有不少的新长衫出现，这是因为公家发的平价布不能做短服，只能做长衫，是个将就局儿。相信战后材料方便，还要回到短装的，这也是一种现代化。

四川民众苦于多年的省内混战，对于兵字深恶痛绝，特别称为"二尺五"和"棒客"，列为一等人。我们向来有"短衣帮"的名目，是泛指，"二尺五"却是特指，可都是看不起短衣。四川似乎特别看重长衫，乡下人赶场或入市，往往头缠白布，脚蹬草鞋，身上却穿着青布长衫。是粗布，有时很长，又常东补一块，西补一块的，可不含糊是长衫。也许向来是天府之国，衣食足而后知礼义，便特别讲究仪表，至今还留着些流风余韵罢？然而城市中人却早就在赶时髦改短装了。短装原是洋派，但是不必遗憾，赵武灵王不是改了短装强兵强国吗？短装至少有好些方便的地方：夏天穿个衬衫短裤就可以大模大样的在街上走，长衫就似乎不成。只有广东天热，又不像四川在意小节，短衫裤可以行街。可是所谓短衫裤原是长裤短衫，广东的短衫又很长，所以还行得通，不过好像不及衬衫短裤的派头。

不过衬衫短裤似乎到底是便装，记得北平有个大学开教授会，有一位教授穿衬衫出入，居然就有人提出风纪问题来。三年前的夏季，在重庆我就见到有穿衬衫赴宴的了，这是一位中年的中级公务员，而那宴会是很正式的，座中还有位老年的参政员。可是那晚的确热，主人自己脱了上装，又请客人宽衣，于是短衫和衬衫围着圆桌子，大家也就一样了。西服的客人大概搭着上装来，到门口穿上，到屋里经主人一声"宽衣"，便又脱下，告辞时还是搭着走。其实真是多此一举，那么热还绷个什么呢？不如衬衫入座倒干脆些。可是中装的却得穿着长衫来去，只在室内才能脱下。西服客人累累赘赘带着上装，倒可以陪他们受点儿小罪，叫他们不至于因为这点不平而对于世道人心长吁短叹。

战时一切从简，衬衫赴宴正是"从简"。"从简"提高了便装的地位，于是乎造成了短便装的风气。先有皮茄克，春秋冬三季（在昆明是四季），大街上到处都见，黄的、黑的、拉链的、扣钮的、收底的、不收底边的，花样繁多。穿的人青年中年不分彼此，只除了六十以上的老头儿。从前穿的人多少带些个"洋"关系，现在不然，我曾在昆明乡下见过一个种地的，穿的正是这皮茄克，虽然旧些。不过还是司机穿的最早，这成个司机文化一个重要项目。皮茄克更是哪儿都可去，昆明我的一位教授朋友，就穿着一件老皮茄克教书、演讲、赴宴、参加典礼，到重庆开会，差不多是皮茄克为记。这位教授穿皮茄克，似乎在学晏子穿狐裘，三十年就靠那一件衣服，他是不是赶时髦，我不能冤枉人，然而皮茄克上了运是真的。

再就是我要说的这两年至少在重庆风行的夏威夷衬衫，简称夏威夷衫，最简称夏威衣。这种衬衫创自夏威夷，就是檀香山，原是一种土风。夏威夷岛在热带，译名虽从音，似乎也兼义。夏威夷衣自然只宜于热天，只宜于有"夏威"的地方，如中国的重庆等。重庆流行夏威衣却似乎只是近一两年的事。去年夏天一位朋友从重庆回到昆明，说是曾看见某首长穿着这种衣服在别墅的路上散步，虽然在黄昏时分，我的这位书生朋友总觉得不大像样子。今年我却看见满街都是的，这就是所谓上行下效罢？

夏威衣翻领像西服的上装，对襟面袖，前后等长，不收底边，不开岔儿，比衬衫短些。除了翻领，简直跟中国的短衫或小衫一般无二。但短衫穿不上街，夏威衣即可堂哉皇哉在重庆市中走来走去。那翻领是具体而微的西服，不缺少洋味，至于凉快，也是有的。夏威衣的确比衬衫通风；而看起来飘飘然，心上也爽利。重庆的夏威衣五光十色，好像白绸子黄卡叽居多，土布也有，绸的便更见其飘飘然，配长裤的好像比配短裤的多一些。在人行道上有时通过持续来了三五件夏威衣，一阵飘过去似的，倒也别有风味，参差零落就差点劲儿。夏威衣在重庆似乎比皮茄克还普遍些，因为便宜得多，但不知也会像皮茄克那样上品否。到了成都时，宴会上遇见一位上海新来的青年衬衫短裤入门，却不喜欢夏威衣（他说上海也有），说是无礼貌。这可是在成都、重庆人大概不会这样想罢？

1944 年 9 月 7 日作

导读
一层扇子，隔着一层扇子以及夏威衣

衣食住行，人生四件套，朱自清先生单单没有谈到重庆的吃。他在最后一节谈到了"衣"，并从衣的风气变化中看到了中国的变化，用"短衫"和"长褂"的不同来说明抗战后期中国的变化。

读历史一定知道，战国时期赵武灵王胡服骑射的革命，赵武灵王学习少数民族短衣骑马，改革赵国的军事和文化，让赵国在短时期内成为列国中的强国。朱自清先生在这里用历史典故，大概也是想说中国人在那个时期的变化，因为要抵御外敌，这古老的民族、这古老的文化，正在艰难地更新。

我们要稍微了解一下当时的历史，这样才能知道朱自清先生写重庆游记背后的事实。在这篇游记的背后，朱自清先生已经到西南联大教书好几年。在昆明，来自全国各地的教授、学者、大知识分子和几万青年学生，把学习当成了救国的另一种方式，在极其艰苦的环境下，他们仍然努力学习，不敢稍有松懈。朱自清先生经重庆去成都，到夫人的老家休假，虽然条件极其艰苦，但我们可以看到，朱自清先生用细节来呈现社会的变化。

1. 他搭乘飞机到重庆，这是交通方式上的巨大变化。不然，不知道要多久才能从昆明到达重庆。

2. 重庆公共汽车已经非常便利了，不像几年前那样搭乘人力车或者滑竿，又危险又慢。

3. 现在重庆流行起短衫了。短衫党虽然不那么"高雅"，但是很现实，有活力，越来越多的人习惯了穿短衫，而这也正是抗战到了最后时刻，中国人蓬勃精神状态的象征。中国并没有垮掉，反而更具活力。尤其是流行起了夏威衣，可见抗战首都的美国风气，西渐东来，是一种流行文化。

游记要在景物描写之外，涉及文化内容和社会内容。朱自清先生这篇游记，几乎是不动声色地通过"飞""热""行""衣"几个方面，把重庆的时代面貌栩栩如生地表现出来。抗战时的重庆是临时首都，又称为陪都。"陪都"人民的精神状态，是全国人民精神状态的一个缩影。朱自清先生的文章里，虽然没有一句高呼的口号，但是，无时无刻不体现出当时的时代精神。这种写法，不喊口号，不大声张扬，不抒情，然而实在，有料。

思考

在游记中如何呈现时代的特征和人的面貌？

延伸阅读

沈从文《湘行散记》。

南行杂记

叶紫

作者简介

叶紫（1912—1939），中国现代剧作家、小说家。原名俞鹤林，湖南益阳人。代表作有《丰收》《火》等小说。叶紫少年时期家境殷实，1926年后父亲、大姐、二姐等皆从事农民运动，叶紫则进入中央军校武汉分校学习。1927年5月"马日事变"中，叶紫父亲俞达才、二姐俞也民和叔叔、婶婶都被抓捕，在益阳大码头被杀害。叶紫也遭到追捕，被迫流落他乡，一度成为乞丐。1929年，叶紫来到上海，加入左翼作家联盟。1933年6月，他在《无名文艺》月刊发表短篇小说《丰收》，一举成名，同年，不幸罹患肺炎。1937年八一三事变后，叶紫与妻子带着儿女回到湖南益阳老家，在贫病交加中早逝。叶紫经历复杂，从过军打过仗，又才华横溢，作品中含有一种特殊的刚硬气息。

一 熊飞岭

熊飞岭，这是一条从衡州到祁阳去的要道，轿夫们在吃早饭的时候告诉过我。他们说：只要上山去不出毛病，准可以赶到山顶去吃午饭的。

我揭开轿帘，纵眼向山中望去，一片红得怪可爱的枫林，把我的视线遮拦了。要把头从侧面的轿窗中伸出去，仰起来，才可以看到山顶，看到一块十分狭小的天。

想起轿夫们在吃早饭的时候说的那些话，我的心中时时刻刻惊疑不定。我不相信世界上会真正有像小说书上那样说得残酷的人心——杀了人还要吃肉,尤其是说就藏躲在那一片红得怪可爱的枫林里。许多轿夫们故意捏造出来的吧,为了要多增加几个轿钱,沿途抽抽鸦片……

轿身渐渐地朝后仰了,我不能不把那些杂乱的心事暂时收下来。后面的一个轿夫,已经开始了走一步喘一口气,负担的重心,差不多全部落在他身上。山路愈走愈陡直,盘旋曲折,而愈艰险。靠着山的边边上,最宽的也不过两尺多。如果偶一不慎,失足掉下山涧,那就会连人连轿子的尸骨都找不到的。

"先生,请你老下来走两步,好吗?……唔!实在的,太难走了,只要爬过了那一个山峰……"轿夫们吞吐地,请求般地说。

"好,"我说,"我也怕啊!"

脚总是酸软的;我走在轿子的前面,踏着陡直的尖角的石子路儿,慢慢地爬着。我的眼睛不敢乱瞧。轿夫们,因为负担减轻了,便轻快地互相谈起来。由庄稼,鸦片烟,客店中的小娼妇——一直又谈到截山的强盗……"许是吓我的吧,"我想。偶然间,我又俯视了一下那万丈深潭的山涧,我的浑身都不由地要战栗起来了,脚酸软得更加厉害。"是啊!这样的艰难的前路,要真正地跑出来两个截山的强盗,那才是死命哩!……"

这样,我不敢再往下想了。我胆怯地靠近着轿夫们,有时,我吩咐他们走在我的前面,我却落到他们的后边老远老远。我幻想着强盗是从前面跑来的,我希望万一遇见了强盗,轿夫们可以替我去打个交道,自己躲得远一点,好让他们说情面。然而,走不到几步,我却又惶惶不安起来:假如强盗们是从后面跑来的,假如轿夫们和强盗打成了一片……

我估计我的行李的价值,轿夫们是一定知道的。我一转念,我却觉得我的财产和生命,不是把握在强盗们的手里,而是这两个轿夫的手里了。我的内心不觉更加惊悸起来!要什么强盗呢?只需他们一举手,轻轻把我向山涧中一摔,就完了啦!

我几回都吓得要蹲了下来,不敢再走。一种卑怯的动机,驱使我去向轿夫们打了交道。我装做很自然的神气，向他们抱了很大的同情，我劝他们戒绝鸦片，我劝他们不要再过这样艰难的轿夫的生活了。他们说：不抬轿没有饭吃，于是，我说：我可以替他们想办法的，我有一个朋友在祁阳当公安局长，我可以介绍他们去当警察，每月除伙食以外还有十块钱好捞，并且还可以得外水。他们起先是不肯相信，但后来看见我说得那样真挚，便乐起来了。

"先生，上轿来吧，那一条山口，更难爬啊！我们抬你过去是不要紧的。"

"不要紧啊！"我说，"我还可以勉强爬爬，你们抬，太吃苦了！"

他们执意不肯。他们又说：只要我真正肯替他们帮忙介绍当警察，他们就好了。他们可以把妻儿们带到祁阳去，他们可以不再在乡下受轿行老板和田主们的欺侮了。抬我，那原是应该的呀！

我卑怯地，似乎又有点不好意思地重新爬上了轿子。他们也各自吞了几个豆大的烟泡，振了一振精神，抬起来。在极其险峻的地方，因为在他们的面前显现有美妙的希望的花朵，爬起来也似乎并不怎样地感到苦痛。是呀！也许这就是最后的一次抬轿子吧，将来做了警察，多么威风啊！

流着汗，喘着气，苦笑着的面容；拼命地抬着，爬着，好容易地一直到下午两点钟左右，才爬到了山顶。

"哪里去的？喂！"突然间现出四个穿黑短衣裤的人在山顶的茶亭子里拦住去路。

轿夫们做了一个手势：

"我们老板的亲戚，上祁阳去的啦。"

"你们哪一行？"

"悦来行！"

"唔！"四个一齐跑来，朝轿子里望了一望，看见我没有什么特殊的表现，便点了一点头，懒懒地四周分散开了。

我不知这是一个什么门道。

在茶亭子里，胡乱地买了一些干粮吃了，又给钱轿夫们抽了一阵大烟，耽搁足足有两个钟头久，才开始走下山麓。

"不要紧！"轿夫们精神饱满地叫着，"下山比上山快，而且我们都可以放心大胆了。先生，我包你，太阳落山前，准可以在山脚下找到一个相安的宿铺。"

我在轿子里点了一点头，表示我并不怎么性急，只要能够找到宿处就好了。

轿夫们得意地笑笑，加速地翻动着粗黑的毛腿，朝山麓下飞奔！

…………

三　一座古旧的城

穿过很多石砌的牌坊，从北门进城的时候，轿夫们高兴得要死。他们的工程圆满了。在庞杂的人群中，抬着轿子横冲直闯，他们的眼睛溜来溜去的尽盯在一些拿木棍的警察身上。是啊！得多看一下呀！见习见习，自己马上就要当警察了的。

"一直抬到公安局吗？先生。"

"不，"我说，"先找一个好一点的客栈，然后我自己到公安局去。"

"唔！"轿夫们应了一声。

我的心里沉重地感到不安。我把什么话来回答他们呢？我想。朋友是有一个的，可是并不当公安局长。然而，也罢，我不如就去找那位朋友来商量一下，也许能够马马虎虎的搪塞过去吧。

轿子停在一个名叫"绿园"的旅馆门口。交代行李，开好房间，我便对轿夫们说："等一等啊，我到公安局去。"

"快点啦！先生。"

问到了那个街名和方向，又费了一点儿周折，才见到我的朋友。寒暄了一回，他说：

"你为什么显得这样慌张呢？"

"唔！"我说，我的脸红了起来。

"我，我有一件小事情……"

他很迟疑地盯着我。于是，我便把我沿途所经过的情形，一五一十地告诉了他，他不觉得笑起来了：

"我以为是什么呢？原来是为了两个轿夫，我同你去应付吧。"

两个人一同回到客栈里：

"是你们两个人想当警察吗？"

"是的，局长！"轿夫们站了起来。

"好的。不过，警察吃大烟是要枪毙的！你们如果愿意，就赶快回去把烟瘾戒绝。一个月之后，我再叫人来找你们。"

"在这里戒不可以吗？"

"不可以！"

轿夫们绝望了。我趁着机会，把轿工拿出来给了他们；三块钱，我还每人加了四角。

轿夫们垂头丧气地走了。出门很远很远，还回转来对我说：

"先生，戒了烟，你要替我们设法啊！"

我满口答应着。一种内心的谴责，沉重地慑住了我的灵魂，我觉得我这样过分地欺骗他们，是太不应该了。回头来，我的朋友邀我到外面去吃了一餐饭，沿城兜了一阵圈子，心中才比较轻松了一些。

一路上，我便倾诚地来听我的朋友关于祁阳的介绍：

这，一座古旧的城，因了地位比较偏僻的关系，处处都表现得落后得很。人们的脸上，都能够看出来一种真诚，朴实，而又刚强的表情。年纪比较大一些的，头上大半还留着有长长的发辫，女人们和男子一样地工作着。他们一向就死心塌地地信任着神明，他们把一切都归之于命运；无论是天灾，人祸，一直到他们的血肉被人们吮吸得干干净净。然而，要是在他们自己中间，两下发生了什么不能说消的意气，他们就会马上互相械斗起来的，破头，流血，杀了人还不叫偿命。

我的朋友又说：他很能知道，这民性，终究会要变成一座大爆发的火山。

之后，他还告诉了我一些关于这座古旧的城的新鲜故事。譬如说：一个月以前，因为乡下歉收，农民还不出租税，县长分途派人下乡去催；除跟班以外，出去时是五个，但回来的时候却只有三个人了。四面八方一寻，原来那两个和跟班的都被击落在山涧里，尸身差不多碎了。县长气得张皇失措，因为在这样的古旧的乡村里，胆敢打死公务人员的事情，是从来没有听见讲过的。到如今还在缉凶，查案……

回到客栈里的时候，已经是黄昏冥灭了。朋友临行时再三嘱咐我在祁阳多勾留几日。他说，他还可以引导我去，痛快地游一下古迹的"浯溪"。

四　浯溪胜迹

湘河的水，从祁阳以上，就渐渐地清澈，湍急起来。九月的朝阳，温和地从两岸的树尖透到河上，散布着破碎的金光。我们蹲在小茅船的头上，顺流的，轻飘的浮动着。从浅水处，还可以看到一颗一颗的水晶似的圆石子儿，在激流中翻滚。船夫的篙子，落在圆石子里不时发出沙沙的响叫。

"还有好远呢？"我不耐烦地向我的朋友问。

"看啦！就是前面的那一个树林子。"

船慢，人急，我耐不住地命令着船夫靠了岸，我觉得徒步实在比乘船来得爽快些。况且主要的还是为了要游古迹。

跑到了那个林子里，首先映入我的眼帘来的，便是许多刻字的石壁。我走近前来，一块一块地过细地把它体认。

当中的一块最大的，约有两丈高，一丈多长，还特盖了一个亭子替它做掩护的，是《大唐中兴颂》。我的朋友说：浯溪所以成为这样著名的古迹的原因，就完全依靠着这块《颂》字，是颜真卿的手笔；颂词，是元吉撰的。那时候颜真卿贬道州，什么事都心灰意懒，字也不写，文章也不做；后来唐皇又把他赦回去做京官了，路过祁阳，才高高兴兴地写了这块碑。不料这碑一留下，以后专门跑到浯溪来写碑的，便一朝一代的多起来了。你一块我一块，都以和颜真卿的石碑相并立为荣幸。一直到现在，差不多满山野都是石碑。刘镛的啦！何子贞的啦！张之洞的啦……

转过那许多石碑的侧面，就是浯溪。我们在溪上的石桥上蹲了一会儿：溪，并不宽大，而且还有许多地方已经枯涸，似乎寻不出它的什么值得称颂特点来。溪桥的左面，置放有一块黑色的，方尺大小的石板，名曰"镜石"；在那黑石板上用水一浇，便镜子似的，可以把对河的景物照得清清楚楚。据说：这块石板在民国初年，曾被官家运到北京去过，因为在北京没有浯溪的水浇，照不出景致，便仍旧将它送回来了。"镜石"的不能躺在北京古物馆里受抬举，大约也是"命中注定"了的吧。

另外，在那林子的里边，还有一个别墅和一座古庙；那别墅，原本是清朝的一位做过官的旗人建筑的。那旗人因为也会写字，也会吟诗，也会爱古迹，所以便永远地居留在这里。现在呢？那别墅已经是"人亡物在"，破碎得只剩下一个外形了。

之后，我的朋友又指示我去看了一块刻在悬崖上的权奸的字迹。他说，那便是浯溪最伟大和最堪回味的一块碑了。那碑是明朝的宰相严嵩南下时写下的。四个"圣寿万年"的比方桌还大的字，倒悬地深刻在那石崖上，足足有二十多丈高。那不知道怎样刻上去的。自来就没有人能够上去印下来过。吴佩孚驻扎祁阳时，用一连兵，架上几个木架，费了大半个月的功夫，还只印下来得半张，这，就可以想见当年刻上去的工程的浩大了。

我高兴地把它详细地察看了一会，仰着、差不多把脑袋都抬得昏眩了。

"唔！真是哩！……"我不由地也附和了一声。

游完，回到小茅船上的时候，已经是正午了。我不知道是什么缘故，虽然没有吃饭，心中倒很觉得饱饱的。也许景致太优美了的缘故吧，我是这样地想。然而，我却引起了一些不可抑制的多余的感慨。（游山玩水的人大抵都是有感慨的，我当然不能例外。）我觉得，无论是在什么时，做奴才的，总是很难经常地博到主子的欢心的，即算你会吹会拍到怎样的厉害。在主子高兴的时候，他可不惜给你一块吃剩的骨头尝尝；不高兴时，就索性一脚把你踢开了，无论你怎样地会摇起尾巴来哀告。颜真卿的贬道州总该不是犯了什么大不了的罪过吧！严嵩时刻刻不忘"圣寿万年"，结果还是做叫花子散场，这真是有点太说不过去了。然而，奴才们对主子为什么始终要那样地驯服呢？即算是在现在，啊，肉骨头的魔力啊！

当小船停泊到城楼边，大家已经踏上了码头的时候，我还一直在这些杂乱的思潮中打转。

导读
啊，肉骨头的魔力啊！

这里选的现代天才作家叶紫的散文《南行杂记》，并不是如前《雁荡山的秋月》那样纯粹的游记，而是杂记。作者叶紫在旅游过程中，更加注意的是记述人与事，并据此探讨社会关系和人际关系，以及这种人与人之间的关系在那个特定时期的变化过程。因此我们可以说，"游记"这个题材，不仅可以写风景，还可以写人。

原文共四节，编者删掉第二小节《夜店》，保留轿夫和作者之间关系发展变化的最主要线索，故事更加紧凑，也更适合中学生读者。其中第一、第三小节，写作者和轿夫的复杂关系；第四小节，写作者游览"浯溪胜迹"的经过。

现代作家写作比较注意叙事条理，一般来说，内容比较多的文章，常会按不同内容分节，这样容易把事情说清楚。我们自己在写文章时，如篇幅比较长，也可以按内容前后顺序加以分类，这样文章会详略得当、有条有理。

第一小节熊飞岭所讲述的事情，除了简单交代这座山的险峻和难以翻越，作者更注意的是观察抬轿子的轿夫。第三小节则写到进城之后，作者和朋友如何巧妙地解决轿夫的问题。这种问题的解决，是有江湖帮会的习气，难免有欺骗、有威吓的。只是于此，才是更加生动、复杂的民情世态。

这篇散文写的是八十多年前的事情。那时国家纷乱，局势复杂，交通途中都可能碰到劫匪，而两个轿夫也叫人不怎么放心——他们原本也是干过打劫生意的，后来才改了做抬轿子的生意——读者朋友可能会立即想到《水浒传》里那些打家劫舍的英雄们。在《水浒传》里，英雄们并无特别清晰的个人行为界定，他们可以报复仇敌，绝杀富豪，同时也可以毫不留情地杀戮手无寸铁的妇孺。如宋江杀阎婆惜，是因为后者图谋杀害他；石秀杀嫂，是因为认定嫂子潘巧云行为不端。尤其武松，在复仇中滥杀无辜，杀掉蒋门神和张都监后，还把张都监阖家大小十几口人屠杀殆尽——这还被小说作者用正义魔术进行了语义上的神奇修改，成了一种杀戮的宣泄。一名含冤受屈的大英雄，无论他怎么杀戮，无论他杀了多少妇孺，都是正义的、合理的。这就是"有怨报怨，有仇报仇"的江湖帮会逻辑。武松后来出家，性情有了极大的改变。相比之下，天煞星李逵更是不分青红皂白，不管官兵还是群众，抡起双斧就"排头砍过去"。

这些抬轿子的人，实际上也并不是严格意义上的良民，他们如果确定作者的行李有利可图，也许就会心生歹意，痛下杀手。他们这种亦正亦邪的身份，让社会经验丰富的作者产生了警惕心，于是他以介绍工作为借口，游说轿夫，保护自己。这样，游记就变成了社会观察的精细记录。

第四小节写"浯溪胜迹"，但作者的中心点，是在对"权奸"严嵩手迹的议论，同时也谈到了大书法家颜真卿的题书。作者因此感慨："然而，奴才们对主子为什么始终要那样地驯服呢？即算是在现在，啊，肉骨头的魔力啊！"

思考

从普通的风景游记，到社会风俗的观察，这两者之间有什么不同？

延伸阅读

叶紫散文《岳阳楼》《行军散记》《行军掉队记》，小说《古渡头》。

小小的旅途

胡也频

作者简介

胡也频（1903—1931），原名胡崇轩，1903 年出生于福建省福州市。早年读过私塾，当过学徒，后被家人送到天津大沽口海军学校学习机器制造，其间去北京考大学，但未被录取。在北京、烟台等地过了三四年的流浪生活，开始写小说。1925 年与女作家丁玲结婚，1928 年到上海与沈从文共同编辑《中央日报》副刊《红与黑》，次年与沈从文合编《红黑》月刊和《人间》月刊。1930 年加入"左联"，被选为执行委员。1931 年 1 月 17 日被逮捕，2 月在上海龙华被枪决，年仅二十八岁。

从常德到汉口，这路上，是必须经过很多的小小仄仄的河。倘若在秋天，纵不说和冬季相联的秋末，水也浅了，仄小的河于是越显出仄小来，如汉寿一带的河道，就只能用木划子去通行了。要是入了冬，即所谓八百里的洞庭湖，有很多的地方，小火轮走着，也是担忧担忧的，把竹篙子去测量水度，生怕一不留神，船搁浅了，这是非常不快意的事。并且，在那个时候，所谓湖，其实已缩小到真像一个池子罢，两旁边——不，是四周围，使人望不尽的全是沙和混合的滩，软润和干涸的，给阳光照着，那上面便现出许多闪烁不定的小小金属之类的光。还有捕鱼为业的人，便盖了矮矮的茅屋在那滩上面。……

然而，这一次，从常德动身到汉口去，时正仲秋，因了六月间曾涨了一次大水，所以在仄小的河中，小火轮还可以来往。

我买的是房舱票。

在这个小火轮中，所谓房舱，是大异于普通的江船和海船的。当一个茶房作我的引导，推开那严闭着的房舱的大门（其实没有小门）时候，一股臭气，也像是久囚的野盗得到越狱的机会一般，就神速和有力的冲了出去，使我竟至于头脑昏乱了好久。

"这就是么？"我怀疑。

"就是的！"

丢下铺卷和箱子，茶房顾自走了。

"这怎么能够住……"我站在梯子边想。

"喂！"听到从黑魆魆中奔出这一声来，我这时才仿佛地看见这个房舱的积量；宽约八尺，长只有一丈二，高还不及七尺罢；但其中，却安置着床铺十二架，分作两层，已经住了许多客，也不知他们是在闲谈些什么，叽叽喳喳，如同深夜里竹篙子撑水的声响。

"喂……请关门！"这是躺在梯子边那床铺上面的一个胖子，偏过脸来，向我说。我不禁地纳罕到他的鼻子是长得非常可惊的大。

我看他，是因为这缘故罢，胖子却误会了，举起手儿指到最后面的下层床铺，在那里，暗暗的，只隐隐地可见到两个女人，以及说不定有多少个的小孩子，于是他继续说：

"她们……怕风。"

这一句话，在某种意义上，算是很充足的理由吧，所以不等我动手，这胖子就歪着身子，用力的把门关了；舱里面又恢复了黑暗。

在黑暗中，要找到空的铺位，是很难罢，除了借重到灯光，唯一的，那只能够权为瞎子，茫然的用手去摸索了。

"有人！"

我摸索去，客就喊。其实，因了这初得到的异样新颖的经验，只要刚刚碰到别人的腿，脚，腰……或者竟是觉得有生物的热气时，我的手早就神速而且怯怯的，收缩转来了。

"往外面，梯子边，靠左手，那上层……"

也不知是哪个客，出我意外的朗声指示，这确然是一种很可感的好意罢，但是我却愤怒了，觉得健健壮壮的一个人，成了傀儡，供这舱里的客捉弄，随便什么人在这时要我向左就向左，退后就退后，我是完全失了意志的自由和本能的功力了，也像是囚徒或奴隶一般的得受人支配……究竟我终须忍耐住这感想，照着客的指示做去，这才得到空的铺位子。在这铺位旁边，我忽然发现到有一个小小的窗子，便把窗板推开，那清爽的空气和可爱的光亮，透进了，真值得说是无可名状的愉快罢。然而，紧接的，为了这舱里其余的窗子全严闭着，那种不堪的臭气，就浩浩荡荡，无穷止地向这里奔来，终使我再不能缄默；我说：

"你们的窗子怎么不打开？"

"风大……"那胖子先回答。

"对了，风太大。"别的客人就连声附和。

看这情形，无疑的，就是更明显地关于常识的话说出来也要等于废物，于是我住口了，但是想：他们这一伙人，纵在没有空气的地方，也会异于常人的依样好好地生存着吧……。

那种臭气终是不可忍耐的；我被逼的跑到舱外去，站在船头，很久了，我恍惚觉得我是受了非常大的一种宽赦，有如自己就是一个什么罪犯。

船上的烟囱懒懒地吐出淡淡的煤烟……在船身的两旁，密密匝匝的围满着许多木划子，这都是做生意的，有卖面，卖汤丸，卖香烟饼子，以及凡是旅客们所临时需要的各种东西。这些小贩子，为了招徕主顾，便都是及笄的姑娘和半老的婆娘，她们操作着，叫喊着，慌忙着，但有时却也偷闲的向较阔的客人丢一下媚眼，和不在意的说出两三句通俗的俏皮话。间或遇到善于取笑的老油脸，她们纵不愿意，却因为营业关系，也只好勉强的去敷衍那些人含有痞意的勾搭；——然而到末了还是归结到自己的生意方面，就问，"客人，要啵？吃一碗汤丸啵？……"不过凡是老油脸多半是吝啬的，不然就是穷，究竟取笑之后依样是不肯花三个铜壳子，买一碗汤丸吃，他们是宁肯挨着饿到船后吃船上公有的饭，至于零碎……如油炸粑粑，焦盐伞子，等等，那更不必说了，也许那些人在许多年前就和这些东西绝缘了。在这些做生意的木划子上面，倘若有男人，那也只能悄悄躲在篾篷里，把舵，摇桨，和劈柴烧火这之类的工作，因为在这时假使他们出现了，那生意马上就萧条，坏事是毫无疑义的：他们全知道这缘故。

于是，卖和买，浅薄的口头肉感的满足和轻微货物的盈利，女贩子和男客人，像这两种相反而同时又是相合的彼此扯乱，叫嚷着，嬉笑着。纷扰着，把这个又仄又小的小火轮越显得没有空处了。看着这种情景，真是的，要使人不困难的联想到中国式厕所里面的粪蛆，那样的骚动，蜷伏，盘来旋去……我又觉得头昏了！

"转到舱里去罢。"我想。然而在那个舱里面正在黑暗中闲谈和静躺着的那些怕风者，不就是和粪蛆同样讨厌的一堆生物么？我不得不踌躇，而其实是苦恼了。

幸而这个船，当我正想着上岸去的时候，许多水手便忙着，铁链子沙沙锵锵的响，呀呀呵呵地哼着在起锚，就要开驶了。然而在船身摇动的这一瞬间，那些女贩子，就完全莫明其妙的，抖起嗓子了，分不清的大声地乱哼乱叫。其中，有卖面和卖汤丸子的，就为了她们的筷子，碗，铜壳子还不曾收到，急慌了，哭丧一般的，带咒带骂的呼喊着，并且凡是"落水死！烂肚皮！"等恶意的咒语，连贯的一句句极清朗地响亮在空间，远听去，也像是一个年青的姑娘在高唱着山歌似的。

汽笛叫过了，船转了头，就慢慢地往前开驶。那些密密匝匝满在船身两旁的木划子，这时已浮鸥一般的，落在后面了。

唱山歌似的那咒骂声音，虽然还在远处流荡，但没有人去注意，因为这些客安定了，爬上铺去，彼此又闲谈到别种的事。

不久，天夜了，并且还吹来风，很冷的，于是我只得离开船头，又归到那舱中去受臭气的窒塞。

"像这种臭气，倘若给从前暴虐的帝王知道，要采取去做一种绝妙的极酷刻的苦刑罢。"我想。在这时，一个茶房提着煤油灯走进舱来，用两只碗相碰着，并且打他的长沙腔大声嚷着：

"客人！开饭哩……"

接着便有许多客，赶忙的爬起来，当作床铺的木板子便发出轧轧的响。

这个茶房又用力的把两只碗碰响了一下，大声叫，"说话，你是几个？"他向着那胖子。

胖子便告诉他，并且把船票从腰间青布钱搭子里摸出来，送他看。茶房于是又逐一询问别的客。

最后，这茶房便宣告了，脸向着门外的同伙，高声的，纯熟得也像一个牧师念圣经，朗朗地嚷道：

"八个，三个和二个，四个，一个……大大小小共统二十二个。"说完了，他又非常得意的嬉笑着，把两只碗相碰了一下。站在门外的那同伙，便如数的把碗递进来给他。

这真是可惊的事！完全出我意外的，除了我自己，我才知道这安置着十二架床铺而不得容足的舱中，竟然还住着二十一个人！二十一个人……

"我的天！"我真要这样的叹息了。

因为有了灯光，这舱中便显出昏昏的，比较不怎样的黑暗了，那胖子的家属——用花布包头的宛如年青的麻阳婆，两个中应有一个是他的堂客罢，——就开始慌慌张张的，急急地把一张灰色的线毡打开，用绳子捆在床前的柱头上；作为幔帐，也像恐怕她们的样子给别人瞧见了，是一种重大的损失和祸害似的。然而这举动正合她丈夫的心怀，所以那胖子便笑嘻嘻的，傲然地得意着，并且不惮烦地把饭碗和筷子，从线毡的边缝间塞了进去。

当茶房把饭碗半丢式的放到我床上来，那碗座，便在我白色的棉被上留下永远的油质圆圈了。这个碗，是白地兰花，粗糙而且古板，看着会使人联想起"三寸金莲"

和发辫子这一类东西的,却密密地缺着口,里和面全满着腻腻的油泥。

"喂!换一个。"我说。

"一个样……"

茶房的这答话真是忠实,换到的碗的确缺口缺得更多了。

"真没有办法!……"我想;然而我还得担忧着,细想唇儿应当怎样的小心,到吃饭时才不致给缺的碗边给拉破了,流出血来。

和这碗同样恼人的,还有头尾一样四四方方的竹筷了。这筷子是当着我眼前,曾经在茶房的粗壮而且长满着黑毛的大腿上刮过痒的;因为当他预备把这筷子丢给我的时候,也不知是蚊子还是别种有毒的虫儿正在他的腿上咬着,使他惊跳了起来。

在这样的境遇中,虽然有点饿,我也只能够空着饭碗,眼看这舱中的客——他们每个人都快乐的谈笑着,一面又匆匆忙忙,饿馋馋的大口大口地吞下那不洁的饭和菜……然而这些人,他们所用的碗筷不就是和我一个样的么?其中,我尤其不能不佩服到那胖子,像他那样笑嘻嘻的,接连着从灰色的线毡边缝间把饭一碗又一碗的送进去,一面还赞颂一般的说:

"多吃些啰!饭还香,菜的味儿也好。……"

大约是不很久罢,这些人便吃饱了,每个人又躺下去,大家勾搭着说一些闲话。但不久,这说话的声音就慢慢地减少了,熟睡的鼾声接连着不断地响起来。

于是,在昏昏的灯光里面,那个不容人看见的用花布缠着的头,忽然从灰色的毡子里钻了出来,一个完全女人的身体就出现了。她怯怯地向四周看望,鬼鬼祟祟的,低声呼唤另一个在毡子里的女人。这两个人便互相谦让了一会,结果先钻出来的那个,便蹲在木盆上面,袒白的,毫无忌惮的完全显露了凡是女人都非常保重和秘密的那部分;一种水声便响着,和那复杂而又单调的鼾声混合了。接着后出现的那女人便同样的又表演了一次。这小小空间所充满的臭气,于是又增进了奇怪的一种新鲜的伙伴。她们俩经过了商商量量,轻笑着,低语着,挨挨擦擦的并肩走去,就把木盆里面的东西在舱门边倒了出去,然而那一半却流到舱里来了。

第二天天亮之后，这两个女人却又始终不肯露面的躲在毡子里，吃饭又得那胖子一碗一碗的从边缝间送进去。……

啊！从常德到汉口去，在这小小的旅途中，我是纯粹的在这种的苦恼中沉溺！

导读
有愉快的旅行，有不愉快的旅行

这一编选入的前四篇文章，都可以说是愉快的。

第五篇叶紫的《南行杂记》有些不太愉快了。但文章里涉及的轿夫等，还带着怜悯和同情。

在第六篇胡也频的《小小的旅途》里，作者对所看所闻，都是厌恶的、排斥的。这种普通国人的封闭、肮脏、闭塞、愚昧，令人窒息的恶臭和封闭的空间，让作者无法忍受。他甚至想到了"蛆"，那种"粪坑里的蛆"。

文章开头，刚打开舱门，就被船舱里的胖子要求关上，因为"她们……怕风"。然而关上舱门后，作者掉入了一个黑暗的陷阱中，找不到可以依靠的床铺，只能伸手一个个摸过去。这种"在黑暗中摸索"的情形，也是一种对社会的隐喻。

一番屈辱的不快感受之后，作者为了逃离那窒息的空间，来到舱外。

熟悉现代文学作品的读者都知道，在20世纪二三十年代，小说家们经常用"铁屋"之类的比喻，来形容当时中国那封闭、缺乏活力、气味难闻的环境。

著名诗人闻一多的名作《死水》，用性质近似的意象"死水"来比喻中国社会。而鲁迅则直接用"铁屋"为意象，谈到要不要唤醒"铁屋里的人"。不唤醒，觉得有责任；唤醒，他们也无处可逃。这是一种类似存在主义哲学式的思考。

年轻作家胡也频用"船舱"这个近似"铁屋"的意象来比喻当时中国底层社会的闭塞、肮脏、令人绝望。他不得不逃离这个密闭的船舱，来到外面。然而，外面并不是得救的象征，在小火轮外，围绕着密密匝匝的卖小杂货的小划子。为了生存，为了卖面，卖汤丸，卖香烟饼子，划子上的人家，甚至不惜委曲求全地讨好可能的顾客。而最终因为做不成生意，这些笑脸转而变成可怕的诅咒和恶骂。

常德到汉口要经过文章中描写的洞庭湖，而在洞庭湖上搭乘小火轮旅行，实在不是美好的经历。胡也频对自己所处的环境，有着深切的感受。他运用的比喻也很生动，如船舱里已经住了很多客，"……也不知他们是在闲谈些什么，叽叽喳喳，如同深夜里竹篱子撑水的声响"。他对船上负责吃喝的"茶房"用白描的方法，详细地写了这个茶房的具体行为和情态，其中对茶房给的破口碗和筷子的描写，更为生动，但读来确实觉得有些恶心。

选入这篇文章，意图是让读者有一种历史纵深感。

八十多年前的旅行，有郁达夫笔下的雁荡山秋月的风花美景，有徐志摩笔下西伯利亚冰雪世界的晶澈和美丽，有叶紫笔下普通轿夫复杂而具体的生活情态，还有胡也频在本文里写到的绝望的生存环境和几乎无法改变的文化习惯。

胡也频写的旅行记录，有社会分析意图在内，不仅仅是游记文章。

1987年夏天，我考上了上海的华东师范大学。秋天，我从广东老家雷州半岛乘火车到广西南宁，再乘坐南宁到上海的直快列车，在硬座车厢里晃荡了足足四十八小时，才到达上海老北站。当时，在广西境内是白天，湖南境内进入夜晚，整个车厢也进入了人挤人的高潮气氛中——一些车厢拥挤得人们站着睡着都不会摔倒。有些机灵鬼钻到座位底下、爬到行李架上，以高难度动作不为外界所动地休息。有些孩子内急，父母直接把着往座位底下嘘嘘……这是我亲身经历的。

现在我们可以搭乘高铁，以每小时三百公里的速度奔驰在铁道上，而且车厢干净明洁，可见社会发展之快速。虽然如此，高铁上很多乘客仍然习惯很差，需要继续提升自己。

旅行，也要有自我要求。

思考

观察社会有多种途径,旅行是其中的一种。写旅游文章,并不一定只写风景名胜,途中的感悟也是很重要的写作内容。培养自己的观察力和独立思考能力,旅行并观察着。如果浑浑噩噩,则看不到社会的真相。

延伸阅读

沈从文《记胡也频》。

编末后记

本编所选的六篇文章，都是游记性质的作品。

因作家个性不同、写作角度不同，呈现出不同风格，反映了不同作家观察到的不同的人与事，以及不同态度。

梁启超先生是清末民初的国学大师，思想家、史学家、政治家，一生笔耕不辍，创作量惊人，而且保持了相当高的水平。《欧游心影录》是梁启超以个人身份与友人张君劢、蒋百里、刘子楷等一起前往欧洲参加巴黎和会时写的游记。他不是单纯地写旅途景物，还深入地思考当地的文化和政治现状。例如，从东南亚殖民地的状况，他敏锐地发现了华侨的最大问题是不理生存之处的地方事务，没有建国的愿景。而对于斯里兰卡那如世外桃源般的坎第，他写得诗情画意，极为优美。这是大师运笔，动静得宜。

大诗人徐志摩在旅途中另有特殊观察角度和感悟。他在苏俄远东铁路上旅行，仅凭着铁路沿线的范围有限的观察和思考，就对那刚刚易帜的苏俄社会真相，有了深刻的洞察力。如果我们有心找朱自清的《西行通讯》来读，就会发现，同样写到西伯利亚，不同作家因为态度不同、观察角度不同，会产生不同的表达。这也正是文学作品的有趣之处。

郁达夫先生的《雁荡山的秋月》是典型的游记。小学生都读过巴金的《鸟的天堂》，那也是典型的游记。朱自清的《梅雨潭》是很著名的，夏丏尊的《白马湖之冬》也是名篇，郁达夫的《故都的秋》《钓台的春昼》都选入语文教材。这些都可以对比来看，可以学习作家在描写风景时所采用的描写方式。在一篇文章中，最好有一个特殊的着眼点，如雁荡山的"秋月"、钓台的"春昼"、古都的"秋"，前面的修饰，让这"秋月""春昼""秋"显出不同来。

"行记"是现代作家很喜欢做的一种体裁形式，因为通常来说都比较自由，随到、随看、随感、随记，分门别类，条理清晰。朱自清的《重庆行记》、叶紫的《南行杂记》，都是这类，特点是有行动路线的详细描写。另外就是胡也频这样详细描写旅途中所遇到的社会问题、人与人之间的关系问题，以及相关的政治文化问题。

游记，不单纯是吃喝玩乐的记录，还是社会观察的绝好方式。

我们写游记，如果能事先找到目的地的相关资料，花时间研究一下，到实地旅行时，会有更深的感受。而旅途中的见闻，则是增广我们见识的很好方式。一篇真正令人记忆深刻的游记，要突破表面的景物，看到文化背后的真相。这就要求我们动眼、用耳，阅读、积累并思考。

2020 年 6 月 4 日于多伦多修订

第四编

域外风景

在旅行中，我们会遇到各种各样的问题，这些问题最终会促使我们汲取知识和思想。

旅行记录不仅仅是山水名胜的记载，还包括对旅行过程以及目的地的种种感悟与思考。旅游不仅仅是拍照留念，还应该是观察、学习、思考、感悟，最终形成个人知识的积累。旅行，写旅行记，是丰富心灵的一种有效途径。

胡适之先生说过："发表是吸收知识和思想的绝妙方法。"而在观察与思考基础上撰写游记，就是一种发表方式。现在，我们可以将自己写的游记发表在博客上，发表在长微博上，发表在论坛上，发表在公众号上，途径很多，而且能立即看到读者和朋友的互动。不像过去只能发表于报纸杂志上，等待漫长而心焦。因此，现在是写作的最好时代。

旅游分为纯粹观光和游历学习两种。

20世纪90年代末，单位福利，我和同事一起参加了纯粹观光旅游团，去了东南亚。地陪人员没别的任何想法，只是想尽办法要从游客身上弄钱，并笑称所谓观光旅游，就是"上车睡觉，下车尿尿。去过哪里，不知道"。而"游历学习"，不仅要看风景，还要阅读相关的书籍，进行对比思考，然后充实自己。

早期游记中，除清末外交家、诗人黄遵宪的《人境庐诗草》中的一些诗作外，还有清末政治家、大学者康有为的文言文《希腊游记》。他们作为近代以来早期游历欧洲的知识分子，不仅仰慕欧陆各国文明，还兼有观察、学习、思考、对比的考量，希望能从欧洲的文明、政治结构中，找到能让衰败的中国富强起来的方法。梁启超先生的《欧游心影录》，则是在他们之后的白话文游记，同样是一种中西对比之后的反思。

黄遵宪作为"近代中国走向世界第一人"，1877年出使日本任参赞官，1882年出使美国任驻旧金山总领事，1890年出使英国任二等参赞官，1891年调任驻新加坡总领事。所到之处，他都悉心观察，认真思考，写了大量的诗文，并作有影响巨大的《日本国志》，力图考察清楚日本在短时期内崛起之奥秘。在黄遵宪之前，中国人对日本了解程度很低，只有"倭国"之类的朦胧印象，不知这个东邻海国已通过悉心学习西方的先进科技与文化，对本国文化、政治实行了伟大的变法，短短二十多年间就已富强起来，有称霸东亚、并吞近邻的宏图与能力了。《日本国志》在当时是醍醐灌顶之作，读之让人有豁然开朗之感。受其影响，一批思想开明的年轻知识分子，开始漂洋过海，留学欧美和日本，图国强民富之远谋。

"戊戌变法"失败后，康有为流亡海外十二年，遍游欧洲各国。1908年，康有为从土耳其渡海到希腊观光，后写下《希腊游记》。希腊是欧洲文明发源地，后来逐渐衰落，先是被罗马征服，后又被奥斯曼帝国征服，遂沦为"蕞尔小国"。欧洲文艺复兴后，科学思想大行，现代科技领先者英国、法国、德国走在前列，成为现代欧洲文明的卓越代表。至于希腊，因其特殊的半岛、三面绕海的环境，而风光殊胜，令人目不暇接。康文所谓"吞吐山海，牙角崎嶔，不可思议"，对希腊的山川海景，很是惊奇，但他也觉得中国山川不输希腊。康有为游历希腊时，一直在反思变法失败的原因，思考中华文明与希腊文明之间的差异。中国疆域广袤，但交通不便，他认为很难通行希腊类型的城市小国式民主政体，坚持认为希腊民主模式有其历史、文化、地理的特殊原因——"……若吾中国之大，虽有圣者善政，必不能创此义。……则道路不通，纪纲不立，中国反不能强，不能安，而为人所弱，或分乱成多国久矣……"这种为大一统寻找理由的思想，在当时有很大的影响，迄今仍是一种很重要的思潮。

"戊戌变法"失败后，康有为的弟子梁启超也流亡海外，但因观点冲突，与康有为分道扬镳。在康有为的名作《希腊游记》写成十二年后，1920年，梁启超发表了名作《欧游心影录》。他在这本书中，重点思考当时最强盛的英国文明模式和英式民主政体。梁启超曾获得机会亲历英国议会讨论的现场。从书中可以看到，英国议会的程序、秩序、文明，以及议员们在议会上的宽容、平等、尊严、尊敬等诸种表现，这些对梁启超影响很大。在《欧游心影录》中，梁启超也曾多次引用黄遵宪的诗歌，如《锡兰岛卧佛》："大风西北来，摇天海波黑。茫茫世界尘，点点国土墨。虽曰中国海，无从问禹迹……"如《伦敦大雾行》："苍天已死黄天立，倒海翻云百神集。……芒芒荡荡国昏荒，冥冥蒙蒙黑甜乡。我坐斗室几匝月，面壁惟拜灯光王。时不辨朝夕，地不识南北。

离离火焰青，漫漫劫灰黑……"

  近代到现代，前辈知识分子们前后相随，络绎不绝地到欧美各国，试图找到振兴中华的方法，而他们的观察、思考，也一代代相承、传递，有着非常重要的影响。

  本编选入的六篇文章，其中戴望舒先生的散文《在一个边境的站上》，通过对小火车站的描写，来思考已经没落的西班牙的现状。梁启超先生的长文《伦敦初旅》选自《欧游心影录》。徐志摩先生的《我所知道的康桥》是对自己剑桥留学生涯的回忆和反思。朱自清先生的《欧游杂记》是语文教师和中学生熟悉的名著，《柏林》为其中一篇。作者对柏林的描写，更多地着重于它们的文明成就，几乎没提当时纳粹已经控制德国的政治背景。而郁达夫先生的《马六甲游记》，则是作者在日本发动全面侵华战争之后流亡南洋的记述，其中详述华人南迁历史和葡萄牙人、荷兰人、英国人东来的过程，有非常重要的文化和历史价值。王统照先生的《欧游散记》，是他漫游欧洲时观察与思考的结晶。他对于当时已经获得最高权力的德国社会有更加敏锐的观察和思考，发现可怕的文化蜕变已经在德国普通人的心中，种下了一颗毒牙。他的《荷兰鸿爪》，是其中最详尽的篇章，本编选入其中三节，详细地记载了他在荷兰阿姆斯特丹的感受。

2020 年 6 月 4 日修改于多伦多

在一个边境的站上

——西班牙旅行记之三

戴望舒

作者简介

戴望舒（1905—1950）原名戴朝寀，祖籍南京，生于杭州，中国现代象征派代表诗人。因名作《雨巷》，他被称为"雨巷诗人"。他早年就读于上海震旦大学，后留学法国。1935年，因参加反法西斯游行被学校开除，是年返回中国。1936年10月，戴望舒与卞之琳、孙大雨、梁宗岱、冯至等人创办了《新诗》月刊，这是中国近代诗坛上最重要的文学期刊之一。《新诗》在1937年7月停刊，共出版10期，是新月派、现代派诗人交流的重要媒介。戴望舒精通法语、西班牙语、俄语，无论理论还是创作实践，都对中国新诗的发展产生过相当大的影响。诗集有《我的记忆》《望舒草》《望舒诗稿》《灾难的岁月》《戴望舒诗选》《戴望舒诗集》，另有译著数十种。西班牙大诗人洛尔迦的作品，也是戴望舒首先翻译成中文介绍给中国读者的。

夜间十二点半从鲍尔陀①开出的急行列车，在侵晨六点钟到了法兰西和西班牙的边境伊隆。在朦胧的意识中，我感到急骤的速率宽弛下来，终于静止了。有人在用法西两国语言报告着："伊隆，大家下车！"

睁开睡眼向车窗外一看，呈在我眼前的只是一个像法国一切小车站一样的小车站

---

① 今译"波尔多"。

而已。冷清清的月台，两三个似乎还未睡醒的搬运夫，几个态度很舒闲地下车去的旅客。我真不相信我已到了西班牙的边境了，但是一个声音却在更响亮地叫过来：

——"伊隆，大家下车！"

匆匆下了车，我第一个感到的就是有点寒冷。是侵晓的气冷呢，是新秋的薄寒呢，还是从比雷奈山间夹着雾吹过来的山风？我翻起了大氅[①]的领，提着行囊就望出口走。

走出这小门就是一间大敞间，里面设着一圈行李检查台和几道低木栅，此外就没有什么别的东西。这是法兰西和西班牙的交界点，走过了这个敞间，那便是西班牙了。我把行李照别的旅客一样地放在行李检查台上，便有一个检查员来翻看了一阵，问我有什么报税的东西，接着在我的提箱上用粉笔画了一个字，便打发我走了。再走上去是护照查验处。那是一个像车站上卖票处一样的小窗洞。电灯下面坐着一个留着胡子的中年人。单看他的炯炯有光的眼睛和他手头的那本厚厚的大册子，你就会感到不安了。我把护照递给了他。他翻开来看了看里昂西班牙领事的签字，把护照上的照片看了一下，向我好奇地看了一眼，问了我一声到西班牙的目的，把我的姓名录到那本大册子中去，在护照上捺了印；接着，和我最初的印象相反地，他露出微笑来，把护照交还了我，依然微笑着对我说："西班牙是一个可爱的地方，到了那里你会不想回去呢。"

真的，西班牙是一个可爱的地方，连这个护照查验员也有他的固有的可爱的风味。

这样地，经过了一重木栅，我踏上了西班牙的土地。

过了这一重木栅，便好像一切都改变了：招纸、揭示牌都用西班牙文写着，那是不用说的，就是刚才在行李检查处和搬运夫用沉浊的法国南部语音开着玩笑的工人型的男子，这时也用清朗的加斯谛略语和一个老妇人交谈起来。天气是显然地起了变化，暗沉沉的天空已澄碧起来，而在云里透出来的太阳，也驱散了刚才的薄寒，而带来了温煦。然而最明显的改变却是在时间上。在下火车的时候，我曾经向站上的时钟望过

---

① chǎng。

一眼：六点零一分。检查行李、验护照等事，大概要花去我半小时，那么现在至少是要六点半了吧。并不如此。在西班牙的伊隆站的时钟上，时针明明地标记着五点半。事实是西班牙时间和法兰西的时间因为经纬度的不同而相差一小时，而当时在我的印象中，却觉得西班牙是永远比法兰西年轻一点。

因为是五点半，所以除了搬运夫和洒扫工役已开始活动，车站上还是冷清清的。卖票处，行李房，兑换处，书报摊，烟店等都没有开，旅客也疏朗朗地没有几个。这时，除了枯坐在月台的长椅上或在站上往来躞蹀①，你是没有办法消磨时间的。到蒲尔哥斯的快车要在八点二十分才开。到伊隆镇上去走一圈呢，带着行李究竟不大方便，而且说不定要走多少路，再说，这样大清早就是跑到镇上也是没有什么多大意思的。因此，把行囊散在长椅上，我便在这个边境的车站上踱起来了。

如果你以为这个国境的城市是一个险要的地方，扼守着重兵，活动着国际间谍，压着国家的、军事的大秘密，那么你就错误了。这只是一个消失在比雷奈山边的西班牙的小镇而已。提着筐子，筐子里盛着鸡鸭，或是肩着箱笼，三三两两地来乘第一班火车的，是头上裹着包头布的山村的老妇人，面色黝黑的农民，白了头发的老匠人，像是学徒的孩子。整个西班牙小镇的灵魂都可以在这些小小的人物身上找到。而这个小小的车站，它也何尝不是十足西班牙底呢？灰色的砖石，黯黑的木柱子，已经有点腐蚀了的洋船遮檐，贴在墙上在风中飘着的斑驳的招纸，停在车站尽头处的破旧的货车：这一切都向你说着西班牙的式微、安命、坚忍。西德②（Cid）的西班牙，侗黄③（Don Juan）的西班牙，吉诃德④（Don Quixote）的西班牙，大仲马或梅里美心目中的西班牙，现在都已过去了，或者竟可以说本来就没有存在过。

---

① xiè dié，小步行走。
② 西班牙卡斯提尔，11世纪的军事领袖和民族英雄。
③ 今译"唐璜"，西班牙一名传说人物，以英俊潇洒风流著称，一生中周旋贵族女性之间，多用作"情圣"代名词。
④ 今译"堂吉诃德"，西班牙文艺复兴时期文学大师塞万提斯同名小说的主人公。

的确，西班牙的存在是多方面的。第一是一切旅行指南和游记中的西班牙，那就是说历史上的和艺术上的西班牙。这个西班牙浓厚地渲染着釉彩，充满了典型人物。在音乐上，绘图上，舞蹈上，文学上，西班牙都在这个面目之下出现于全世界，而做着它的正式代表。一般人对于西班牙的观念，也是由这个代表者而引起的。当人们提起了西班牙的时候，你立刻会想到蒲尔哥斯的大伽蓝①，格腊拿达②的大食③故宫，斗牛，当歌舞④（Tango），侗黄式的浪子，吉诃德式的梦想者！塞赖丝谛拿⑤（La Celestina）式的老虔婆，珈尔曼⑥式的吉卜赛女子，扇子，披肩巾，罩在高冠上的遮面纱，等等，而勉强西班牙人做了你的想象底受难者；而当你到了西班牙而见不到那些开着悠久的岁月的绣花的陈迹，传说中的人物，以及你心目中的西班牙固有产物的时候，你会感到失望而作"去年白雪今安在"之喟叹。然而你要知道这是最表面的西班牙，它的实际的存在是已经在一片迷茫的烟雾之中，而行将只在书史和艺术作品中赓⑦续它的生命了。西班牙的第二个存在是更卑微一点，更穆静一点。那便是风景的西班牙。的确，在整个欧罗巴洲之中，西班牙是风景最胜最多变化的国家。恬静而笼着雾和阴影的伐斯各尼亚，典雅而充溢着光辉的加斯谛拉，雄警而壮阔的昂达鲁西亚，煦和而明朗的伐朗西亚，会使人"感到心被窃获了"的清澄的喀达鲁涅。在西班牙，我们几乎可以看到欧洲每一个国家的典型。或则草木葱茏，山川明媚；或则大山岃崱⑧，峭壁幽深；或则古堡荒寒，困焦幽独；或则千圜澄碧，百里花香……这都是能使你目不暇给，而至

---

① qié lán，佛教用语，这里指布尔戈斯大教堂。
② 今译"格林纳达"。
③ 古代中国称阿拉伯为"大食"。
④ 今译"探戈舞"。
⑤ 今译"塞莱斯蒂娜"，是西班牙中世纪对话体长篇小说，又名"卡利斯托和格利别耶的悲剧"，1499年出版。作者情况不详，一说是费尔南多·德·罗哈斯。作品讲述一个以悲剧结局告终的爱情故事。
⑥ 今译"卡门"，法国作曲家比才最后一部歌剧的女主人公。
⑦ gēng。
⑧ lì zè，形容山峰高耸。

于流连忘返的。这是更有实际的生命，具有易解性（除非是村夫俗子）而容易取好于人的西班牙。因为它开拓了你对于自然之美的爱好之心，而使你衷心地生出一种舒徐的，悠长的，寥寂的默想来。然而最真实的，最深沉的，因而最难以受人了解的却是西班牙的第三个存在。这个存在是西班牙的底奥，它蕴藏着整个西班牙，用一种静默的语言向你说着整个西班牙，代表着它的每日生活，静默至于好像绝灭，可是如果你能够留意观察，用你的小心去理解，那么你就可以把握住这个卑微而静默的存在，特别是在那些小城中。这是一个式微的，悲剧的，现实的存在，没有光荣，没有梦想。现在，你在清晨或是午后走进任何一个小城去吧。你在狭窄的小路上，在深深的平静中徘徊着。阳光从静静的闭着门的阳台上坠下来，落着一个砌着碎石的小方场。什么也不来搅扰这寂静；街坊上的叫卖声在远处寂灭了。寺院的钟声已消沉下去了，你穿过小方场，经过一个作坊，一切任何作坊，铁匠底、木匠底或羊毛匠底。你伫立一会儿，看着他们带着那一种的热心，坚忍和爱操作着；你来到一所大屋子前面：半开着的门已朽腐了，门环上满是铁锈，涂着石灰的白墙已经斑驳或生满黑霉了，从门间，你望见了被野草和草苔所侵占了的院子。你当然不推门进去，但是在这墙后面，在这门里面，你会感到有苦痛、沉哀或不遂的愿望静静地躺着。你再走上去，街路上依然是沉静的，一个喷泉淙淙地响着，三两只鸽子振羽作声。一个老妇扶着一个女孩佝偻着走过。寺院的钟迟迟地响起来了，又迟迟地消歇了……这就是最深沉的西班牙，它过着一个寒伧①、静默、坚忍而安命的生活，但是它却具有怎样的使人充塞了深深的爱的魅力啊。而这个小小的车站呢，它可不是也将这奥秘的西班牙呈显给我们看了吗？

当我在车站上来往蹀躞着的时候，我心中这样地思想着。在不知不觉之中，车站中已渐渐地有生气起来了。卖票处，烟摊，报摊，都已陆续地开了门，从镇上来的旅客们，也开始用他们的嘈杂的语音充满了这个小小的车站了。

我从我的沉思中走了出来，去换了些西班牙钱，到卖票处去买了里程车票，出

---

① chen。

来买了一份昨天的《太阳报》(El Sol)，一包烟，然后回到安放着我的手提箱的长椅上去。

长椅上已有人坐着了，一个老妇人和几个孩子。一个，两个，三个，四个……一共是四个孩子。而且最大的一个十二岁的孩子，已经在开始一张一张地撕去那贴在我提箱上的各地旅馆的贴纸了。我移开箱子坐了下来。这时候，有两个在我看来很别致的人物出现了。

那是邮差，军人，和京戏上所见的文官这三种人物的混合体。他们穿着绿色的制服，佩着剑，头面上却戴着像乌纱帽一般的黑色漆布做的帽子。这制服的色彩和灰暗而笼罩着阴阴的尼斯各尼亚的土地以及这个寒伧的小车站显着一种异样的不调和，那是不用说的；而就是在一身之上，这制服，佩剑，和帽子之间，也表现着绝端的不一致。"这是西班牙固有的驳杂底一部分吧。"我这样想。

七点钟了。开到了一列火车，然而这是到桑当德尔[①](Santander)去的。火车开了，车站一时又清冷起来，要等到八点二十分呢。

我静穆地望着铁轨，目光随着那在初阳之下闪着光的两条铁路的线伸展过去，一直到了迷茫的天际；在那里，我的神思便飘举起来了。

导读
西班牙的底色

《在一个边境的站上》是现代著名诗人戴望舒的游记散文名篇。

游记的写法多种多样，最普通的是对风景名胜有条理分别介绍，从面到点，先概括普貌，然后重点写其中特殊的景点，传达作者了解和感悟到的知识和思想，如朱自

[①] 今译"桑坦德"，著名的桑坦德国际银行有限公司所在地。

清先生的《欧游杂记》。另一种是中国传统山水散文，注重在景色的观悟中，融入自己的人生经验，抒发缥缈之思想。这样的景点不必是名山大川，只要能抒发作者情感，都可以入文。如唐代柳宗元的《小石潭记》《始得西山宴游记》，宋代欧阳修的《醉翁亭记》，宋代苏轼的《前赤壁赋》《记承天寺夜游》等，都是这类名篇。而戴望舒的散文，继承了性灵散文之后，又有出新。他的西班牙之旅，不仅是名胜古迹之旅，更是个人情致修炼的过程。

从法国去西班牙的途中，在一个边境小站上，戴望舒从旅客的面貌和小站的景观中，观察到了一个特别的世界。西班牙已经不再是两百多年前称霸欧洲和世界的超级强权，而是从强盛中回到中等国家的水平。但就仿佛是一个能够忍耐、承受得了寂寞的智者，西班牙返璞归真之后，也有它自己的好处。

这篇散文的独特之处在于以小见大，通过"小站"的寂寞看到"大西班牙"的安静，通过小站旅客默默走过想到西班牙普通人民的沉着。由此，作者把西班牙从形式和内容上加以分开观察，并深入思考：西班牙的存在是多方面的，可以说起码有两个西班牙。一个是一切游记和指南中的西班牙，通过它的音乐、绘图、舞蹈、文学来呈现；另一个是卑微一点、静穆一点，即风景的西班牙。西班牙拥有整个欧洲样貌最多变的风景，这样一个西班牙是用它的沉默，以至于类乎寂灭的方式来体现的。西班牙人生活在沉寂中，但是又在现实中，作者感慨说："……你穿过小方场，经过一个作坊，一切任何作坊，铁匠底、木匠底或羊毛匠底。你伫立一会儿，看着他们带着那一种的热心，坚忍和爱操作着；……这就是最深沉的西班牙，它过着一个寒伧、静默、坚忍而安命的生活，但是它却具有怎样的使人充塞了深深的爱的魅力啊。"作者接着用一张椅子上坐着的老妇人和几个孩子的白描来呈现这种"坚忍而安命的生活"。在一篇连续的描述中，加入这样细腻的人物描写，在叙述节奏上，由急速而平缓，阅读起来有着极好的语感。

作者最后回到对自己躞蹀其间的小站的感悟："而这个小小的车站呢，它可不是也将这奥秘的西班牙呈显给我们看了吗？"以小见大，见微知著，是这篇作品的艺术特色。

思考

名胜游记和性灵散文之间的差别到底在哪里？前者是纯粹记游，后者着重于思想与感悟的抒发。

延伸阅读

戴望舒《戴望舒全集——散文卷》。

伦敦初旅

梁启超

一　战后雾中之伦敦

　　正月十二日正午，船将拢岸，丁、徐①二君已偕英使馆各馆员乘小轮来迎。我们相视而笑，算是合抱绕世界一周了。我们才登岸，战后惨淡凄凉景况，已经触目皆是。我们住的旅馆，虽非顶阔，也还算上等，然而室中暖气管是关闭了，每个房间给一斗多的碎煤，算是一日二十四点钟的燃料。电力到处克减，一盏惨绿色的电灯，孤孤零零好像流萤自照。自来火的稀罕，就像金刚石。我们有烟癖的人，没有钻燧取火的本领，只好强迫戒掉了。我们在旅馆客屋吃茶，看见隔座一位贵妇人从项圈下珍珍重重取出一个金盒子来。你猜里头什么东西呢？哈哈！是一小方块白糖。她连客也不让，劈了一半，放在自家茶碗里，那一半仍旧珍珍重重交给她的项圈。我想我们这几年在本国，真算得纨绔子弟，不知稼穑②艰难。自想自从货币生计发达以来，世人总以为只要有钱何求不得，到今日也知道钱的功用是有限度了。又想在物质文明享用极丰的欧洲，他们为国家存亡起见，万众一心，牺牲幸福，忍耐力之强，着实可敬。但经过此番之后，总应该觉得平常舒服惯了，方便惯了，也算不得一回好事。在物质的组织

---

　　① 丁指丁文江，著名地质学家；徐指徐新六，1919年任巴黎和会赔款委员会中的中国代表和中国代表团的专门委员，后出任浙江兴业银行常务董事兼总经理。
　　② sè。

之下，全社会像个大机器，一个轮子出了毛病，全副机器停摆，那苦痛真说不尽。只怕从今以后，崇拜物质文明的观念，总有些变动罢。

黄公度①的《伦敦苦雾行》头一句是"苍天已死黄天立"。我们到欧洲破题儿第一天受了这个印象，是永远不能忘记的。我们在马车上望见那将近西没的太阳，几个人费了一番彻底的研究，才判定他是日是月。晚上我和子楷②散步，远远见有一团朦胧红气，我猜是街灯，子楷猜是钟楼，哪里知道原来就是日间误认的月光。日月灯三件事，闹得一塌糊涂，这不是笑话吗？我但觉受了极湿极重的空气压迫，两颧骨紧张作疼，往街上散步多时，才稍好些。无怪英人拿户外运动竞技等事，当作人生日用必需，渐渐成为公共嗜好了。伦敦每年总有好几个月是这样，而且全国也和伦敦差不多，所以他们养成一种沈③郁严重的性格，坚忍奋斗的习惯。英国人能够有今日，只怕叨这雾的光不少哩。可见得民族强盛，并不是靠绝对丰顺的天惠，环境有些苛酷，才真算玉汝于成哩。

▲ 分析

伦敦以雾闻名，又称雾都，大作家狄更斯有名作《雾都孤儿》。梁启超先生在这里先引用黄遵宪的诗，然后再写伦敦的雾。但他不停留在雾本身，而是联想到了英国人爱运动，是跟空气潮湿有关。这体现了他作为政治家的观察角度的与众不同。另观察到一名贵妇人喝茶，珍重地从项链上拿出一块糖，自己掰下半块，另半块放回去，可见一战之后物资的匮乏。跟梁启超先生自己在北京的生活相比，反而不如。今人读到百年前这篇文章，会有些惊讶，而生"今夕何夕"之感吧。

---

① 指晚清外交家、诗人黄遵宪。
② 指刘子楷，字崇杰，民国初年外交家。
③ 同"沉"。

二　威士敏士达寺

我们因旅馆难觅，由徐、丁二君先往巴黎布置，我和同舟诸君，在伦敦勾留五日。趁这空暇，随意观光。头一个要拜会的，自然是有名的"英国凌烟阁[①]"威士敏士达寺[②]（Westminster Abbey）。我们从托拉福加广场[③]，经白宫街维多利亚街，到泰姆河[④]畔。眼前屹立一长方形古寺，双塔高耸，和那峨特[⑤]式建筑的巴力门毗[⑥]连并立，一种庄严朴茂气象，令人起敬。这便是威士敏士达寺了。我们先大略研究这寺的历史，他是从十一世纪爱德华忏悔王创建，十三世纪末，亨利第三大加改筑，到今将近千年，累代皆有增修。那西塔的门楼，还是二十年前新造。最奇的是把各时代的款式，合冶一炉，几乎成了千年来建筑术的博览会。拿一个人作譬，好像戴着唐朝一顶进贤冠，披着宋朝一件绯袍，手拄着明朝一方笏，套上清朝团龙补褂，脚底下还踏着一双洋皮靴子，你想这不是很滑稽很难看吗？然而他却没有丝毫觉得不调和，依然保持十分庄严，十分趣味。我想这一个寺就可以算得英国国民性的"象征"。他们无论政治上法律上宗教道德上风俗礼节上，都是一部分一部分的蜕变，几百年前和几百年后的东西，常常同时并存，却不感觉有一些子矛盾。他们的保守性，有一点和我们一样，他们的容纳性调和性，怕很值得我们一学罢。这寺内最重要的一部分，一三七六年创始，一五二八年落成，约经一世纪半的长久日子。算起来，当绘图的时候，随种一株杉树，

---

① 唐贞观十七年，唐太宗为纪念开国功臣而建高阁，绘有二十四位功臣图像。
② 今译"威斯敏斯特大教堂"。
③ 今译"特拉法加广场"，又称鸽子广场。1805 年，英国海军在纳尔逊将军的率领下，在西班牙特拉法加港战胜法国、西班牙联军，奠定了英国海军称霸全球的百年基业，建此广场纪念胜利。
④ 泰晤士河。
⑤ 哥特。
⑥ pí。

还可以等他长成来充梁柱。他们却勤勤恳恳依着原定的计划，经一百多年，丝毫不乱，丝毫不懈，到底做到成功了。唉！兹事虽小，可以喻大。试问我们中国人，可曾有预备一百年后才造成的房子吗？须知若是有一个人要造恁①么一间房子，这个人首先就要立定主意，自己不打算看见他成功，自己更不打算拿来享用。这个人一定是不安小就，图个规模宏远，明知道一生一世不能完成的事业，却要立个理想的基础传给别人。有了这个人就行了吗？不然，不然。还要后起的人和他一样的心事，一样的魄力，才能把他的事业继承下去，不至前功尽弃。我想欧洲文明从何而来，就是靠这一点。人类社会所以能够进化，也只靠这一点。前人常常立些伟大的计划替后人谋幸福，后人保持前人的遗产，更加扩充光大，人生的目的，人生的责任，就尽于是了。我游威士敏士达最初起的就是这种感想。后来遍历大陆，到处见的寺院，动辄都是几百年工程，这感想便日印日深。回想我们中国人的过去，真是惭愧无地；悬想我们中国人的将来，更是惶恐无地了。

威士敏士达，是英国国教的教会堂，是国家和王室的大礼堂，历代君主加冕大葬，都在此举行，却依然是全英国一般小百姓日日公共礼拜祈祷之所。就只一点，这寺又算得平民主义的象征了。我们却为甚么叫他做"英国的凌烟阁"呢？因为他又是个国葬之地，几百年来名人坟墓都在寺中。原来这寺本王室诸陵所在，后来凡有功德于国家的人，都葬在里头。拿中国旧话讲，算是陪葬某陵了。但他们陪葬的，不是拿王室的功臣做标准，是拿国家的人物做标准，所以政治家、学者、诗人，乃至名优，都在其列。入到寺中，自然令人肃然起敬，而且发出一种尚友古人的志气。我们拿着一本《响导录》要来按图索骥了。入门西边劈头就是那廿四岁做大宰相的威廉比特②遗像，张开手正在那里演说。迎面一位长发隆准的老头儿，哈哈！这就是我们读近世史时最

---

① nèn。

② 指小威廉·皮特，William Pitt the Younger。1783 年，他获任首相，年仅二十四岁，至今仍然是英国历史上最年轻的首相。

熟的老朋友格兰斯顿①呀！他和他的夫人，就在这底下作永久平和的安息。啊啊！这是奈瑞②，上头的墓志铭用拉丁文，Isaci Newtoni，连他名字的拼音都改了。当时受文艺复兴的影响，好古实在好得有趣。这是发明蒸汽的瓦特，这是生物学泰斗达尔文，这是非洲探险的立温斯敦③。这一带是政治家，大半自由党名士；这一带是诗人小说家，可惜我们学问固陋，记不起许多名字了。哈哈！这是谁？是 Sir 哈拔忒黎，是个唱索士比亚名剧的戏子，因戏唱得好，国家赏他功劳，封他一个爵。大街上不是还有他的铜像吗？这是大画家尼尔拉，他是法国人呀！怎么也葬在此？他是十七八世纪时对于英国美术界最有功的，威士敏士达的外国人，算他独一无二了。这是罗拔比尔，这是哈布顿，这是拉沙尔，这是沙士勃雷，都是些大名鼎鼎的政治家。我实在应接不暇了。进到里层，许多王陵比外面是壮丽些，但我们对于他却没甚趣味，草草走过罢。哎哟，这南廊北廊两位女王，一位伊里查白，一位马丽。她们姐儿俩，生冤家，死对头，一个要了一个的命，到此可也和解了④，同在一个庙里双栖双宿。还有查理第二，当他在这里加冕的时候，大发雷霆，把那杀父之雠⑤克林威尔⑥寺内的坟掘了。后来克林威尔仍旧改葬迁回这寺，和他的陵也相去不远。啊啊！这才真叫作冤亲平等，一视同仁。可见这威士敏士达，并没认得甚么个人，只认得一个英国哩。我们这一游，整整游了

---

① 指威廉·尤尔特·格莱斯顿，William Ewart Gladstone，英国政治家，作为自由党人四次出任英国首相。格莱斯顿是美国总统伍德罗·威尔逊的偶像，始终被学者排名为最伟大的英国首相之一。

② 指数学、物理学大师艾萨克·牛顿，Isaac Newton。

③ 今译"利文斯顿"。

④ 苏格兰女王玛丽一世，曾嫁给表弟法国弗朗索瓦二世，一度成为法国王后。后回到苏格兰，又两度结婚，后被苏格兰领主等推翻，1568 年逃亡英格兰，被表姑伊丽莎白女王囚禁于谢菲而德庄园。1587 年 2 月 8 日，被伊丽莎白女王下令处死。

⑤ chóu，同"仇"。

⑥ 指奥利佛·克伦威尔，Oliver Cromwell，英国政治人物、国会议员、独裁者，在英国内战中击败了保王党，1649 年斩杀了查理一世后，克伦威尔废除英格兰的君主制，并征服苏格兰、爱尔兰，在 1653 年至 1658 年期间出任英格兰—苏格兰—爱尔兰联邦之护国主。

个下半天，真如太史公所谓"高山仰止，景行行止，想见其为人，低回留之，不能去焉"。我想我们外国人，一进此寺，尚且感动到这种田地，他们本国人该怎么样呢？威士敏士达就是一种极严正的人格教育，就是一种极有活力的国民精神教育。教育是单靠学校吗？咦！我国民听呀！我国民听呀！

▲ 分析

游英国著名威斯敏斯特大教堂，梁启超先生并不仅仅介绍其历史、建筑和风格，而是进一步思考了平等观，思考了"极严正的人格教育"，和他们做事情的久远、坚持和神圣。他们建筑如此伟大的教堂，从图纸设计到开工建设，到不断修补累加，历经千年，有各种时代的风格叠加，但"合冶一炉"，并不感到有什么不调和，依然保持"十分庄严，十分趣味"。他们建这大屋华堂，并不是为了给自己住，可见得有长远的打算。另外，英国历史上的各类国王、女王、政治人物，无论恩怨如何，最终都魂归于此，平等于此。梁启超先生反思英国，总想到本国，这是思想家、政治家的本能。

三　一九一九年英国总选举前政界情形

我们要参观"世界民主政治的老祖宗"英国国会巴力门了。他是总选举后新召集，恰好吾们登岸那一天行开会礼。我们参观以前，要把他选举后的政党形势研究一番才好。

英国，我们都知道的，是个政党政治的模范。他有两大党对立，在国会下院占多数的党当然掌握政权，那少数党就在野来监督他。英国国民性有两种极大极重的要素：一种是爱自由，一种是爱保守。两党算是各各代表这两种国民性的一面。虽然两党党名改了好多回，两党具体的政治方针，更是适应时代要求随时变易，至于根本精神却依旧是百年如一日。近年这两个党名，一个叫自由党，一个叫统一党，都是有很长远的历史根据，互相更迭的在朝在野。但到了十九世纪末年，两大党对立的原则渐渐有些摇动了。自从一八八〇年以后，爱尔兰国民党发生，成了个第三党，于是甲乙两党无论哪个都不能在院中占绝对多数，总须靠两党提携。丙党便成了个举足轻重的形势。一八九〇年以后，劳工党发生，成了个第四党。一党制绝对多数的旧梦，真要从此断念了。一八九四年，格兰斯顿失败以后，英国成为统一党的天下恰二十年。自由党和第三、第四两党提携，势力日渐加增，一九〇五年遂占多数，自由党内阁复现。其后两回总选举，统一党皆一败涂地，自由党和爱尔兰劳工两党结合益密，继续保持政权，这便是开战前英国政局的形势。开战之始，在野的统一党首先表示意思，要和政府勠力同当国艰，政府亦开心见诚，愿与在野党提携。翌①年（一九一五）五月联立内阁成，阁员二十二人中，自由党十二人，统一党八人，劳工党一人，爱尔兰党一人（其后该党首领勒特门因交涉不调未入阁）。故当时之爱斯葵内阁，实际上形式上完全办到举国一致。自由、统一两党首领在一个内阁里头做同僚，算是英国宪政史上一个破天荒的新例了（劳工党员入阁，亦以此次为最初）。又翌年（一九一六）十二月，劳特佐治拆爱斯葵内阁的台，结果，爱斯葵逼退，劳特佐治内阁成立，几乎把政党政治乃至内阁政治的精神都要打破了。第一，在二十几名阁员里头，挑出五位组织军事内阁，这算是内阁之中更有内阁。质而言之，算是内阁之上更有内阁了。第二，为网罗人才起见，好几位不是国会议员的也入阁，这是英国宪政史的惯例，绝对不能许容的。第三，政府领袖是自由党的劳特佐治，政府党上院领袖柯松，下院领袖般拿罗，却都是统一党，这是前古未闻的异象。"非政党政治"的精神公然表现了。要之，自劳特佐治内阁成立以来，虽然战事上替国家立了莫大的功劳，却是宪政基础也着实摇动得利害。就政党分野方面论，自由党是分裂了，爱斯葵派和劳特佐治派分立，变成水火，劳特佐治只好利用统一党来维持势力，统一党也要利用劳特佐治，慢慢的恢复政权。这便是去年停战前后英国政界的形势。

---

① yì。

英国下院本以七年为任期，新近改短，缩至五年（一九一一年法律）。所以一九一〇年选出的国会，到一九一五年冬早已满期。徒以战事方殷，无暇顾及选事。去年十一月德军降服，劳特佐治内阁跟着就发布改选命令。当时反对派有些人主张稍缓，他的理由，因为是选举人许多远征在外，不能投票。政府说是平和克复后政府种种设施，第一要求国民信任。任期久满的国会，是否能代表现在民意，殊不可知，所以亟须依法改选。骨子里政府是有一番作用，趁着国民庆贺战胜讴歌功德之时举行选举，自然于现政府有利。但打起官话来，他法律上的理由也极圆满，反对说当然是难不倒他了。这回选举，各处征戍的军人，临时都抽调回来投票，事毕归伍。所以有人起他一个绰号，叫作军服选举。这回选举，依着新改正的选举法（一九一八年），男子选举权增加二百万人，还添上六百多万的女子选举权。英国多年女子参政的运动，算是有了结果了。这回选举，不像从前各党对垒竞争，却另外立出个联立派、非联立派的名目来。联立派是拥护现在的联立政府，非联立派反对他，两派中却是各党都有。我们可以起他一个名，叫作"纵断政党"的选举。联立派中重要分子：（一）统一党的大部分，（二）劳特佐治部下的自由党，（三）劳工党内和劳特佐治表同情的一小部分。非联立派中重要分子：（一）爱斯葵部下的自由党，（二）劳工党的大部分，（三）爱尔兰的统一党，（四）爱尔兰新芬党。

▲ 分析

对英国四个政党的历史与现状介绍得有条理有事实，而且把不同的变化也写出来了，使读者一目了然。

四　总选举后之新国会

当着手选举之初，联立派用劳特佐治（该派自由党领袖）、般拿罗（统一党领袖）两个人名义发出洋洋洒洒的一篇宣言。这篇宣言关于英国将来趋势总算很有研究的价值。我们素来知道的，英国近几十年来有两个大问题。第一是关税问题，统一党主张保护贸易，自由党绝对反对。第二是爱尔兰问题，自由党主张自治，统一党绝对反对。这篇宣言的要点，就是将这两个问题表示两党折衷调和的意见。统一党承认爱尔兰自治，却是关于乌尔斯达问题，仍听其自决，自由党承认一部分的关税改革，对于特定的国产加以保护，农业亦力求改良，但普通物品依然采自由贸易的原则。这篇宣言分明表示两党历年各走极端的问题，往后着实接近交让，这总算英国内政上一番新空气了。其他关于和议问题，军备问题，征兵制度废止问题，都有主张，无非用种种法子投合国民心理。那边非联立派，却没有什么旗帜鲜明的主张拿得出来，又不敢对于现在新立大功的劳特佐治政府昌言攻击。他们唯一的武器就是说联立主义破坏政党政治的大原则，危及宪政基础。这话诚然不错呀，但在那热辣辣一团高兴沈醉战胜的多数国民，却听不进耳朵来。那爱斯葵内阁当时不满人意的举动（如反对福煦做总司令之类），却人人都是记得。所以选举下来，联立派全胜，非联立派一败涂地。选举揭晓，是十二月二十九日，正当我们从上海起程的第二天。我们到香港就看见路透电，电报的结果如下：

联立派	合计	四七一名
	内统一党	三三四名
	劳特佐治自由党	一二七名
	劳工党	一〇名
非联立派	合计	二三六名
	内统一党	四六名
	爱斯葵自由党	三七名
	劳工党	六五名
	国民党	二名
	新社会	一名

爱尔兰国民党	七名
新芬党	七三名
无所属	五名

议员总额七百零七名，政府方面的联立派占了四百七十一名的大多数，还有非联立派内之四十六名统一党，大半是从爱尔兰选出。对于一般政策，还是赞成政府，实际上政府派优越数算是三百二十七名了。这回选举结果，可以特别注意的有好几点：第一，反对派头一把交椅的党魁开战当时的首相爱斯葵落选，其余自由党名士约翰西蒙、郎士门、麦坚拿和劳工党党魁翰特逊、墨克多那、士脑顿等辈，都纷纷落选。反对派失败的程度，可算空前绝后。第二，统一党两派合计共得三百八十名，一党制绝对多数，算是二十五年来久已不见的现象，他们党势是完全恢复了，随时可以把劳特佐治一脚踢开，自己独力组织内阁。第三，爱尔兰是主张独立的新芬党占了全胜。主张自治的国民党剩得几名败鳞残甲，新芬党议员全体不出席，要在达布陵①组织起自己的国会来。爱尔兰问题越发要发生新困难了。第四，劳工党虽然有几位首领落选，但议员总数毕竟比前次增加。现在反对各派中的人数，推他做巨擘，居然占了在野党前面一排的椅子，实在是英国议会史中破天荒一件大事。第五，女子参政权是得到手了。那些太太小姐们对于她自己的同辈，却像不大信用。英苏等处，一个女议员都选不出来。只有一名，却是爱尔兰的"新芬"，始终未见出席。记得临出京时，英使朱尔典和我饯行，席上谈起英国人物。他说："阁下到英国，有一个人非见不可。"我问："是谁？阁下能否替我介绍？"他说："连我也不知道是谁。"我说，"奇了，不知是谁，怎么叫我去见？"他说："据说这回女议员总有一名选出，你不该去钻个门路一瞻颜色吗？"说罢了彼此哑然大笑。可惜，这回独一无二的新芬党女议员马基维夫人，我因为没到爱尔兰，竟自不得一见了。闲话休题。英国新国会现在这种形势之下，将来政

---

① 今译"都柏林"。

界该生出怎样的变化呢？据我看来，或者是政党分野，从此根本改造。劳特佐治派的自由党和统一党变成永久的结合。据他们的宣言，像很有这个意思。果然如此，那么，爱斯葵派的自由党当然和劳工党结合起来，渐渐成个强固的在野党。但这种改造是否就能办到，著实难言。统一党人性格，有点根本和自由党不能相容。劳特佐治一派在自由党中尤称急进，自然和统一党距离更远。还记得一九一〇年劳氏提出他那社会主义的财政案，统一党简直拿他当洪水猛兽看待，说从今便会水乳起来。到底有些不像，况且劳氏又是个识时务的俊杰，他安肯事事迁就统一党，和劳工党为难，逆了世界的新潮流。统一党却是占绝对多数，可以制劳氏死命。万一决裂，劳氏倒有些为难，还是回娘家呀？还是自立门户？回娘家似乎有点难为情，若要从自由统一两党中各挖出一部分来自立门户，只怕也非容易。今日的劳氏，自是算时代骄儿，同时或者已经变成《儒林外史》说的"小小一条亢龙"也未可定哩。这且不必管他，好在英国政治不是人的问题。一个人失败成功，并没什么了不得的影响。却是现在"纵断政党"的现象，我敢说他断断不能久长，不久依然还是变为两大党，劳工党却要"附庸蔚为大国"，从前当自由党的小兄弟，往后只怕要当老大哥了。我们已经把政党情形研究得有些眉目，就往议院旁听罢。

▲ 分析

介绍新选举之后各党派在议会里所占的位置、份额，以及相互变化的过程，对了解当时英国议会政治有很重要参考价值。最重要的变化是：一、有了一个女议员；二、劳工党"附庸蔚为大国"成了不可忽视的新势力。好处在于，一爱自由二爱保守的英国人和英国政治，可以在稳中求变化，而相对有效地化解社会矛盾。

五　下议院旁听

原来巴力门是上下两院的总名，两院同在一座房子里头，自成院落。我们未到议场，先将全部规模看过大概。你看，这警察好奇怪呀！个个都像《红楼梦》上的史湘云，脖子上戴着朝珠一般的金锁链，链上好漂亮的一个金麒麟。入门左手边那像一个旧木厂的是什么地方？是从前查理第一的餐房，台阶下那块石，查理就站在上头受死刑裁判。这算专制魔王头一个的现世报。却是直到如今各国当权的人，还要跟着他学，真是不可解哩！哦，好大的两幅画，画的都是拿破仑战争时英国海陆军的功绩。那英普两位元帅在那里握手，好亲密呀。唉！国际上有什么感情，只算得个小人之交，以势利合罢。哦！这一带廊好长！两面架上庋[1]的都是几百年来的法律和议事录，我想各国人都拿世界当个学校，在那里上"政治功课"，这位姓英的老哥，头一个试验及第，这些都是他毕业成绩，我们揣摩揣摩啊。怎么这里有个饭馆？许多议员在那里吃茶，听说还常常请客。哈哈！英国人的政治趣味，就和他爱打球一样，这巴力门也算得一个团体竞技俱乐部哩。啊啊！这后面就是泰姆河。好闲旷呀！不知那些议员老爷们可有几个人领略得来。哎哟，时候不早了，那边开会好一会了。我们进去罢。

好一个森郁的议场，墙壁用无数三角碎片的橡木砌成，年代久了，现出一种暗淡深黝的色泽。四周并没有大的窗户，只靠屋顶透光。一个平面的屋顶，满盖五彩玻璃，式样也是三角，颜色以淡黄为主，深蓝深红相间错，当这气凝雾重之时，越显得阴沉沉的，好像饱经世故的人，一点才华不显出来，内里却含着一片淋漓元气，外貌的幽郁，全属动心忍性的一种表象。西人常说：美术是国民性的反射，我从前领略不出来，到了欧洲，方才随处触悟。这威士敏士达和巴力门两爿[2]建筑，不是整个英国人活现出来吗？各国会议场十有九是圆的，巴力门却是个长方形。中间一个议长席，左右两边，便是一排一排的长椅子。他不像我们参众两院有什么国务员席政府委员席，因为他们非议员不能入阁，国务员都是以议员资格列席，当然无所谓国务员席了。国务员

---

[1] guǐ，摆放。

[2] pán。

坐在议长右手边第一排椅子，政府党员一排一排的坐在后面。在野党首领坐在左手边第一排椅子，党员也一排一排的坐在后面。连演说台也没有，无论怎么长的话，都是从本座站起来便讲。各座位前没有桌子，纸笔墨不用说是没有了。议长是尊严得很。他的座是像神龛一样，巍巍在上，罩着一个圆盖，两边还垂些幡① 穗。议长坐在里头，活像塑成的一尊神道。议长席下面有一张长桌，桌上摆着一根金光灿烂的杖笏②，这是表示议长威权的一种仪仗，议长参列什么正式典礼，一定有人拿着这笏做前导。据说克林威尔拿军队解散国会时，曾把这笏丢到街外，说道："这是什么东西，拿来吓谁？"哈哈！克林威尔如今安在？这笏倒是与天同寿咧。桌子靠外尽头，两边各摆一个漆匣子，我没有研究他是革制是木制，更不知里头装着什么宝贝，但他恰好放在两党首领座位的面前。那些党魁演说，初时总是抚摩着他，讲到起劲，便把他奋拳痛殴起来，所以英国闺秀有句美谈，说是"但原嫁得个痛殴巴力门漆匣的可人夫婿"。以上所说议场规模，都是我当时很受感动的一种印象，所以不嫌琐碎，把他详叙。

如今要说到会议情形了。本日是开会后第一次议事，讨论的是"奉答诏书上奏文"（各君主国国会行开会礼之日，照例有一篇诏书，这诏书便是政府一种抽象的施政方针。国会第一次会议，议的总是上奏文，在野党对于上奏文的主张总含有弹劾政府的意味）。首相劳特佐治，本在巴黎和会，前日乘飞机赶回来出席。我们初入议场时，看见右边第一排椅子坐着枢密院长般拿罗（Bonar Law），财政总长张伯伦（Chamberlin），还有两三位国务员，随后劳特佐治也到了，就正对着那漆匣子坐。那左边漆匣子后面，坐着劳工党首领亚丹逊（Adamson），他是怎么样一个人呢？他从十七岁到二十四岁在煤矿里做苦工，是一位货真价实正途出身的劳工党，他要把从前掘煤的拳力殴起匣子来了。我想从今以后闺秀择婿，不该专向上流绅士求人才，连矿丁车夫，怕也要一费法眼哩。诸君莫当是笑话，这是英国宪政史上一件大事，英国将

---

① fān。
② hù。

来或者免得掉过激的社会革命，就是靠这种精神了。我们初进场时，亚丹逊正站着演说，跟着又是妥玛演说。他是铁路工团总书记，去年曾当过阁员。两人所说的大意，都是说前日诏书，关于劳工政策，未见有切实表示，因力说战后劳工困苦情形，主张上奏文中，要特别注重这点。这算是向政府放了第一枝箭了，两人说的都是情词激越，亹亹①动人。对面劳特佐治把两条腿跷在桌子上（诸君莫误会，说他无礼，这是巴力门里一种时髦态度），和他的同僚都侧着耳朵凝神静听。还时时拿铅笔把他们的演说要点，记在一片小纸上，好预备答驳。我听了双方辩论两点多钟，真是感服到五体投地。他们讨论国家大计，像似家人妇子围在一张桌子上聚谈家务，真率是真率到十分，肫诚②是肫诚到十分。自己的主张，虽是丝毫不肯放让，对于敌党意见，却是诚心诚意的尊重他。我想一个国民，若是未经养成这种精神，讲什么立宪共和，岂非南辕北辙！这几年来，国民对于议员，很有点不满意。在议员自身，固然是要猛醒，但根本责任，仍在国民。议员不是国民一分子吗？有这种国民，自然有这种议员。撵③一位去，换一位来，暮四朝三，还是一样。不责备自己，单责备议员，根本就是错谬。我劝我国民快些自觉罢，从这里下一番苦功啊。不然，我们要应那组织国家的试验，便换了一百个题目，也是要落第哩。空论少发，言归本题。

这回讨论，不用问自然知道是在野党失败，因为右边坐着黑压压的一大堆，左边疏疏落落像几点晨星，形势太过悬绝了。但是他们的少数党，明知他的主张绝无通过之望，依然是接二连三把他提出，还演说得淋漓尽致（那多数党明知自己一定得胜，却从没有恃强压制，令敌党不能尽言，总要彼此痛痛快快辩论一番，才给他一个否决）。就中国人眼光看来，他们真算是呆子。分明没有结果的提案，翻来覆去的说他，岂非都是废话！哪里知道英国宪政所以日进无疆，都是为此。还记得当

---

① wěi。
② 诚挚。
③ niǎn。

十九世纪初年，急进党只有一名议员在议会，他就把那普通选举法案提出，当然是立刻否决了，明年又一字不易的提出，年年否决，年年提出，如是者一连七年。像吾们绝顶聪明的中国人，断不会做这种笨事。你说他笨吗？今日何如？普通选举，不是成了全世界的天经地义吗？他们一种主张，绝不希望立刻成功，只是要将他成了一个问题，唤起国民注意，慢慢的造成舆论，乃知孔子的"知其不可而为之"，墨子的"虽天下不取强聒①而不舍"，真是有道理。笨的英国人所以能成功，聪明的中国人所以没出息，所争就在这一点哩。

▲ 分析

这里写英国议会的现场形势、不同党派之间论证的秩序和彼此尊重，还有率真和肫诚，作者认为这才是英国议会中最需要学习的。在议会里，除了议长"尊严得很"，其他如首相、财务大臣、国防大臣等，都是平等而坐，并无特殊的待遇。而其中最让人感到不可思议的是，少数派明知自己的提案不可能通过，一次二次三次至无数次地提出，不求毕其功于一役，而是日拱一卒，渐进改变。这个重要的国民性，跟英国的文化结构有关系吗？梁启超先生百年前对国民性的反思，至今都很有启发。

六　巴力门逸话

巴力门许多琐碎的习惯，就外国人眼光看来，觉得不可解，其实处处都可以看得出英国人的特别性格。他那议长戴着斑白的假头发，披着纯黑的大袈裟，那秘书服装也是一样，像戏台上扮的什么脚色。议长的名号，不叫作"伯里玺天德"②（President），

---

① guō。
② 总统。

不叫作"赤亚门"①（Chairman），却叫作"士璧架"（Speaker），翻译起来，说是"说话人"的意味。因为从前国王向议会要钱，总是找他说话，得了这个名，至今不改。最奇怪的，下院议员七百零七名，议席却只有五百九十六号，若是全体都出席，便有一百一十一人没有坐处。这种不合情理的过节，改正他并非甚难，英国人却不管，还是那老样子。我中、英两国，向来都以保守著名，但我们中国人所保守的，和英国正相反。中国人最喜欢换招牌，抄几条宪法，便算立宪，改一个年号，便算共和，至于政治社会的内容，连骨带肉，都是前清那个旧躯壳②。英国人内部是不断的新陈代谢，实际上时时刻刻在那里革命，却是那古香古色的老招牌，抵死也不肯换，时髦算时髦极了，顽固也顽固极了。巴力门里头，最神圣的是"阿达"③（Order）这个字，议员言动，有些子违犯规则，"阿达""阿达"的声浪，便四座怒鸣。若从议长口中说出"阿达"这个字来，无论议场若何喧哗，立刻就变肃静。他们的"阿达"，却从没有第几条第几项的写在纸上。问他有多少"阿达"。"阿达"的来历如何？没有人能够回答。试举他几个例：从前有位新到院的议员，初次演说，开口就说了一声"诸君"，便到处叫起"阿达"来了。因为他们的"阿达"凡有演说，都是对议长说话，不是对议员说话，所以头一句只能说"士璧架"，不能说"诸君"。因此之故，若是有人正在演说时，你若向他前面走过，便犯了"阿达"，因为把他声浪隔断，怕"士璧架先生"听不真了。"阿达"中最不可思议的，是他们的丝织高头帽，他们穿什么衣服，是绝对自由，唯有这顶高头帽，非戴不可。为这顶帽子，那老政治家格兰斯顿，就闹了两回笑话。原来他们的"阿达"，每到议案采决时，先行摇铃，隔两分钟摇一次，三次后会员都要齐集廊下分立左右以定可否。格翁正在洗澡（院内有浴室），铃响起来，换衣服，万赶不及，只得身披浴衣，头戴高帽，飞奔出来，惹得哄堂大笑。他们的"阿达"，寻常演说是光着头

---

① 主席。
② 讽刺得淋漓尽致。
③ 原意"秩序"，此处指"规则"。

的，唯有当采决铃声已响，临时提出动议，那提出人必要戴高帽演说。有一回格翁又闹乱子了，他提出这种动议却忘记戴帽，忽然前后左右都叫起"阿达"来，他找他的帽子又找不着，急忙忙把旁座的戴上。格翁是个有名的大脑袋，那高帽便像大冬瓜上头放着个漱口盂，又是一场哄堂大笑。还有好笑的，那戏装打扮的议长，这高头帽也要预备。要来什么用呢？原来巴力门采决的法定人数要四十名，刚缺一名不足时，议长就来凑数。六分钟摇铃三次，每次铃响后，议长点数目。一、二、三，点到第四十，他就把高帽戴在假头发上，高呼"四十"，你想这种情形，不是真有点像唱戏吗？他们又有一个"阿达"，每次散会，总是议员动议，议长宣告。有一天议员个个都忘了动议，竟自鸟兽散了，弄得议长一个人在那神龛里（议长席）坐到三更。幸亏一个院内守夜的走过，问起来由，才到处找得一位议员进来，正式动议，议长然后正式宣告散会，你说好笑不好笑呢？咦！诸君莫笑，这种琐琐碎碎的情节，就是英国人法治精神的好标本，"英国国旗永远看不见日落"，都是从这"阿达神圣"的观念赢得来哩。

我方才说，英国人爱政治活动就像爱打球，同是一种团体竞技的顽意儿，须知他们打球也是最讲规则的，不尊重规则，就再没有人肯和你顽了。就算中国人打牌，也有他种种规则，若打输了就推翻桌子，还成话吗？我们办了几年共和政治，演的都是翻桌子把戏，这却从何说起。他们不制定一种法律便罢，一经制定，便神圣不可侵犯，非经一定程序改废之后，是有绝对效力，无论何人都要服从。所以他们对于立法事业，丝毫不肯放过。人民有了立法权，就算有了自由，都是为此。若是法律定了不算账，白纸上洒些黑墨来哄人，方便自己的要他，不方便的就随时抹杀，那么何必要这些法律？就有了立法权又中何用呢？讲到这一点，那些半野蛮未开化的军阀不足责了，就是我们高谈宪政的一派人，也不能不分担责任。因为他们蔑法的举动，我们虽然不是共犯，但一时为意气所蔽，竟有点不以为非了。就只一点，便是对国民负了莫大罪恶。我如今觉悟过来了，所以要趁个机会，向国民痛彻忏悔一番。并要劝我们朋友辈，从此洗心革面，自己先要把法治精神培养好了，才配谈政治哩。一面还要奉劝那高谈护法的一派人，也注意这种精神修养，若是拿护法做个招牌，骨子里面还是方便自己的法律就要他，不方便的随时抹杀，那罪恶岂不是越发深重吗？总之，我自从这回到了欧洲，才觉得中国人法律神圣的观念，连根芽都还没有。既没有这种观念，自然没有组织能力，岂但政治一塌糊涂，即社会事业，亦何从办起。唉！我国民快点自觉啊！快点自忏啊！

分析

梁启超先生在清末民初是目光深邃、思想博大的政治家、思想家和文学家，他看到的问题，与一般人不同，因此影响巨大。在这如闲扯的"逸话"中，他的主心骨并没有忘记，而是反复强调，在"巴力门"里最重要的两条：规则、法治。这恰恰是最切中当时中国社会弊端的认识。

导读
最重要的在于规则与法治

梁启超先生的《欧游心影录》本书中选入了两篇文章，实在是因为编者从头到尾认认真真细读若干遍之后，觉得不能不与读者朋友分享。

一百多年前，中国刚刚打破清王朝的近三百年铁笼子般统治，对世界有强烈的认识需求。因此，那个时候，有机会做欧洲游和美国游的人，多会做一篇游记或者写一部书出来，有取"他山之石"的意思。从黄遵宪、康有为、梁启超、徐志摩、巴金、朱自清、林语堂、王统照等人的游记中，可以看到当时知识分子忧国忧民、努力学习西方文明与政治的痕迹。

诚如梁启超先生在这篇伦敦游记中写到的那样，英国国民性就像他们建筑威斯敏斯特大教堂一样，可以做好图纸，打好基础，慢慢地修宏伟建筑，一百五十多年不愠不恼，一点都不急，稳稳当当以至于大善。因此，他们的社会根基是稳定的，如威斯敏斯特大教堂历经千年而蔚为大观一样。时至今日，经历了第一次、第二次世界大战，从日不落帝国威势中"退居二线"，除了把全球霸主宝座让给美国，英国的政治结构几乎没有什么大的变化。而梁启超先生在一百多年前看到的在野工党，后来果然发展迅速，多次成为执政党，成为推动英国历史的一股力量。

这篇文章写得简明扼要，六小节分叙不同内容，各自表达，详略得当，给读者清晰的阅读感受。

关于分小节，此前我们已经说过若干次，这样有条理地写，读者记忆深刻，不容易忘记，也不累。本篇文章虽然有六小节，但梁启超先生重点写两个地方：威斯敏斯特大教堂和英国国会。前者两小节篇幅，快速介绍历代英国名人死后平等地葬在一起，相逢一笑泯恩仇，后人在瞻仰前贤时，或汲取教训，或反思当世，虽云陈迹，赫赫在目，而有功于当代焉。而"巴力门"用了四小节，分别从历史、党派、变化、形式，以及国会内的布局、规则、法治等方面来详细论述。可以看到，梁启超先生最大的兴趣和努力，是放在了英国国会上。

详略得当，是写文章的最基本方法。因此，开头写伦敦的雾，仅是一个有趣的引子，算是一盘前菜而已。

思考

对一个特殊场合的描写，你有没有注意到要有几个部分？历史、变化、现状、未来，都是很通常的分类。

延伸阅读

康有为《希腊游记》。

我所知道的康桥

徐志摩

一

我这一生的周折，大都寻得出感情的线索。不论别的，单说求学。我到英国是为要从罗素。罗素来中国时，我已经在美国。他那不确的死耗传到的时候，我真的出眼泪不够，还做悼诗来了。他没有死，我自然高兴。我摆脱了哥伦比亚大学博士衔的引诱，买船漂过大西洋，想跟这位二十世纪的福禄泰尔①认真念一点书去。谁知一到英国才知道事情变样了：一为他在战时主张和平，二为他离婚，罗素叫康桥②给除名了，他原来是 Trinity College③ 的 Fellow④，这来他的 Fellowship⑤ 也给取消了。他回英国后就在伦敦住下，夫妻两人卖文章过日子。因此我也不曾遂我从学的始愿。我在伦敦政治经济学院里混了半年，正感着闷想换路走的时候，我认识了狄更生先生。狄更生（Galsworthy Lowes Dickinson）是一个有名的作者，他的《一个中国人通信》（Letters From John Chinaman）与《一个现代聚餐谈话》（A Modern Symposium）两本小册子早得了我的景仰。我第一次会着他是在伦敦国际联盟协会席上，那天林宗

---

① 今译"伏尔泰"，法国百科全书派大师。
② 今译"剑桥"。
③ 剑桥大学的三一学院。
④ 院务委员。
⑤ 院务委员资格。

孟先生[①]演说，他做主席；第二次是宗孟寓里吃茶，有他。以后我常到他家里去。他看出我的烦闷，劝我到康桥去，他自己是王家学院（King's College）的Fellow。我就写信去问两个学院，回信都说学额早满了，随后还是狄更生先生替我去在他的学院里说好了，给我一个特别生的资格，随意选科听讲。从此黑方巾黑披袍的风光也被我占着了。初起我在离康桥六英里的乡下叫沙士顿地方租了几间小屋住下，同居的有我从前的夫人张幼仪女士与郭虞裳君。每天一早我坐街车（有时自行车）上学，到晚回家。这样的生活过了一个春，但我在康桥还只是个陌生人，谁都不认识，康桥的生活，可以说完全不曾尝着，我知道的只是一个图书馆，几个课室，和三两个吃便宜饭的茶食铺子。狄更生常在伦敦或是大陆上，所以也不常见他。那年的秋季我一个人回到康桥，整整有一学年，那时我才有机会接近真正的康桥生活，同时我也慢慢的"发现"了康桥。我不曾知道过更大的愉快。

二

"单独"是一个耐寻味的现象。我有时想它是任何发现的第一个条件。你要发现你的朋友的"真"，你得有与他单独的机会。你要发现你自己的真，你得给你自己一个单独的机会。你要发现一个地方（地方一样有灵性），你也得有单独玩的机会。我们这一辈子，认真说，能认识几个人？能认识几个地方？我们都是太匆忙，太没有单独的机会。说实话，我连我的本乡都没有什么了解。康桥我要算是有相当交情的，再次许只有新认识的翡冷翠[②]了。啊，那些清晨，那些黄昏，我一个人发痴似的在康桥！绝对的单独。

[①] 指林长民，清末民初著名学者、外交家，早年留日，于早稻田大学读政治与法律，曾任司法总长，巴黎和会时与梁启超等在欧洲展开"民间外交"。其女林徽因，女婿为梁启超之子梁思成。

[②] 今译"佛罗伦萨"。

但一个人要写他最心爱的对象，不论是人是地，是多么使他为难的一个工作？你怕，你怕描坏了它，你怕说过分了恼了它，你怕说太谨慎了辜负了它。我现在想写康桥，也正是这样的心理，我不曾写，我就知道这回是写不好的——况且又是临时逼出来的事情。但我却不能不写，上期预告已经出去了。我想勉强分两节写：一是我所知道的康桥的天然景色；一是我所知道的康桥的学生生活。我今晚只能极简的写些，等以后有兴会时再补。

三

康桥的灵性全在一条河上；康河，我敢说，是全世界最秀丽的一条水。河的名字是葛兰大（Granta），也有叫康河（River Cam）的，许有上下流的区别，我不甚清楚。河身多的是曲折，上游是有名的拜伦潭（Byron's Pool），当年拜伦[1]常在那里玩的；有一个老村子叫格兰骞斯德，有一个果子园，你可以躺在累累的桃李树荫下吃茶，花果会掉入你的茶杯，小雀子会到你桌上来啄食，那真是别有一番天地。这是上游；下游是从骞斯德顿下去，河面展开，那是春夏间竞舟的场所。上下河分界处有一个坝筑，水流急得很，在星光下听水声，听近村晚钟声，听河畔倦牛刍草声，是我康桥经验中最神秘的一种：大自然的优美、宁静，调谐在这星光与波光的默契中不期然的淹入了你的性灵。

但康河的精华是在它的中间，著名的"Backs"，这两岸是几个最蜚声的学院的建筑。从上面下来是Pembroke[2], St.Katharine's[3], King's[4], Clare[5], Trinity[6],

---

[1] 英国19世纪浪漫派大诗人，著有《唐璜》等。
[2] 培姆布罗克学院。
[3] 私立圣凯瑟琳女校。
[4] 国王学院。
[5] 克莱亚学院，剑桥大学第二古老的学院，创立于1326年。
[6] 三一学院。

St.John's①。最令人留连的一节是克莱亚与王家学院的毗连处，克莱亚的秀丽紧邻着王家教堂（King's Chapel）的宏伟。别的地方尽有更美更庄严的建筑，例如巴黎赛因河的罗浮宫一带，威尼斯的利阿尔多大桥的两岸，翡冷翠维基乌大桥的周遭；但康桥的"Backs"自有它的特长，这不容易用一二个状词来概括，它那脱尽尘埃气的一种清澈秀逸的意境可说是超出了画图而化生了音乐的神味。再没有比这一群建筑更调谐更匀称的了！论画，可比的许只有柯罗（Corot）的田野；论音乐，可比的许只有萧班②（Chopin）的夜曲。就这也不能给你依稀的印象，它给你的美感简直是神灵性的一种。

假如你站在王家学院桥边的那棵大椈树荫下眺望，右侧面，隔着一大方浅草坪，是我们的校友居（Fellows Building），那年代并不早，但它的妩媚也是不可掩的，它那苍白的石壁上春夏间满缀着艳色的蔷薇在和风中摇头，更移左是那教堂，森林似的尖阁不可渑③的永远直指着天空；更左是克莱亚，啊！那不可信的玲珑的方庭，谁说这不是圣克莱亚（St.Clare）的化身，哪一块石上不闪耀着她当年圣洁的精神？在克莱亚后背隐约可辨的是康桥最潢贵④最骄纵的三一学院（Trinity），它那临河的图书楼上坐镇着拜伦神采惊人的雕像。

但这时你的注意早已叫克莱亚的三环洞桥魔术似的摄住。你见过西湖白堤上的西泠断桥不是（可怜它们早已叫代表近代丑恶精神的汽车公司给铲平了，现在它们跟着苍凉的雷峰永远辞别了人间）？你忘不了那桥上斑驳的苍苔，木栅的古色，与那桥拱下泄露的潋光与山色不是？克莱亚并没有那样体面的衬托，它也不比庐山栖贤寺旁的观音桥，上瞰五老的奇峰，下临深潭与飞瀑；它只是怯怜怜的一座三环洞的小桥，它那桥洞间也只掩映着细纹的波鄰与婆娑的树影，它那桥上栉比的小苍兰与兰节顶上双双的白石球，也只是村姑子头上不夸张的香草与野花一类的装饰；但你凝神的看着，

---

① 圣约翰学院，有著名的合唱团。
② 今译"肖邦"。
③ měi，污染。
④ "天潢贵胄"的简用。

更凝神的看着,你再反省你的心境,看还有一丝屑的俗念沾滞不?只要你审美的本能不曾泪灭时,这是你的机会实现纯粹美感的神奇!

但你还得选你赏鉴的时辰。英国的天时与气候是走极端的。冬天是荒谬的坏,逢着连绵的雾盲天你一定不迟疑的甘愿进地狱本身去试试;春天(英国是几乎没有夏天的)是更荒谬的可爱,尤其是它那四五月间最渐缓最艳丽的黄昏,那才真是寸寸黄金。在康河边上过一个黄昏是一服灵魂的补剂。啊!我那时蜜甜的单独,那时蜜甜的闲暇。一晚又一晚的,只见我出神似的倚在桥阑上向西天凝望:——

看一回凝静的桥影,

数一数螺钿的波纹;

我倚暖了石阑的青苔,

青苔凉透了我的心坎;……

还有几句更笨重的怎能仿佛那游丝似轻妙的情景:

难忘七月的黄昏,远树凝寂,

像墨泼的山形,衬出轻柔暝色

密稠稠,七分鹅黄,三分橘绿,

那妙意只可去秋梦边缘捕捉;……

四

这河身的两岸都是四季常青最葱翠的草坪。从校友居的楼上望去,对岸草场上,不论早晚,永远有十数匹黄牛与白马,胫蹄没在恣蔓的草丛中,从容的在咬嚼,星星的黄花在风中动荡,应和着它们尾鬃的扫拂。桥的两端有斜倚的垂柳与椈荫护住。水是澈底的清澄,深不足四尺,匀匀的长着长条的水草。这岸边的草坪又是我的爱宠,在清朝，在傍晚，我常去这天然的织锦上坐地，有时读书，有时看水；有时仰卧着看天空的行云，有时反仆着搂抱大地的温软。

但河上的风流还不止两岸的秀丽。你得买船去玩。船不止一种：有普通的双桨划船，有轻快的薄皮舟（Canoe），有最别致的长形撑篙船（Punt）。最末的一种是别处不常有的：约莫有二丈长，三尺宽，你站直在船艄上用长竿撑着走的。这撑是一种技术。我手脚太蠢，始终不曾学会。你初起手尝试时，容易把船身横住在河中，东颠西撞的狼狈。英国人是不轻易开口笑人的，但是小心他们不出声的皱眉！也不知有多少次河中本来悠闲的秩序叫我这莽撞的外行给搅乱了。我真的始终不曾学会；每回我不服输跑去租船再试的时候，有一个白胡子的船家往往带讥讽的对我说："先生，这撑船费劲，天热累人，还是拿个薄皮舟溜溜吧！"我哪里肯听话，长篙子一点就把船撑了开去，结果还是把河身一段段的腰斩了去！

你站在桥上去看人家撑，那多不费劲，多美！尤其在礼拜天有几个专家的女郎，穿一身缟素衣服，裙裾在风前悠悠的飘着，戴一顶宽边的薄纱帽，帽影在水草间颤动，你看她们出桥洞时的姿态，捻起一根竟像没有分量的长竿，只轻轻的，不经心的往波心里一点，身子微微的一蹲，这船身便波的转出了桥影，翠条鱼似的向前滑了去。她们那敏捷，那闲暇，那轻盈，真是值得歌咏的。

在初夏阳光渐暖时你去买一只小船，划去桥边荫下躺着念你的书或是做你的梦，槐花香在水面上飘浮，鱼群的唼喋[①]声在你的耳边挑逗。或是在初秋的黄昏，近着新月的寒光，望上流僻静处远去。爱热闹的少年们携着他们的女友，在船沿上支着双双的东洋彩纸灯，带着话匣子，船心里用软垫铺着，也开向无人迹处去享他们的野福——谁不爱听那水底翻的音乐在静定的河上描写梦意与春光！

住惯城市的人不易知道季候的变迁。看见叶子掉知道是秋，看见叶子绿知道是春；天冷了装炉子，天热了拆炉子；脱下棉袍，换上夹袍，脱下夹袍，穿上单袍；不过如此

---

① shà dié，游鱼或水鸟吃食的声音。

罢了。天上星斗的消息，地下泥土里的消息，空中风吹的消息，都不关我们的事。忙着哪，这样那样事情多着，谁耐烦管星星的移转，花草的消长，风云的变幻？同时我们抱怨我们的生活，苦痛，烦闷，拘束，枯燥，谁肯承认做人是快乐？谁不多少间咒诅人生？

但不满意的生活大都是由于自取的。我是一个生命的信仰者，我信生活绝不是我们大多数人仅仅从自身经验推得的那样暗惨。我们的病根是在"忘本"。人是自然的产儿，就比枝头的花与鸟是自然的产儿；但我们不幸是文明人，入世深似一天，离自然远似一天。离开了泥土的花草，离开了水的鱼，能快活吗？能生存吗？从大自然，我们取得我们的生命；从大自然，我们应分取得我们继续的滋养。哪一株婆娑的大木没有盘错的根柢深入在无尽藏的地里？我们是永远不能独立的。有幸福是永远不离母亲抚育的孩子，有健康是永远接近自然的人们。不必一定与鹿豕游，不必一定回"洞府"去；为医治我们当前生活的枯窘，只要"不完全遗忘自然"一张轻淡的药方我们的病象就有缓和的希望。在青草里打几个滚，到海水里洗几次浴，到高处去看几次朝霞与晚照——你肩背上的负担就会轻松了去的。

这是极肤浅的道理，当然。但我要没有过过康桥的日子，我就不会有这样的自信。我这一辈子就只那一春，说也可怜，算是不曾虚度。就只那一春，我的生活是自然的，是真愉快的！（虽则碰巧那也是我最感受人生痛苦的时期。）我那时有的是闲暇，有的是自由，有的是绝对单独的机会。说也奇怪，竟像是第一次，我辨认了星月的光明，草的青，花的香，流水的殷勤。我能忘记那初春的睥睨[1]吗？曾经有多少个清晨我独自冒着冷去薄霜铺地的林子里闲步——为听鸟语，为盼朝阳，为寻泥土里渐次苏醒的花草，为体会最微细最神妙的春信。啊，那是新来的画眉在那边涧不尽的青枝上试它的新声！啊，这是第一朵小雪球花挣出了半冻的地面！啊，这不是新来的潮润沾上了寂寞的柳条？

---

[1] bì nì，侧眼看。

静极了，这朝来水溶溶的大道，只远处牛奶车的铃声，点缀这周遭的沉默。顺着这大道走去，走到尽头，再转入林子里的小径，往烟雾浓密处走去，头顶是交枝的榆荫，透露着漠楞楞的曙色；再往前走去，走尽这林子，当前是平坦的原野，望见了村舍，初青的麦田，更远三两个馒形的小山掩住了一条通道。天边是雾茫茫的，尖尖的黑影是近村的教寺。听，那晓钟和缓的清音。这一带是此邦中部的平原，地形像是海里的轻波，默沉沉的起伏；山岭是望不见的，有的是常青的草原与沃腴①的田壤。登那土阜②上望去，康桥只是一带茂林，拥戴着几处娉婷的尖阁。妩媚的康河也望不见踪迹，你只能循着那锦带似的林木想象那一流清浅。村舍与树林是这地盘上的棋子，有村舍处有佳荫，有佳荫处有村舍。这早起是看炊烟的时辰：朝雾渐渐的升起，揭开了这灰苍苍的天幕（最好是微霭后的光景），远近的炊烟，成丝的，成缕的，成卷的，轻快的，迟重的，浓灰的，淡青的，惨白的，在静定的朝气里渐渐的上腾，渐渐的不见，仿佛是朝来人们的祈祷，参差的翳③入了天厅。朝阳是难得见的，这初春的天气。但它来时是起早人莫大的愉快。顷刻间这田野添深了颜色，一层轻纱似的金粉糁④上了这草，这树，这通道，这庄舍。顷刻间这周遭弥漫了清晨富丽的温柔。顷刻间你的心怀也分润了白天诞生的光荣。"春"！这胜利的晴空仿佛在你的耳边私语。"春"！你那快活的灵魂也仿佛在那里回响。

…………

伺候着河上的风光，这春来一天有一天的消息。关心石上的苔痕，关心败草里的花鲜，关心这水流的缓急，关心水草的滋长，关心天上的云霞，关心新来的鸟语。怯怜怜的小雪球是探春信的小使。铃兰与香草是欢喜的初声。窈窕的莲馨，玲珑的石水仙，爱热闹的克罗克斯，耐辛苦的蒲公英与雏菊——这时候春光已是缦烂在人间，更

---

① yú。
② fù。
③ yì，遮蔽。
④ sǎn。

不须殷勤问讯。

　　瑰丽的春放。这是你野游的时期。可爱的路政，这里不比中国，哪一处不是坦荡荡的大道？徒步是一个愉快，但骑自转车是一个更大的愉快，在康桥骑车是普遍的技术；妇人，稚子，老翁，一致享受这双轮舞的快乐。（在康桥听说自转车是不怕人偷的，就为人人都自己有车，没人要偷。）任你选一个方向，任你上一条通道，顺着这带草味的和风，放轮远去，保管你这半天的逍遥是你性灵的补剂。这道上有的是清荫与美草，随地都可以供你休憩。你如爱花，这里多的是锦绣似的草原。你如爱鸟，这里多的是巧啭的鸣禽。你如爱儿童，这乡间到处是可亲的稚子。你如爱人情，这里多的是不嫌远客的乡人，你到处可以"挂单"借宿，有酪浆与嫩薯供你饱餐，有夺目的果鲜恣你尝新。你如爱酒，这乡间每"望"都为你储有上好的新酿，黑啤如太浓，苹果酒姜酒都是供你解渴润肺的。……带一卷书，走十里路，选一块清静地，看天，听鸟，读书，倦了时，和身在草绵绵处寻梦去——你能想象更适情更适性的消遣吗？

　　陆放翁有一联诗句："传呼快马迎新月，却上轻舆趁晚凉。"这是做地方官的风流。我在康桥时虽没马骑，没轿子坐，却也有我的风流：我常常在夕阳西晒时骑了车迎着天边扁大的日头直追。日头是追不到的，我没有夸父的荒诞，但晚景的温存却被我这样偷尝了不少。有三两幅画图似的经验至今还是栩栩的留着。只说看夕阳，我们平常只知道登山或是临海，但实际只需辽阔的天际，平地上的晚霞有时也是一样的神奇。有一次我赶到一个地方，手把着一家村庄的篱笆，隔着一大田的麦浪，看西天的变幻。有一次是正冲着一条宽广的大道，过来一大群羊，放草归来的，偌大的太阳在它们后背放射着万缕的金辉，天上却是乌青青的，只剩这不可逼视的威光中的一条大路，一群生物，我心头顿时感着神异性的压迫，我真的跪下了，对着这冉冉渐翳的金光。再有一次是更不可忘的奇景，那是临着一大片望不到头的草原，满开着艳红的罂粟，在青草里亭亭像是万盏的金灯，阳光从褐色云里斜着过来，幻成一种异样紫色，透明似的不可逼视，刹那间在我迷眩了的视觉中，这草田变成了……不说也罢，说来你们也是不信的！

一别二年多了,康桥,谁知我这思乡的隐忧?也不想别的,我只要那晚钟撼动的黄昏,没遮拦的田野,独自斜倚在软草里,看第一个大星在天边出现!

导读
我只要那晚钟撼动的黄昏,没遮拦的田野

《我所知道的康桥》是现代著名诗人、散文家徐志摩的名作,写他在英国剑桥大学学习时的美好记忆。文章虽然写他在剑桥的生活、观察与体悟,但并没写跟哪位教授读什么书,没写剑桥的图书馆怎么样,没写自己的同学和他日常生活的行踪,没说怎么做论文,而只是对剑桥大学风光极力描写,并在华丽的文字中,加入了独特的感悟。

这感悟就是回归自然,自由自在的人性。

第一节介绍作者到剑桥的前因——为了自己所崇拜的、写过名著《西方哲学史》的英国大哲学家罗素,徐志摩把将要得的美国哥伦比亚大学博士学位都"丢弃"了,乘船到英国,打算跟随他学习。不巧罗素因反对一战,被三一学院除名院务委员资格。如此"草率"行事,也只有徐志摩这样"任性"的人才会做。也许因为那时通信条件不便捷,徐志摩的父母根本不知道他在美国、英国到底怎么样,才随他自我"放飞"。今天的孩子身上,都系着一条看不见的线,就像风筝一样,飞不到十几米高,就被拽下来了。

第二节是作者的"闲笔"。如果按照"极简"的要求,这段可以删除。一些课文也认为这类"抒情"或"感悟"是闲笔,没有太大用处。但闲笔却是一篇散文中体现作者个人语言风格和个性特征的最重要部分。"闲笔"写得恰到好处,是大家;没有"闲笔",是作文。

第三节进入了剑桥大学具体景物的描写:康河上下游和两岸的风光,各个错落有致的学院的建筑掩映——它们不见得宏伟,也不很博大,但这房舍与河流与森林的相

互错落有致，其中的安静、平和，让人神思悠远。去英国旅游，如果去剑桥大学，建议先读一读这段，看有没有类似的体会和感悟。这是作者说的分成两部分写康桥的第一部分：康河两岸的风光。接着，作者写自己在康桥生活的感受。

第四节写作者在康桥的生活与感悟，对花草、树木、鱼虫、人烟、闲散的描写，可谓是精彩纷呈，金子般的语言迸溅。这样的情感丰富，只有徐志摩才能做得到。换作别人，可能会显得矫揉造作，虚情假意。在前三节的渐次铺垫之后，最后一节，作者用繁复的语言来极力状写自己感受到的事物与对应而生发的心情，犹如一出歌剧到了高潮。文学与音乐，在这里可以找到共同点。

写散文也要有细节意识，如本文中的一些生动的描写：

1. 花果会掉入你的茶杯，小雀子会到你桌上来啄食。

2. 在星光下听水声，听近村晚钟声，听河畔倦牛刍草声，是我康桥经验中最神秘的一种。

3. 康桥的"Back"……它那脱尽尘埃气的一种清澈秀逸的意境可说是超出了画图而化生了音乐的神味。

4. 带一卷书，走十里路，选一块清静地，看天，听鸟，读书，倦了时，和身在草绵绵处寻梦去。

思考

我们在描写风光时，如何融入个人的思考？

延伸阅读

徐志摩散文集《巴黎的鳞爪》。

柏 林

朱自清

柏林的街道宽大，干净，伦敦巴黎都赶不上的；又因为不景气，来往的车辆也显得稀些。在这儿走路，尽可以从容自在地呼吸空气，不用张张望望躲躲闪闪。找路也顶容易，因为街道大概是纵横交切，少有"旁逸斜出"的。最大最阔的一条叫菩提树下，柏林大学，国家图书馆，新国家画院，国家歌剧院都在这条街上。东头接着博物院洲，大教堂，故宫；西边到著名的勃朗登堡门为止，长不到二里。过了那座门便是梯尔园，街道还是直伸下去——这一下可长了，三十七八里。勃朗登堡门和巴黎凯旋门一样，也是记功的。建筑在十八世纪末年，有点仿雅典奈昔克里司门[①]的式样。高六十六英尺，宽六十八码半；两边各有六根多力克式石柱子。顶上是站在驷马车里的胜利神像，雄伟庄严，表现出德意志国都的神采。那神像在一八零七年被拿破仑当作胜利品带走，但七年后便又让德国的队伍带回来了。

从菩提树下西去，一出这座门，立刻神气清爽，眼前别有天地；那空阔，那望不到头的绿树，便是梯尔园。这是柏林最大的公园，东西六里，南北约二里。地势天然生得好，加上树种得非常巧妙，小湖小溪，或隐或显，也安排的是地方。大道像轮子的辐，凑向轴心去。道旁齐齐地排着葱郁的高树；树下有时候排着些白石雕像，在深绿的背景上越显得洁白。小道像树叶上的脉络，不知有多少。跟着道走，总有好地方，不辜负你。园子里花坛也不少。罗森花坛是出名的一个，玫瑰最好。一座天然的围墙，圆圆地绕着，上面密密地厚厚地长着绿的小圆叶子；墙顶参差不齐。坛中有两个小方

[①] 指雅典卫城。

池，满飘着雪白的水莲花，玲珑地托在叶子上，像惺忪的星眼。两池之间是一个皇后的雕像；四周的花香花色好像她的供养。梯尔园人工胜于天然。真正的天然却又是一番境界。曾走过市外"新西区"的一座林子。稀疏的树，高而瘦的干子，树下随意弯曲的路，简直教人想到倪云林①的画本。看着没有多大，但走了两点钟，却还没走完。

柏林市内市外常看见运动员风的男人女人。女人大概都光着脚亮着胳膊，雄赳赳地走着，可是并不和男人一样。她们不像巴黎女人的苗条，也不像伦敦女人的拘谨，却是自然得好。有人说她们太粗，可是有股劲儿。司勃来河横贯柏林市，河上有不少划船的人。往往一男一女对坐着，男的只穿着游泳衣，也许赤着膊只穿短裤子。看的人绝不奇怪而且有喝彩的。曾亲见一个女大学生指着这样划着船的人说，"美啊！"赞美身体，赞美运动，已成了他们的道德。星期六星期日上水边野外看去，男男女女老老少少谁都带一点运动员风。再进一步，便是所谓"自然运动"。大家索性不要那劳什子衣服，那才真是自然生活了。这有一定地方，当然不会随处见着。但书籍杂志是容易买到的。也有这种电影。那些人运动的姿势很好看，很柔软，有点儿像太极拳。在长天大海的背景上来这一套，确是美的，和谐的。日前报上说德国当局要取缔他们，看来未免有些个多事。

柏林重要的博物院集中在司勃来河中一个小洲上。这就叫作博物院洲。虽然叫作洲，因为周围陆地太多，河道几乎挤得没有了，加上十六道桥，走上去毫不觉得身在洲中。洲上总共七个博物院，六个是通连着的。最奇伟的是勃嘉蒙②（Pergamon）与近东古迹两个。勃嘉蒙在小亚细亚，是希腊的重要城市，就是现在的贝加玛。柏林博物院团在那儿发掘，掘出一座大享殿，是祭大神宙斯用的。这座殿是两千两百年前造的，规模宏壮，雕刻精美。掘出的时候已经残破；经学者苦心研究，知道原来是什么样子，便照着修补起来，安放在一间特建的大屋子里。屋子之大，让人要怎么看这座

---

① 指倪瓒，元代画家。
② 今译"帕加门"。

殿都成。屋顶满是玻璃，让光从上面来，最均匀不过；墙是淡蓝色，衬出这座白石的殿越发有神儿。殿是方锁形，周围都是爱翁匿克式石柱，像是个廊子。当锁口的地方，是若干层的台阶儿。两头也有几层，上面各有殿基；殿基上，柱子下，便是那著名的"刻壁"。刻壁（Frieze）是希腊建筑里特别的装饰；在狭长的石条子上半深浅地雕刻着些故事，嵌在墙壁中间。这种刻壁颇有名作。如现存在不列颠博物院里的雅典巴昔农神殿的刻壁便是。这里的是一百三十二码长，有一部分已经移到殿对面的墙上去。所刻的故事是奥灵匹亚诸神与地之诸子巨人们的战争。其中人物精力饱满，历劫如生。另一间大屋里安放着罗马建筑的残迹。一是大三座门，上下两层，上层全为装饰用。两层各用六对哥林斯式的石柱，与门相间着，隔出略带曲折的廊子。上层三座门是实的，里面各安着一尊雕像，全体整齐秀美之至。一是小神殿。两样都在第二世纪的时候。

近东古迹院里的东西是十九世纪末二十世纪初年德国东方学会在巴比仑和亚述发掘出来的。中间巴比仑的以西他门（Ischtar Gateway）最为壮丽。门建筑在两千五百年前奈补卡德乃沙王第二的手里。门圈儿高三十九英尺，城垛儿四十九英尺，全用蓝色珐琅砖砌成。墙上浮雕着一对对的龙（与中国所谓龙不同）和牛，黄的白的相间着；上下两端和边上也是这两色的花纹。龙是巴比仑城隍马得的圣物，牛是大神亚达的圣物。这些动物的像稀疏地排列着，一面墙上只有两行，犄角上只有一行；形状也单纯划一。色彩在那蓝的地子上，却非常之鲜明。看上去真像大幅缂丝的图案似的。还有巴比仑王宫里正殿的面墙，是与以西他门同时做的，颜色鲜丽也一样，只不过以植物图案为主罢了。马得祭道两旁曲折的墙基也用蓝珐琅砖；上面却雕着向前走的狮子。这个祭道直通以西他门，现在也修补好了一小段，仍旧安在以西他门前面。另有一件模型，是整个儿的巴比仑城。这也可以慰情聊胜无了。亚述巴先宫的面墙放在以西他门的对面，当然也是修补起来的：周围正正的拱门，一层层又细又密的柱子，在许多直线里透出秀气。

新博物院第一层中央是一座厅。两道宽阔而华丽的楼梯仿佛占住了那间大屋子，但那间屋子还是照样地觉得大不可言。屋里什么都高大；迎着楼梯两座复制的大雕像，两边墙上大幅的历史壁画，一进门就让人觉得万千的气象。德意志人的魄力，真有他们的。楼上本是雕版陈列室，今年改作歌德展览会。有歌德和他朋友们的像，他的画，他的书的插图，等等。《浮士德》的插图最多，同一件事各人画来趣味各别。楼下是埃及古物陈列室，大大小小的"木乃伊"都有；小孩的也有。有些在头部放着一块板，板上画着死者的面相；这是用熔蜡画的，画法已失传。这似乎是古人一件聪明的安排，让千秋万岁后，还能辨认他们的面影。另有人种学博物院在别一条街上，分两院。所藏既丰富，又多罕见的。第一院吐鲁番的壁画最多。那些完好的真是妙庄严相；那些零碎的也古色古香。中国日本的东西不少，陈列得有系统极了，中日人自己动手，怕也不过如此。第二院藏的日本的漆器与画很好。史前的材料都收在这院里。有三间屋专陈列一八七一到一八九〇希利曼（Heinrich Schlieman）发掘特罗衣（Troy）城所得的遗物。

故宫在博物院洲之北，一九二一年改为博物院，分历史的工艺的两部分。历史的部分都是王族用过的公私屋子。这些屋子每间一个样子；屋顶，墙壁，地板，颜色，陈设，各有各的格调。但辉煌精致，是异曲同工的。有一间屋顶作穹隆形状，蓝地金星，俨然夜天的光景。又一间张着一大块伞形的绸子，像在遮着太阳。又一间用了"古络钱"纹做全室的装饰。壁上或画画，或挂画。地板用细木头嵌成种种花样，光滑无比。外国的宫殿外观常不如中国的宏丽，但里边装饰的精美，我们却断乎不及。故宫西头是皇储旧邸。一九一九年因为国家画院的画拥挤不堪，便将近代的作品挪到这儿，陈列在前边的屋子里。大部分是印象派，表现派，也有立体派。表现派是德国自己的画派。原始的精神，狂热的色调，粗野模糊的构图，你像在大野里大风里，大火里。有一件立体派的雕刻，是三个人像。虽然多是些三角形，直线，可是一个有一个的神气，彼此还互相照应，像真会说话一般。表现派的精神现在还多多少少存在：柏林魏坦公司六月间有所谓"民众艺术展览会"，出售小件用具和玩物。玩物里如小动物，孩子头之类，颇有些奇形怪状，别具风趣的。还有展览场六月间的展览里，有一部是剪贴画。用颜色纸或布拼凑成形，安排在一块地子上，一面加上些沙子等，教人有实体之感，一面却故意改变形体的比例与线条的曲直，力避写实的手法。有些现代人大约"是"要看了这种手艺才痛快的。

这一回展览里有好些小家屋的模型，有大有小。大概造起来省钱；屋子里空气，光，太阳都够现代人用。没有那些无用的装饰，只看见横竖的直线。用颜色，或用对照的颜色，教人看一所屋子是"整个儿"，不零碎，不琐屑。小家屋如此，"大厦"也如此。德国的建筑与荷兰不同。他们注重实用，以简单为美，有时候未免太朴素些。近年来柏林这种新房子造得不少。这已不是少数艺术家的试验而是一般人的需要了。"新西区"一带便都是的。那一带住屋小而巧，里面的装饰干净利落，不显一点板滞。"大厦"多在东头亚历山大场，似乎美观的少。有些满用横线，像夹沙糕，有些满用直线，这自然说的是窗子。用直线的据说是美国影响。但美国房屋高入云霄，用直线合式；柏林的低多了，又向横里伸张，用直线便大大地不谐和了。"大厦"之外还有"广场"，刚才说的展览场便是其一。这个广场有八座大展览厅，连附属的屋子共占地十八万两千平方英尺；空场子合计起来共占地六十五万平方英尺。乍走进去的时候，摸不着头脑，仿佛连自己也会丢掉似的。建筑都是新式。整个的场子若在空中看，是一幅图案，轻灵而不板重。德意志体育场，中央飞机场，也都是这一类新造的广场。前两个在西，后一个在南，自然都在市外。此外电影院跳舞场往往得风气之先，也有些新式样。如铁他尼亚宫电影院，那台，那灯，那花楼，不是用圆，用弧线，便是用与弧线相近的曲线，要的也是一个干净利落罢了。台上一圈儿一圈儿有些像排箫的是管风琴。管风琴安排起来最累赘，这儿的布置却新鲜悦目，也许电影管风琴简单些，才可以这么办。颜色用白银与淡黄对照，教人常常清醒。祖国舞场也是新式，但多用直线形；颜色似乎多一种黑。这里面有许多咖啡室。日本室便按日本式陈设，土耳其室便按土耳其式。还有莱茵室，在壁上画着莱茵河的风景，用好些小电灯点缀在天蓝的背景上，看去略得河上的夜的意思——自然，屋里别处是不用灯的。还有雷电室，壁上画着雷电的情景，用电光运转；电射雷鸣，与音乐应和着。爱热闹的人都上那儿去。

柏林西南有个波次丹（Potsdam），是佛来德列大帝的城。城外有个无愁园，园里有个无愁宫，便是大帝常住的地方。大帝迷法国，这座宫，这座园子都仿凡尔赛的样子。但规模小多了，神儿差远了。大帝和伏尔泰是好朋友，他请伏尔泰在宫里住过好些日子，那间屋便在宫西头。宫西边有一架大风车。据说大帝不喜欢那风车日夜转动的声音，派人跟那产主说要买它。出乎意外，产主愣不肯。大帝恼了，又派人去说，不卖便要拆。产主也恼了，说，他会拆，我会告他。大帝想不到乡下人这么倔强，大加赏识，那风车只好由它响了。因此现在便叫它做"历史的风车"。隔无愁宫没多少路，有一座新宫，里面有一间"贝厅"，墙上地上满嵌着美丽的贝壳和宝石，虽然奇诡，却以素雅胜。

导读
波次丹的历史风车

朱自清先生是著名的现代散文大家之一，他的散文简洁含蓄，用词直白精准，明白如话又有特别的余韵，清清楚楚又回味无穷，最能调和不同阶层、不同年龄读者的口味。他的文章在民国时期就深受中小学生欢迎，现在的中小学教材里选入他不少的文章。

朱自清先生的文章，通常很规矩，不做花哨比喻，但有神来之笔。

《柏林》这篇文章被收入《欧游杂记》，是朱自清先生为叶圣陶先生主编的《中学生》杂志撰写的专栏文章。他经过西伯利亚期间，曾给叶圣陶先生写了两封《西行通讯》，谈到了西伯利亚特有的风光。

可能是因为专门给中学生读者写的游记文章，朱自清先生在文章的剪裁上很讲究详略得当，中心突出。例如，在这篇文章中，朱自清先生就以点带面地写，把自己在游览中看到的柏林名胜，前后有致地写出来。整体观感上柏林比巴黎还要宏大、整洁，但略有些"萧条"。之后，文章就写到这座城市的标志性建筑——勃朗登堡门，在宽阔的著名大道菩提树下大街西边，历史上有很多故事，与勃朗登堡门密切相关。接着快速写到柏林著名的梯尔公园，进入了对著名的博物馆岛的描写，并用最多的笔墨详细地写了馆藏珍品。像柏林这样的一座历史大城，要写的内容很多，如果面面俱到，不知道要几千万字能写完。但那样原原本本、事无巨细地记载，就是流水账；而剪裁得当，重点突出，才是好文章。

这篇文章结尾是一个小小的高潮段落：一个身份卑微的农夫竟然敢顶撞尊贵伟大的佛来德列大帝，几番交涉后，大帝竟然大加赏识，最后任由风车响了。这种个人私产神圣不可侵犯的法律观念和道德自律，在东方帝国的国家里是不可想象的，而那还是在18世纪。联想到梁启超先生在英国议会旁听时得到的感悟——秩序与法治，可以体会到朱自清先生似有微言大义在内。梁启超先生实写，朱自清先生虚指，各有不同的表达、不同的风格。有人说，这位农夫是欧洲最牛钉子户。

如果你写读后感，就把这些地点串联起来，抄在本子上：菩提树下大街→勃朗登堡门→运动员风的男人女人→博物院洲（详写勃嘉蒙与近东古迹）→故宫→波茨坦。这样，你就看到了整篇文章的线索。如果你还有兴趣，就在不同的部分填入更为具体的内容。

柏林，位于东欧与西欧中枢，是欧洲最大铁路枢纽之一。现在的柏林中央火车站是一座庞大的新建筑，建于东西德重新合并之后，已经成为柏林的新名胜。在这幢庞大的建筑里，欧洲之星快车、普通快车、慢车还有地铁线，都有机地结合在一起了。底层的火车站台，三楼的轻轨线，有一种微妙的立体对应，非常生动。而盘踞在欧洲心脏地带、这幢旅客流量庞大的建筑却繁而不乱，井然有序。

2010年，我全家从太太王博士工作地波莱梅搭乘火车来柏林旅游时，在火车站里居然迷路了。上上下下好几趟，愣是找不到轻轨线的出口。而女儿在一家书店里，津津有味地看起了书。

被朱自清先生的散文在记忆中激起了波澜，一时各种细节涌现。这就是文字的力量。

思考

写游记时，事先想好要写哪几个地方，什么地方详写，什么地方简单带过，是动笔前很重要的准备。你写作文时，有写大纲的习惯吗？如果没有，可学习一下写大纲，这样，在考试写作文时，可以控制写作内容不跑题，控制写字速度，不至于写得匆忙、文字潦草影响印象分。

延伸阅读

季羡林《留德十年》。

马六甲游记

郁达夫

为想把满身的战时尘滓暂时洗刷一下，同时，又可以把个人的神经，无论如何也负担不起的公的私的积累清算一下之故，毫无踌躇，飘飘然驶入了南海的热带圈内，如醉如痴，如在一个连续的梦游病里，浑浑然过去的日子，好像是很久很久了，又好像是只有一日一夜的样子。实在是，在长年如盛夏，四季不分明的南洋过活，记忆力只会一天一天的衰弱下去，尤其是关于时日年岁的记忆，尤其是当踏上了一定的程序工作之后的精神劳动者的记忆。

某年月日，为替一爱国团体上演《原野》而揭幕之故，坐了一夜的火车，从新加坡到了吉隆坡。在卧车里鼾睡了一夜，醒转来的时候，填塞在左右的，依旧是不断的树胶园，满目的青草地，与在强烈的日光里反射着殷红色的墙瓦的小洋房。

揭幕礼行后，看戏看到了午夜，在李旺记酒家吃了一次朱植生先生特为筹设的消夜筵席之后，南方的白夜，也冷悄悄的酿成了一味秋意；原因是一阵豪雨，把路上的闲人，尽催归了梦里，把街灯的玻璃罩，也洗涤成了水样的澄清。倦游人的深夜的悲哀，忽而从驶回逆旅的汽车窗里，露了露面，仿佛是在很远很远的异国，偶尔见到了一个不甚熟悉的同坐过一次飞机或火车的偕行伙伴。这一种感觉，已经是好久好久不曾尝到了，这是一种在深夜当游倦后的哀思啊！

第二天一早起来，因有友人去马六甲之便，就一道坐上汽车，向南偏西，上山下岭，尽在树胶园椰子林的中间打圈圈，一直到过了丹平的关卡以后，样子却有点不同了。同模型似的精巧玲珑的马来人亚答屋的住宅，配合上各种不同的椰子树的阴影，有独木的小桥，有颈项上长着双峰的牛车，还有负载着重荷，在小山坳密林下来去的原始马来人的远景,这些点缀,分明在告诉我,是在南洋的山野里旅行。但偶一转向,车驶入了平原,则又天空开展,水田里的稻秆青葱,田塍树影下,还有一二皮肤黝黑的农夫在默默地休息,这又像是在故国江南的旷野,正当五六月耕耘方起劲的时候。

到了马六甲,去海滨"彭大希利"的莱斯脱·好坞斯(Rest House)①去休息了一下,以后,就是参观古迹的行程了。导我们的先路的,是由何葆仁先生替我们去邀来的陈应桢、李君侠、胡健人等几位先生。

我们的路线,是从马六甲河西岸海滨的华侨银行出发,打从圣弗兰雪斯教堂的门前经过,先向市政厅所在的圣保罗山,亦叫作升旗山的古圣保罗教堂的废墟去致敬的。

这一块周围仅有七百二十英里方的马六甲市,在历史上,传说上,却是马来半岛,或者也许是南洋群岛中最古的地方,是在好久以前,就听人家说过的。第一,马六甲的这一个马来名字的由来,据说就是在十四世纪中叶,当新加坡的马来人,被爪哇西来的外人所侵略,酋长斯干达夏率领群众避至此地,息树荫下,偶问旁人以此树何名,人以"马六甲"对,于是这地方的名字,就从此定下了。而这一株有五六百年高寿的马六甲树,到现在也还婆娑独立在圣保罗的山下那一个旧式栈桥接岸的海滨。枝叶纷披,这树所覆的荫处,倒确有一连以上的士兵可扎营。

此外,则关于马六甲这名字的由来,还有酋长见犬鹿相斗,犬反被鹿伤的传说;另一说:则谓马六甲系爪哇语"亡命"之意,或谓系爪哇人称巨港之音,巫来由即马六甲之变音。这些倒还并不相干,因为我们的目的,只想去瞻仰瞻仰那些古时遗下来的建筑物,和现时所看得到的风景之类;所以一过马六甲河,看见了那座古色苍然的荷兰式的市政厅的大门,就有点觉得在和数世纪前的彭祖老人说话了。

这一座门,尽以很坚强的砖瓦垒成,像低低的一个城门洞的样子;洞上一层,是施有雕刻的长方石壁,再上面,却是一个小小的钟楼似的塔顶。

在这里,又不得不简叙一叙马六甲的史实了:第一,这里当然是从新加坡西来的

---

① 休息室。

马来人所开辟的世界，这是在十四世纪中叶的事情。在这先头，从宋代的中国册籍《诸蕃志》①里，虽可以见到巨港王国的繁荣，但马六甲这一名，却未被发现。到了明朝，郑和下南洋的前后，马六甲就在中国书籍上渐渐知名了，这是十四世纪末叶的事情。在十六世纪初年，葡萄牙人第奥义·洛泊斯特·色开拉（Diogo Lopes de Segueira）率领五艘海船到此通商，当为马六甲和西欧交通的开始时期。一千五百一十一年，马六甲被亚儿封所·达儿勃开儿克（Alfonso d'Albuquerque）所征服以后，南洋群岛就成了葡萄牙人独占的市场。其后荷兰继起，一千六百四十一年，马六甲便归入了荷兰人的掌握；现在所遗留的马六甲的史迹，以荷兰人的建筑物及墓碑为最多的原因，实在因为荷兰人在这里曾有过一百多年繁荣的历史的缘故。一七九五年，当拿破仑战争未息之前，马六甲管辖权移归了英国东印度公司。一八一五年，因维也纳条约的结果，旧地复归还了荷属，等一八二四年的伦敦会议以后，英国终以苏门答腊和荷兰换回了这马六甲的治权。

关于马六甲的这一段短短的历史，简叙起来，也不过数百字的光景，可是这中间的杀伐流血，以及无名英雄的为国捐躯，为公殉义的伟烈丰功，又有谁能够仔细说得尽哩！

所以，圣保罗山下的市政厅大门，现在还有人在叫作"斯泰脱呼斯"的大门的"斯泰脱呼斯"者，就是荷兰文 Stadt-Huys 的遗音，也就是英文 Town-House 或 City-House 的意思。

我们从市政厅的前门绕过，穿过图书馆的二楼，上阅兵台，到了旧圣保罗教堂的废墟门外的时候，前面那望楼上的旗帜已经在收下来了，正是太阳平西，将近午后四点钟的样子。伟大的圣保罗教堂，就单单只看了它的颓垣残垒，也可以想见得到当日的壮丽堂皇。迄今四五百年，雨打风吹，有几处早已没有了屋顶，但是周围的墙壁，以及正殿中上一层的石屋顶，仍旧是屹然不动，有泰山磐石般的外貌。我想起了三宝

---

① 南宋赵汝适著。

公①到此地时的这周围的景象，我又想起了我们大陆国民不善经营海外殖民事业的缺憾；到现在被强邻压境，弄得半壁江山，尽染上腥污，大半原因，也就在这一点国民太无冒险心，国家太无深谋远虑的弱点之上②。

市政厅的建筑全部，以及这圣保罗山的废墟，听说都由马六甲的史迹保存会的建议，请政府用意保护着的；所以直到数百年后的今日，我们还见得到当时的荷兰式的房屋，以及圣保罗教堂里的一个上面盖有小方格铁板的石穴。这石穴的由来，就因十六世纪中叶的圣芳济（St. Francis Xavier）去中国传教，中途病故，遗体于运往卧亚（Goa）之前，曾在此穴内埋葬过五个月（一五五三年三月至同年八月）的因缘。废墟的前后，尽是坟茔，而且在这废墟的堂上，圣芳济遗体虚穴的周围，也陈列着许多四五百年以前的墓碑。墓碑之中，以荷兰文的碑铭为最多，其间也还有一两块葡萄牙文的墓碑在哩！

参观了这圣保罗山以后，我们的车就遵行着"彭大希利"的大道，驶向了东面圣约翰山的故垒。这山头的故垒，还是葡萄牙人的建筑，炮口向内，用意分明是防止本土人的袭击。炮垒中的堑壕坚强如故；听说还有一条地道，可以从这山顶通行到海边福脱路的旧垒门边。这时候夕阳的残照，把海水染得浓蓝，把这一座故垒，晒得赭③黑，我独立在雉堞④的缺处，向东面远眺了一回马来亚南部最高的一支远山，就也默默地想起子萨雁门⑤的那一首"六代豪华，春去也，更无消息"的《金陵怀古》之词。

从圣约翰山下来，向南洋最有名的那一个飞机型的新式病院前的武极巴拉（Bukit Palah）山下经过，赶上青云亭的坟山，去向三宝殿致敬的时候，平地上已经见不到阳光了。

---

① 指郑和。
② 指日本侵华战争。
③ zhě。
④ dié。
⑤ 指元代词人萨都剌。

三宝殿在青云亭坟山三宝山的西北麓，门朝东北，门前几棵红豆大树作旗幛。殿后有三宝井，听说井水甘洌，可以愈疾病，市民不远千里，都来灌取。坟山中的古墓，有皇明碑纪的，据说现尚存有两穴。但我所见到的却是坟山北麓，离三宝殿约有数百步远的一穴黄氏的古茔①。碑文记有"显考维弘黄公，妣寿妲谢氏墓，皇明壬戌仲冬谷旦，孝男黄子、黄辰同立"字样，自然是三百年以前，我们同胞的开荒远祖了。

晚上，在何葆仁先生的招待席散以后，我们又上中国在南洋最古的一间佛庙青云亭去参拜了一回。青云亭是明末遗民，逃来南洋，以帮会势力而扶植侨民利益的最古的一所公共建筑物。这庙的后进，有一神殿，供着两位明代衣冠，发须楚楚的塑像，长生禄位牌上，记有开基甲国的甲必丹芳杨郑公及继理宏业的甲必丹君常李公的名字；在这庙的旁边一间碑亭里，听说还有两块石碑树立在那里，是记这两公的英伟事迹的，但因为暗夜无灯，终于没有拜读的机会。

走马看花，马六甲的五百年的古迹，总算匆匆地在半天之内看完了。于走回旅舍之前，又从歪斜得如中国街巷一样的一条娘惹街头经过，在昏黄的电灯底下谈着走着，简直使人感觉到不像是在异邦漂泊的样子。马六甲实在是名符其实的一座古城，尤其是从我们中国人看来。

回旅舍冲过了凉，含着纸烟，躺在回廊的藤椅上举头在望海角天空的时候，从星光里，忽而得着了一个奇想。譬如说吧，正当这一个时候，旅舍的侍者，可以拿一个名刺②，带领一个人进来访我。我们中间可以展开一次上下古今的长谈。长谈里，可以有未经人道的史实，可以有悲壮的英雄抗敌的故事，还可以有缠绵哀艳的情史。于送这一位不识之客去后，看看手表，当在午前三四点钟的时候。我倘再回忆一下这一位怪客的谈吐、装饰，就可以发现他并不是现代的人。再寻他的名片，也许会寻不着了。第二天起来，若问侍者以昨晚你带来见我的那位客人（可以是我们的同胞，也可以是

---

① yíng。
② 名帖，古代名片。

穿着传教师西装的外国人），究竟是谁？侍者们都可以一致否认，说并没有这一回事。这岂不是一篇绝好的小说么？这小说的题目，并且也是现成的，就叫作《古城夜话》或《马六甲夜话》，岂不是就可以了么？

我想着想着，抽尽了好几支烟卷，终于被海风所诱拂，沉入到忘我的梦里去了。第二天的下午，同样的在柏油大道上飞驰了半天，在麻坡与峇株巴辖过了两渡，当黄昏的阴影盖上柔佛长堤桥面的时候，我又重回到了新加坡的市内。《马六甲夜话》《古城夜活》，这一篇——Imaginary Conversatlons——幻想中的对话录，我想总有一天会把它记叙出来。

导读
马六甲，幻想中的对话录

郁达夫先生的游记有独特而浓郁的"郁氏风格"，在夹叙夹议中，有邃远的历史纵深，读之，而悠然。

1937年，日本发动全面侵华战争，郁达夫一家不断流离，于武汉撤退，在中国大西南颠沛，至长沙，又到厦门，后得胡兆祥的电招，前往新加坡。他在自己的回忆中谈到，其中半年来的到处漂泊，甘苦自知。到1942年新加坡沦陷前夕，他与王任叔、胡愈之等友人一起前往苏门答腊，住在巴雅公务镇，在当地华侨的帮助下，开设赵豫记酒厂，郁达夫化名赵廉任老板。因为精通日语和马来语，郁达夫很快就融入了当地。日本占领苏门答腊岛之后，强迫郁达夫（此时化名为赵廉）充当翻译，他利用这个身份，帮助了很多人逃脱日寇的毒手。后因奸人出卖，日本人得知他是曾经留学日本的著名作家郁达夫，1944年企图把他送往日本或上海，遭到郁达夫拒绝。1945年9月17日，在日本政府已经宣布无条件投降之后，因害怕郁达夫揭露他们的暴行，日本宪兵把郁达夫秘密带走，并残酷杀害，当年郁达夫四十九岁。

日本发动的全面侵华战争,不仅导致中国几百万热血青年英勇战死,而且还直接害死了大批著名的文化人士。1942年初香港沦陷时,著名天才女作家萧红就因生病没得到及时救治而去世。这段历史过去还不太遥远,反思历史,才能知道一个民族的前行是多么的不容易。

从这篇散文中可以看到,郁达夫游马六甲,在瞻仰古迹的同时,更多的是反思历史,追慕古人,并感怀现实,这篇散文有极深的历史维度。日本侵略军蔓延在中国以及东南亚的广大疆域,郁达夫和那些流离于东南亚的中国知识分子目睹了一个国破家亡的世界。这种感怀,是难以挥去的愁绪。因此,郁达夫先生在参加了在李旺记酒家当地华侨朱植生先生举办的消夜筵席之后,目睹秋夜的降临,有了浩阔的感慨:

"……南方的白夜,也冷悄悄的酿成了一味秋意;原因是一阵豪雨,把路上的闲人,尽催归了梦里,把街灯的玻璃罩,也洗涤成了水样的澄清。倦游人的深夜的悲哀,忽而从驶回逆旅的汽车窗里,露了露面,仿佛是在很远很远的异国,偶尔见到了一个不甚熟悉的同坐过一次飞机或火车的偕行伙伴……这是一种在深夜当游倦后的哀思啊!"

这样一篇游记,就不仅仅是寄情山水或者观瞻风景名胜了,而是作者寄托自己极深情怀的一种方式。而写这样的散文,光看是不够的,还要研读相关的资料。文中写到马六甲,不仅用简明的文字介绍其历史变迁,谈到葡萄牙、荷兰、英国对其的相继控制,又想起中国先祖的不断南迁,明末遗民不甘于被清朝征服,不甘于做奴才而下南洋,开启新生活。这几百年来艰难生存的境况,真是一本大书才能写出来。然而,关于马六甲的华人生活、他们的异乡世界、筚路蓝缕,有没有这样一本书呢?我还没有读过。这交通要冲,扼据马六甲海峡,断绝太平洋与印度洋通航的马六甲市,其六百年历史,翻云覆雨,人事变幻,实在太精彩了。

郁达夫先生把历史、现实、文化熔于一炉,让这篇游记超出了普通记游风光的范畴。如果有像英国名记者、历史学家理查德·霍尔写印度洋文明史的《季风帝国》那样的作品,或者英国学者、历史学家罗杰·克劳利写《征服者:葡萄牙帝国的崛起》那样的作品,来专门写马六甲,或许也是一种美妙的阅读体验。

感怀身世和遭遇，于山水名胜中，看到了国家、民族和个人的命运，这是中国传统散文的一种经典写法。但感怀与现实的结合是有机的，不是故意捏造的。

二十几年来，中国散文界流行一种"大散文"，故意做"大"，动辄上下几千年，有历史也有地理名胜，但读来总觉得做作、别扭、虚假。

缺乏经验的年轻作者，写文章时不如照实写自己的所观所感，不需要故意唉声叹气来增加自己"深度"，因为这不是做出来的，而是一种经历和经验的提升。如果"为赋新词强说愁"，扭捏作态，语言就浮泛、虚假了。

思考

如何写好一篇融入历史思考的游记？

延伸阅读

郁达夫《屐痕处处》《槟城三宿记》。

荷兰鸿爪[①]

王统照

作者简介

王统照（1897—1957），现代作家、诗人，字剑三，笔名息庐、容庐，山东诸城人，1924年毕业于中国大学英文系，1918年办《曙光》杂志，1921年与郑振铎、沈雁冰等发起成立文学研究会。曾任中国大学教授兼出版部主任，《文学》月刊主编，开明书店编辑，暨南大学、山东大学教授。新中国成立后，历任山东省文教厅副厅长、文化局局长、文联主席。五四时期的作品主要表现"美"与"爱"的理想同丑恶现实的矛盾，其后的创作则着重揭露旧社会的不合理与罪恶。著有诗集《童心》《这时代》《横吹集》，小说集《春雨之夜》等。

一 夜车

在柏林若干日的勾留，使我从这都会的表面上略略晓得NAZI的威势与德国人民的情形。这里的熟人不少，尤其高兴的是与我的侄子参令朝夕相见。他在柏林大学快两年了，柏林的街道较熟，引导我参观，游玩，代作翻译。恰好在暑假中，所以他的工夫还多。然而我为时间所限，虽可享受登记马克的便宜，也不得不整装他去。

[①]《荷兰鸿爪》共有十节，近三万字，本篇选前三节。

由英法去的几位学生差不多每天晚上在中国的饭馆里遇得到，机会凑巧我与同住伦敦的杨君都想取道荷兰渡海回英，于是我们便结成旅伴了。

　　九月底的某一个晚上，同参令，杨君，还有来送行的几位友人，一位德国女士在夏劳吞堡车站上候车，很冷清，没有多少人，远远浮听着市中的嘈音。我们在徘徊时谈着祖国的近况，朋友的行踪，异邦偶遇，各奔前途，当此清秋之夕各人都有难以言说的感怀，离思中更添上一层怅惘！

　　九点，车到了，我与杨君提了简便行李上车，与大家握手相别。轰隆声动已离此"血脉偾兴"，歌舞叫嚣的大都市而去。

　　德国的二等车已很讲究，那一个房间中恰巧只有三人，我与杨君同坐一长榻。对面只有一位五十多岁的胖子，短胡子，红脸膛，金表链，凸肚皮，有点气派，一定是资产阶级中的人物。他起初坐在那里端端正正地吸雪茄烟。我们谁也不理谁，但幸而有我在车站上新买的一份伦敦《泰晤士报》，却成为与对面旅客的介绍者。

　　"你们从英国来的么？"胖子打着英国话问。

　　"是的，但我们在柏林已经住过些日子了。"我说。

　　"报，我瞧瞧。"他的话毫不客气。

　　报拿在手中，刚刚翻开，他立刻丢在绒榻上，将右手往衣袋里一揣，摇摇头。

　　"怎么说？他们的报不是说我们，——德国人在柏林街道上天天预备战争，训练青年要作第二次的大战么？"

　　"嗯，"我还没有的说，杨君淡然地回答他：

　　"有是有的，报上的通信这么说，不过……"

　　胖子把夹雪茄的手指从口上拖下来，扣着桌面，愤愤地道：

　　"你们在德国曾看见过这等情形？"

　　"没有，——即使是真我们也看不出来，——不过你的意见如何，对于英国人？"杨君一本正经地，如同新闻记者似的质问。

　　"哈哈，你提英国人！"他马上把笑容敛住。红红的粗皮脸上罩了一层霜。"英国人狡猾得很，他们净挑剔我们的不是，却看不见自己。你知道，德国自从大战后筋疲力尽，弄到现在好容易立起来了，英国人却不高兴。面子上和平，心里辣，危言耸听，使世界都觉得惊恐！……哼，无用，我们德国人做事正直，光明，有那一天便干那一天的！……"

他用拳头重重地把半开的报纸捶了一下，表示他的愤慨。

如此一来我们这两个中国人却觉得不好说什么了。无疑，他是一个党人，年纪不小了，劲头真足。无论如何，我想这比中国人的从容礼让在围城中讲《老子》的态度或许高明？也许他太褊狭，可有哪一个国家在这个世界上把气度放得宽些呢？

谈话另换了题目，我们才晓得他是柏林一个影戏院的经理，因事要往哥本哈根去的。

夜半，这位愤慨的商人下了车，报纸仍摊在榻上，仿佛铅字印痕上都有冷眼睛，净瞧着好动气的德国人怎么办。

二　亚姆司特丹[①]之初旅

大清早我们从做梦中醒来车已到了荷兰的名城亚姆司特丹，雇辆汽车听凭汽车夫去找一个旅馆。及至把人与行李运到，方知是规模较大的一个地方，住一天连早餐在内约计合中洋七元余，好在我们皆不能久住便暂止于此。

旅馆中十分清闲，虽然是五层楼的建筑，然客厅，食堂，与他们的办事处都轻易见不到旅客的踪迹，门前车马冷落，足见生意不佳。

亚姆司特丹是荷兰的重要口岸之一，在十三世纪初不过是一狭小渔村，还有一座小堡垒为阿姆司泰耳（Amstel）的贵族所居，至十三世纪末年遂成为繁盛市镇。

[①] 今译"阿姆斯特丹"。

一四八二年，因此地被 Gulderlanders 人的攻袭，便尽力支持增加防御，其结果把亚姆司特丹的近郊毁坏，而在港口焚烧了一些船只。经此一役后又变成商业重地。当一五七八年属于联合省之一，繁荣日进。然在一六〇二年时，因瘟疫流行死去六万人。一六五三年荷兰与英国战争，人民又伤亡不少。而亚姆司特丹人的活动力大见削减，中经法兰西大革命与荷兰被法国统治贸易衰退。直至一八一五年才能逐渐兴盛。经他们的努力经营，竟有现在的规模。

亚姆司特丹在地理上乃 Zuyder 海的一个海湾，原名为 Amstelredamme，周围约有十里。现计全城人口七十六万，建筑物多倚河背水，全城成半月形。河道之多不下于威尼市，但交通方面不纯靠船只，这与威尼市迥不相同。威尼市除了自行车（也极少）外可说是"车无用武之地"，而亚姆司特丹汽车飞过河桥，驰行广道，也与他处一样。究竟街道宽阔，而且拱桥少平桥多。从古香古色上比较，自然处处不能与威尼市并论，不过生动，繁盛，足以证明她是一个近代工商业的重镇。

街上的行人，忙得很，一头一脸的往前赶的神气，男女都举动迅速，言谈爽快。这里，自行车差不多人人有，人人善骑，一辆随一辆在街道上驰逐，是欧洲别的都会所没有的光景。

全城中极正直的街道很少很少，打开地图一看，一圈半环形，又一圈半环形，层层相绕。几条主要的道都是河流。两岸的房屋整齐明丽，门外树荫掩翳，与高高的窗台上的盆花相映。墙以纯白色者居多，由居室内可以俯看下面的绿波——河水的轻柔，明澈，如果船不经过时，岸上的倒影浸在水底是永远画不出的一幅画图。荷兰人爱洁净，齐整的好习惯随处可见，在建筑与道路上更容易显得出他们爱美的观念。

在欧洲，不缺乏古代的雄伟建筑，不缺乏规模浩大的城市设计，更不缺乏匆忙争斗而遗忘了自然美的现代的人生。但能调剂于两者中间，以物质建设的努力加以人工的艺术的布置，利用自然的现成东西去慰乐人生，据我所知，瑞士与荷兰都能够格。他们不放弃生活的竞争，却使一般人民真懂得如何利用，如何厚生，把自然美与物质建设调和在一起，瞧不出有何显然的裂痕，这便是他们的聪明。但这样聪明与地理的环境有很大关系。

类如威尼市佛劳伦司①诸古代或中古的名城，你在那里游览，玩赏，无形之中它们总易于把你拉回往古的世界中去。那些思想家，艺术家，费尽心血遗留下的痕迹虽然伟大，庄严，生动，漂亮，因为日子太久了，时间多少是含有损蚀性的。一面是光华璀璨，一面却是幽暗深沉，到后来，还是幽暗深沉一面的心理易于激动人；由往古的幽情往古成就上给人以赞叹，惊奇。这等力量扩大，便容易觉得自我的卑小。而且因为精神在往日的世界中流连，或者藐视了当前。自然，这不是十分肯定的话，可不无些微道理。至少，这等感想的袭夺我曾经有过若干次的经验。所以虽然是摩抚古物，引起美感，总会有往者难追，空余憧憬之思，渐渐地心绪也变为幽沉。如美人对镜，空空怅惜过去的韶颜；如烈士暮年，想到从前沙场卧月血染铁衣的梦景，所剩下的是一缕幽怀，几声微叹。

但亚姆司特丹给我的印象是活泼，生动，整齐，清洁，除掉在博物馆里，绝少怀古念往的想头，恰与佛劳伦司那中古艺术的大城成一反比。街道不完全宽大，而洁净可取，无论老人，青年，骑车或步行的都十分匆忙。这里没有种种形样的灰黑色的古建筑物，也没有石像铜像安置在道路旁边，或水池的中央。蔚蓝的晴空，碧绿的城河，活动健康的青年男女，为生活忙，为事业忙。我想现在亚姆司特丹全城中很少有人把整个的心思搅在什么哲理艺术中去罢？因为在这地方，他们难得有这些逸致，闲思。

这个上午我因要去找几位在此贩卖茧绸花边的同乡，便带了地图，记清旅馆的所在地。慢慢地一个儿去穿街，越巷。

路上最易使我注意的是自行车之多，与他们骑车方法的巧妙。这正如上海的黄包车一样，正当早八九点的时间，并排的，前后追逐的，转弯抹角的，除却路中央的电车汽车外，自行车可以说不少于铺道上的步行人。不过度疾驰，也看不见他们周章躲

---

① 今译"佛罗伦萨"。

闪，这么多，却又没听见得时时按叫警铃。进退如意，迅速自主，真够得上是荷兰人最普遍而最有趣的自由运动。看样子什么人都有，官吏，学生，商店伙计，工人，家庭的妇女，他们使用这代步的器具能一样的这么熟练，巧妙，满街都是。由一个陌生的外国旅客看来哪能不感到新奇。

从这一件事上我晓得荷兰人的活力与他们的朝气了。

转过几条横街，问过岗警，才在一道窄窄支流的河岸街上找到了门牌。敲门（他们没装门铃）多时，没见有人下来，却从邻户中探出一位中国人，他说：

"找姓魏的么？"

"是，他们不是×省×县人吗？您的贵省？"我即刻急着问他。

这穿得颇整齐的中年人面上现出笑容。

"我住在烟台，到这里快三年了。你刚来这里？"

因为是同乡，话就多了，他要我进去坐坐，但我知道他们生意忙，约定第二天到魏先生寓所时就近同他再谈。

原来在船上遇见的那十一位商人，除掉经理与书记，有九位是得天天到各街市与四乡中作负贩生涯。因为资本小不能开设铺面，只是行庄，这便需要人工的推销。

重回旅馆，午饭后坐了游览车出去玩。在各个地方没遇见多少外国来的游客。

三　王宫与博物馆中的名画

从亚姆司特丹的中央车站为起点，经过一条著名大街——丹麦街，即可直达到这古旧的王宫。欧洲各国家中很少没有伟大王宫这类的建筑物。他们的皇室，贵族，在从前"家天下"的专制思想与东方的君主的看法一样，直到现在还有将那华丽的建筑物标为都市文化的一种。不过我们走进这一所并不雄伟阔大的王宫中时，觉得荷兰到底是"小国寡民"，而且更看出以朴素见称的民族特性。虽以若干年君王的力量，其实这富有历史性的王宫是不能与巴黎柏林的皇宫相比的。王宫建筑于一六四八年，原是市厅，备人民聚会休息之用。至包拿帕提①时才改为王宫。现在空闲着，变成游览的名所。房子的构造颇为奇特，据说下面有一万三千多根木桩支持着上面的建筑，木桩下在地下的深度约七十英尺。自然那时还没有钢骨的发明，但为什么他们不深打地基而用这许多木桩呢？我想，荷兰地面低下，海平面比地面高，恐怕土质松动所以用这样费力的方法使能持久。这是我自己的猜测，不知是否合乎事实？

从门口与外形上看，不过是一所略宽大些的三层楼，并没有特别的装饰，更显不出什么威严。但入内观览之后，却感到形式与内容的调谐。楼上有两大间餐室，与宝位室，应接室等。应接室的大厅规模颇大，上覆圆顶，宏敞明丽。四周墙壁全用意大利白色云母石钻成，墙上挂着种种旗帜与战胜纪念品，这都是当年荷兰人与西班牙人印度人作战得来的。大厅的中央用许多小铜钉镶成一幅天空星座详图，颇为别致。光滑的云母石，亮亮的铜钉，再加上面悬垂的若干只用切片玻璃作成的吊形灯架，若在夜间明光大放，那地石上的铜星座一定分外耀眼。虽无甚意义却也有趣。由餐室中走过去，一连有几间屋子，木制的地板特别讲究，虽然其他的器具与装饰品都极寻常，用小木块拼镶地板，在精致的大建筑物里也有好多，不过，这几间屋子的地板每一间有一间的式样与色彩。木块有方形，菱形，三角形，长方形的不同，镶砌得是那样细密与工巧，骤然看去如铺了美丽的图案花纹的地毯一样。花形与鸟形皆有。凡是脚步踏着这木地毯的，上面的花纹一定引起深切的注意。其实，这王宫各屋子中并非金碧辉煌，织锦眩彩，器具陈旧得很，虽有几幅名家佳画，似乎也不易引起游人的兴味，独有这艺术的木地毯反能令人赞美。

到这王宫与往游旧家的厅堂一般，一切表示着陈旧与黯淡，但朴素，厚重，没有多少奢靡华丽的气概。

王宫的最上层有一个高塔，登塔四望，俯视全城，城外的河道郊原，花树丛中的

---

① Louis Bonaparte，今译"路易·波拿巴"，拿破仑四弟。拿破仑征服欧洲时，封他为荷兰国王。

渔村，田舍，尤其是弯弯曲曲的海堤，镶在那些浓绿的牧场旁边，形成天然的屏障。而荷兰特别多的风车，伸着长臂，如看守田地的巨人，一个个矗立着。我不禁想，这真是从画面上看到的荷兰风景。

其次是里解克斯博物馆①，由王宫去并不甚远。博物馆近处是市立剧院。里解克斯博物馆伟大雄壮，是荷兰著名的建筑。

不止是以建筑著名的，它保存了许多十七世纪的荷兰绘画，在全世界中没有其他地方比在这里能够看到这么多的荷兰画。荷兰，这低下的国家在世界绘画史上她有永久的辉光。不是一味热情祈求理想的现实与尊崇灵感的意大利画，也不是以严重雄伟见长的日耳曼画。她有她特殊的地理环境，晴朗而多变化的天空，大海，飞雪，阴郁的田野，到处灌注的河流，牧歌的沉醉与风车的静响，杂花如带围绕着的农村，牧舍，杨柳垂拂的沟渠，不沉郁也不粗犷，不狂热也不冷酷，就在这样天时与地利中造成他们独有的艺术性。荷兰的肖像画与风景画搀在各国的画廊里，如果是一个有研究的鉴赏者不用看下列的名字，从用色，取光，神采与趣味上一望便易判断它是荷兰人的作品。

荷兰画自十七世纪以来是以写实的风格，调和着浪漫的情调。尤其是从一千五百九十年到一千六百三十五年，这短短的几十年是荷兰画的黄金时代。若干名家的杰作在此期中完成，类如建司亭②（Jan Steen），奥司他达③（Ostade），万高因④（Van Goyen），普台尔⑤（Potter），魁普⑥（Cuyp），他们奠定了近代荷兰画的基石。

---

① 即阿姆斯特丹国立美术馆。
② 今译"扬·斯特恩"。
③ 今译"奥斯塔德"。
④ 今译"霍延"。
⑤ 今译"波特"。
⑥ 今译"库普"。

时间与文题不容许我再多叙述他们的画派，现在且来浏览一下这博物馆中的佳品。

要在匆匆的浏览中想多少留下一点点的"烟士披里纯"①，不是在平常对画史有点研究的便无从说起。这一下午，我穿过多少房间，目视，手抄，用十分紧张的精神想竭力保存下看后的印象。虽经领导人几次示意要我早点走，但他看我那样对他的祖国的名画用心，末后，他也微笑了。但时过境迁，除掉有几张画的结构，色彩，风味还可约略记得住外，当时以为收纳得很丰富的印象早已模糊不清。

馆中第一层楼各室内所陈列的都是主要的绘画，但地下一层却有古派的与近代的杰作。

有一幅极著名的《夜守》，是雷姆勃兰特所绘②。画幅颇大，有十多英尺高，横宽也差不多，画于一千六百四十二年。凡是知道雷姆勃兰特画之风格的一见此画，尤生印感，而佩服他的画法的高明。即使不研究绘画的游客，看过后也不易忘记。人物与色彩的调和，背景是那样适合于表现，它有一种引人的魔力，使你不肯一览即去。这故事是画的甲必丹③般宁枯克的同伴，因为般宁枯克要同他们作庄严的告别，每人给予一百个弗楼仑。但在画面上只有十六个人物，雷姆勃兰特完成了这十六个人物的画像，人人的面貌不同，但有一致的调子，表现出情绪的兴奋与态度的紧张。那画上有穿红衣中的火绳枪兵——那衣服，一种极精细的有层次的差别红色，其他人物多是用灰绿色的调子；一位小姑娘冲入这一群中缓和了紧张的空气，还有一位仙人坐在火影之中。雷姆勃兰特原是肖像画的名手，无论什么人物与配景由他手下画出的没有一幅不情状逼真，十分生动。他的画在柏林也保藏着不少。

我对这幅杰作注目了不少的时候，因此也失去浏览那一室内其他绘画的机会。

其次，我要提到的委靡耳（Vermeer）的《牛乳女郎》④。这也是名作，但与《夜

---

① inspiration 的近代音译，意为"灵感"。
② "夜守"今译"夜巡"，雷姆勃兰特，即 Rembrandt，今译"伦勃朗"。
③ 荷兰文 Kapitein 的音译，荷属殖民地印尼、马来西亚的侨领称为"甲必丹"。
④ "委靡耳"今译"维米尔"，"牛乳女郎"今译"倒牛奶的女仆"。

守》，正是一大一小的对比。这幅小画挂在墙上并不易惹人注目，高度不过两英尺，狭长。画中人物只有一位正在倾倒牛乳的姑娘。以这幅与《夜守》相比，一繁一简；一是热烈，一是闲静；一是用强烈而刺激的色彩，一是用平和而柔静的调子。前者正在防备什么危害，执枪待发，兼之壮士将别，心情郁结，如火之待燃，如醉人的高视，如等候烈风暴雨之将来。而《牛乳女郎》呢，不过在清静安恬的境界中，作她每天的照例工作。她的健康，她的面色，她的安然的态度，宽广而丰满的胸部，全体无处不令人感到她是给世间人传达和平的福音。若用通常的术语作概评，无疑的，前一幅是男性美，后一幅是女性美了。这微俯身子倒乳的女郎，周身的曲线尤其是画家分外用力之处。后来有人批评说没有更真实与生存的女子能够有这样画出的曲线美来。

　　仅仅举出一大一小的画幅略为记述，其他在这个博物馆中的静物画，动物画，自成一派，记不了许多。荷兰乡野的风景：以牛群，酒肆，风车，河堤，渔帆，灌木丛，阴沉的天空，荡云，枯木的题材为多。虽然他们的风格手法不一律，但总是富有这水国民族的特性。在明朗中多变化，安闲中多情趣，我尤爱他们笔下的牛群与空中的云絮，这绝非欧洲别国的画家所能达到的境界。尤其是与意大利画比较起来，仿佛一方是憧憬于理想中，对欲望作挣扎，对生命求充实，有灵的呼声与幻想的飞跃；一是完全落到现实的世界，一山，一水，一只龙虾，一条水牛，都要表现出它的生活的动力，自然界的变化与人物的朴诚都用调谐的色彩，笔触显出本来的面目。风景画与肖像画是荷兰画家的真本领，至于空灵的想象与憧憬的幻景却很少从他们的画面上看到。

　　向各室中转过一个圈子，及至走出来，博物馆也快关门了。晚风中又跑到几座著名的石桥上眺望一回近黄昏的景色，回到旅馆恰好是晚餐的时候。

　　这一夜有好多片段的梦景，可记不清是什么颜色在梦里跃动。

导读

我尤爱他们笔下的牛群与空中的云絮

　　1934年，王统照自费前往欧洲游历。他多方留心，学习，思考，不同于一般的走马观花看名胜古迹，他更认真观察当时欧洲各国的社会和政治状态。

　　第一节写与杨君结伴取道荷兰返回英国时，在车上偶遇一位德国影戏院经理，对这位经理有极其生动的描写。现在我们再看纳粹党，已经是盖棺定论了，但当时是纳粹党走向权力顶峰的次盛期，人人信奉，不容置疑。王统照身处其中，却能"识破庐山真面目"，不为这纳粹党人所欺骗，可见他的敏锐。他通过细致观察，给读者呈现一位普通纳粹党人强迫症的形象，言谈举止栩栩如生。

　　不同文章进行对比，会有更深入的感受。

　　朱自清的《欧游杂记》写于1931年前后，他也曾游历柏林。但在《柏林》一文中，朱自清几乎没有谈到当时德国人的社会状况，更着重于风土，而不是人情。

　　第二节介绍阿姆斯特丹这座荷兰的著名水城，作者用了对比的方法来写它的与众不同。虽然历史也悠久，但阿姆斯特丹更现代，更有活力。活力的体现之一，是这座城市有无数的自行车。而且，这骑自行车的是什么人都有，不仅仅是贫民、穷人。他们在街上骑行，技巧高明，疾缓有序，车流虽多，但相互之间并不彼此妨碍。

　　如果不是读到王统照写于八十多年前的游记，很难相信在20世纪30年代，荷兰人就已经如此文明了。而且，至今，阿姆斯特丹仍然是骑车王国，我也曾在这座城市里，看到过那浩荡、灵活、飞快的骑车人。他们西装革履，却不妨骑车飞奔。王统照此游六年后，德国法西斯军队攻入了这座美丽的城市。指挥纳粹军队的，有那位在火车上对英国极愤怒的影戏院经理吗？

　　第三节写阿姆斯特丹的王宫和博物馆——作者关注到王宫原是阿姆斯特丹市厅，供平民休息和聚会的，拿破仑征伐欧洲时，把荷兰封给自己的四弟，而征用这个市厅为王宫，后成为一个游览点。但王宫带着强烈的平民气质，与巴黎及柏林的皇宫的金碧辉煌不同。

王统照观察荷兰民情，更多在它的明媚、自然、活力上：

"她有她特殊的地理环境，晴朗而多变化的天空，大海，飞雪，阴郁的田野，到处灌注的河流，牧歌的沉醉与风车的静响，杂花如带围绕着的农村，牧舍，杨柳垂拂的沟渠，不沉郁也不粗犷，不狂热也不冷酷，就在这样天时与地利中造成他们独有的艺术性。"

你到荷兰，确实不得不注意到它们的风车，不得不注意到它们的农村和牧舍。

大多数人游博物馆，也都想写游记，但往往不得法。而王统照在这里写博物馆时，重点突出，详略得当，简列该馆所藏荷兰黄金时代画家名录后，精选出一大一小两幅画来重点介绍：伦勃朗的《夜巡》和维米尔的《倒牛奶的女仆》。介绍时注重细节，这两幅画：

"……一繁一简；一是热烈，一是闲静；一是用强烈而刺激的色彩，一是用平和而柔静的调子。前者正在防备什么危害，执枪待发，兼之壮士将别，心情郁结，如火之待燃，如醉人的高视，如等候烈风暴雨之将来。而《牛乳女郎》呢，不过在清静安恬的境界中，作她每天的照例工作。她的健康，她的面色，她的安然的态度，宽广而丰满的胸部，全体无处不令人感到她是给世间人传达和平的福音。若用通常的术语作概评，无疑的，前一幅是男性美，后一幅是女性美了。"

中学生都读过朱自清的游记《威尼斯》，记得文中有一句话特别好（要考试的，老师要求摘抄，熟记），有中国古代文法、画法中的白描之神韵："全幅气韵流动，如风行水上。"是写意大利威尼斯佛拉利堂里珍藏的意大利大画家卡奴注的《圣处女升天图》的。

王统照的详细描写，实际上给出的信息更多。朱自清则以一句妙语带过，留白巧妙，给读者以想象空间。与朱自清先生的《威尼斯》相比，《荷兰鸿爪》虽也有风土描写，但更侧重于人情记述，读了之后，对这座城市的社会百态、情状，有更为深刻的了解。

在这篇文章中可以看到，即便在那样交通只能以远洋海轮为工具、中国到欧洲需要一个多月的时代，很多中国人也已经闯荡欧洲了。

林语堂先生在《林语堂自传》里说，他在20世纪20年代初，有一个机会去法国青年会工作，为中国的劳工做服务。我读过才知道，第一次世界大战时，中国政府曾征发十万劳工前往欧洲大战现场，做战地服务工作。

游记与历史结合，则会更深刻、更丰富。这就需要我们在游历之前，先寻找相关的资料，阅读相关的书，丰富自己的知识，再结合具体的行走，会有更大的感悟。

思考

你到一座城市会参观博物馆吗？如何更有效地描写参观博物馆的经历？

延伸阅读

林语堂《林语堂自传》。

编末后记

本编选入六篇散文，与一般的山水游记不同，大概可以命名为"文明游记"。有鼎盛的文明，也有衰退的文明；有赞颂，也有哀感；有仰慕，也有追思。

我们之前读的山水游记，都是写好山、好水、好记忆，而城市游记是对城市文明发展中的历史文化痕迹进行系统思考。因为篇幅所限，本已编定朱自清写伦敦的《三家书店》、戴望舒写巴黎塞纳河岸淘书记录的《巴黎的书摊》，都未能列入，读者朋友们可以自己找来看看。那就不是观光，而是对异域生活的深度体验。尤其戴望舒写自己在巴黎的书摊上与形形色色的摊主打交道的情节，是20世纪二三十年代巴黎生活的一种珍贵的记忆。现在去伦敦和巴黎，仍然可以看到伦敦的书店和巴黎塞纳河畔的书摊。

"文明记游"是编者临时想出来的名字。这些作品是作者们漫游东南亚、欧洲各地的观察、思考和感怀。要论相似部分，戴望舒的《在一个边境的车站上》和郁达夫的《马六甲游记》比较相似，都寓情于游，展开对历史的追慕。戴望舒对曾经强盛、称霸全球的西班牙的描写，与郁达夫对中国先祖南洋漂游生存的感慨，有不同，也有相似。梁启超写伦敦和英国议会、徐志摩写康桥、朱自清写柏林、王统照写荷兰，都是在先进的欧洲文明境内展开，更多是学习和反思的态度。即便是面临同样的环境，作家的观察角度、记游时机不同，也会呈现不同的文风。朱自清的柏林，是生动有活力的；而王统照看到的德国人，却出现了暴戾的气息。至于伦敦，徐志摩对康桥的百般爱恋，与梁启超对英国政治生活的冷静观察，又有很大的不同。徐志摩的文章情感丰富、词汇鲜丽、语言磅礴，与朱自清的冷静、朴实、条理，也差异很大。可以对比着看，会有不同感受。

散文这种文体丰富复杂，变化多端，不仅抒情一种。阅读本编的散文，可以看到作者的态度对行文影响巨大。而不同的身世、遭遇也会影响表达和文风。

需要注意的是，写一篇游记，需要做以下几点准备：

一、了解历史和现状；

二、阅读相关文艺作品，加深对这个城市的认识；

三、结合历史文化内容来观察与思考；

四、在内容比较丰富的情况下分节来写。

当我们在写类似的散文时，不妨学习这些方法，从而让我们的文章更出彩。

2020 年 6 月 8 日于多伦多

后记

眺望时光的流逝

六年前，我是这样写的：

"寒冬腊月时，我在编写这本书；春暖花开时，我在编写这本书；天气和煦时，我在编写这本书；风雨大作时，我在编写这本书。"

六年后，我身处加拿大，再次修订这本书，仍然在冬春交际，冬去春来的时候。窗外Queens' Park（皇后公园）冬天的枯枝，又绿油油的了，满眼的靓丽。

最令人震惊的是：我第三次修改这篇后记，竟然又到了秋天，满眼的红叶飘飞。现在是第四次修改中，正好是圣诞节，很巧地，下了一场大雪，满眼皑皑。

在写作中回望时间的流逝，看着墙上的爬山虎从一根根枯藤，再次萌发新叶，于风雨中不断长大，枝丰叶润，满眼青翠、暗红。而我身处其间的那些远国异人，也并非《山海经》里非我族类的三头六臂，五丈九尺，而是一些有同理心、有同情心的现代人。文化有异，但心存此理，情同此感。

当我再度阅读这些文字时，一个疯狂的冬天早已过去，一个静寂无人而鲜花自开自灭的春天也早已结束，北美初夏的好景也已经消逝，现在秋天的飒爽也远去了，已经是又一个冬天了。之前写到的是阳春三月，江南草长，柳絮飘飞，游人如鲫，有各种令人愉悦的美好。现在我置身其间的北美，经历了疫情的大暴发，商店关门，行人绝迹。终于渐渐解冻了，出门也是抬头看见高纬度的碧蓝与澄澈，内心也有深深的人间愉悦。然后"画风一转"，第二次疫情暴发，街上行人再度稀少。然而，公园里、山谷中，树木花草仍然在季节中开开败败，自然而然。从嫩芽到鲜绿，到红叶染上了秋衣，再到白雪铺满草坪、屋顶。

在这里读书，在这里羁旅。忽然有一种进入了超空间的感觉，十分的迷幻，十分的奇特。一个人读书，读到书里去，在书中做一番疯狂的旅行，这恐怕也是人一生少有的奇幻经历吧。之前我读前人的文章，尤其是现代作家欧游记录，一直十分惊叹，十分神往。那种接触新鲜、异样文化的感受，在他们笔下流出，多少新意和好意。那是一个心胸开阔、视野新奇的时代，人们乐于接受新鲜事物，并努力改变不如意的现状。那种孜孜以求和喜悦活力，至今对我都有很大的感染力。

好的作品，都应该是有大善意的，有大美好的。好的阅读是心与心的交流。我们与那些现代大师虽未谋面，但阅读他们的作品，如亲睹其飞扬之丰姿，亲聆其美妙的声音。这种深入的阅读，是特殊的心灵滋养和精神乐趣。如此，我们就超越了表面世界，从仅仅是看到春天，闻到春天的实感状态，而沉入精神愉悦的香氛。这也是一种独特的精神之旅吧。

就如果树的萌芽、开花、结果，一本书的编写也是这样的。确立体例是萌芽，搜集和校对各种文章是开花，为这些文章编定章节、撰写解读是结果。写作，是一次播种、发芽、开花、结果的过程，也是创造平凡世界里普通人的第二人生的过程。

所以我一直鼓励所有朋友参与写作，参与创造自己的平行世界。可以写自传，可以写成长记录，可以写感悟文字，只要是真情实感的，只要是有自己独特观点和体验的，用自然、准确的语言写下来，就是好的文章。

一个人在世界上不留下一点记忆和痕迹就是白走一遭。每个人都留下自己的思考，就是参与了整个人类文明的进程，且不管贡献大与小。时间在创造这一切，我们只需要每天积累，每天都写下一些文字，然后就慢慢地结果了。

以自己新设立的编写体例来选编一本书，在我是没有预想到的大挑战。我一开始选择了至少两百篇散文，慢慢淘炼，最后沉淀下来。

鲁迅的《魏晋风度及文章与药及酒之关系》，前一个版本曾计划选入，全文分析也完成了，最终觉得太长太难而放弃。现在新校订、编写导读，又一次细细地重读，仍然不舍，遂编入本书。一下子释然了，觉得真是很合适。正应了胡适之先生的那句话：越读书越能读书。

我也重读了梁启超的《欧游心影录》、徐志摩的《自剖》、朱自清的《欧游杂记》、巴金的《海行杂记》等书，从中挑选合适的单篇篇目。这样再阅读与再选择的过程，对我来说也是自我增进、自我涵养的过程，是一场真正的精神旅行盛宴。这样丰富的深阅读，让我得以读到过去忽略的很多作家的作品，扩大了我的视野，打开了更多的窗。

年轻而天才的现代散文家、翻译家梁遇春说，他在翻译英国小品文给作家写介绍文章时，常常情感流动，不能自已。我理解这是一种心灵的交融，外化而为写作的快乐。就跟他自封"迟起大师"一样，怎么看都是有意思的。生活中，各种事物，投射到我们的内心，都会产生不同的反应。如果内心忧愁，看到春天也是愁的，是"泪眼问花花不语，乱红飞过秋千去"，或者是"孤标傲世偕谁隐，一样花开为底迟"。想来想去，春天自然是花开烂漫好时节，可是如日本人伤感樱花的短暂一样，想到美好事物转瞬即逝，又是一种忧愁。

我的写作都要献给我的女儿廖小乔和我的太太王琦博士。现在，我们就共用一张桌子，围坐各自写作，偶尔闲谈。看窗外的多伦多景色，从冬天的白雪皑皑，到春天的星点嫩绿，到夏天的满眼繁盛，到秋天的飒爽红叶，再到现在的深冬积雪。时光流逝，感恩命运，内心满足。

愿我们能读到好作品，天天都感受到内心的愉悦。

2015 年 4 月 26 日一稿
2020 年 5 月 26 日修改
2020 年 6 月 9 日第三改
2020 年 10 月 19 日第四改
2020 年 12 月 26 日第五改

从声音到文字，分享人洗

天喜文化